明朝小官人

上

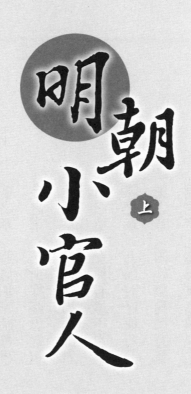

目次

壹之章 禮教束縛難開懷

永樂年間。

潭州府瑤江縣，西大街葫蘆巷。

日頭爬至半空，在院中青磚地上映下一片璀璨光輝，李家三娘子李綺節仍在帳中酣睡。

隔壁孟家傳來一陣接一陣高昂起伏的雞啼狗吠，另一邊的周桃姑家也在張羅著搬動椅凳、銅鍋。窸窸窣窣的柔和人聲中，間或夾雜著孟娘子尖聲責怪丫頭的喝罵聲，和周家兩個小娘子清脆悅耳的笑語。

李綺節伸胳膊踢腿，打了個慵懶悠長的哈欠，在簟席上翻了個身，穿上踏板上擱著的一雙枹木屐，踢踢踏踏，走出房門，下得樓來。

丫頭寶珠連忙端來熱湯、香胰子和布巾帕子，服侍李綺節洗刷漱口。

穿著一身褐色窄袖粗布衫的李家大郎李子恆，正蹲在院中的桂花樹下劈柴火。見妹妹起床，笑著道：「三娘朝食想吃什麼？灶上溫著一鍋羊肉鴨花湯餅，還有一籠灌漿饅頭，阿爺曉得妳愛吃那個，一大早特地叫寶珠去東大街唐拐子家買的。」

寶珠也在一旁附和道：「可不是，官人見三娘這幾日胃口不好，還讓我秤了好幾斤銀絲細麵，三娘要是不愛吃湯餅，下碗雞絲麵也不費什麼功夫。」

李綺節還真不愛吃鴨花湯餅，尤其那底湯還是羊肉熬煮的。

她上輩子是個土生土長的南方人，不大吃得慣膻味濃厚的羊肉骨頭湯，這輩子走錯了輪迴道，莫名其妙來到大明朝，在潭州府瑤江縣生活六七年了，依然還是吃不慣羊肉。

偏偏朝廷從應天府南京遷都至順天府北京沒幾年，北方盛行牛羊肉，紫禁城的皇族貴戚和朝中眾人，無不以食用羊肉為尊。

上行下效，潭州府人也貴羊肉，輕豬肉，各家舉辦紅白喜事，都以羊肉為佳。

而後世家家戶戶都極為喜愛的豬肉，在瑤江縣極為鄙賤，一斤豬肉不過十個錢，貴人富戶都不屑食用。只有那等家境困窘的貧苦百姓，受不得餐餐茹素，清苦度日，方會偶爾買些豬肉回家熬煮湯羹。

上個月因著有媒婆上門說親，說和李乙續娶隔壁賣熟水、香飲子的寡婦周桃姑做填房，李綺節大病了一場。飲食不進，嘔吐不止，在床上一連將養了十數天才痊癒。

李乙見幼女臥病，心疼萬分，特意費鈔去羊肉鋪子買了一隻整羊，卸羊骨，拆羊肉，讓伴當進寶天天熬煮一鍋羊肉湯，好給李綺節補養身體。

李綺節兩輩子都是隨遇而安的散漫性子，縱然重活一世，也沒生出什麼改天換地、稱霸一方的豪邁抱負，依舊心安理得做她的李家三娘子。

李乙要續娶一門繼室，她固然心中不大情願，但也不至於恃寵而驕，故意生病。她的這場病來勢洶洶，倒有些像是患了寒熱症。

可能是上個月中元節，和阿爺李乙、大哥李子恆一同回鄉為先祖燒包袱、祭飯湯，在鄉下李大伯家吃了一大碗的生魚膾，又喝了些井水浸過的桂花熟水，寒邪入體，引起了腸胃發炎，這才一病不起。

李乙卻是篤定幼女不願他再續娶，這才積鬱心中，病倒在床。他自家也無甚中意的小婦人，當下便婉拒了滿嘴甜言蜜語的媒婆，又告知一眾鄰里，說他唯願撫養一雙兒女長大成人，不會再娶。

李綺節糊裡糊塗之間，攪黃了李乙的一門好親事，心裡覺得愧疚萬分。

那周桃姑樣貌出眾，去歲才剛滿三十，年紀也不算大，是西大街出了名的美貌寡婦。家中又一直在巷道旁賣熟水、香飲子的小買賣，雖然她家還有兩個十一二歲的小娘子要養活，但總歸都是要出閣嫁人的。

周桃姑精明能幹，很會過日子，故去的前頭男人還曾留下一筆錢鈔。這些年來，也沒見周桃姑捨得買吃買穿，可見她手裡很是攢了幾個錢。

瑤江縣不少分不了家產的庶出兒郎、死了老婆的鰥夫，都眼巴巴地瞅著周桃姑，等她再披紅綢嫁人哩！

周桃姑本來的娘家並不姓周，她能以一介寡婦之身，主掌家業，獨自帶著兩個嗷嗷待哺的小娘子，將先頭男人留下的小買賣操持起來，自然是有幾分心眼謀算的。尋常人等，周桃姑也看不上眼，那等整日只曉得喝酒玩牌、鬥雞走狗的懶漢莽夫，周桃姑更是不稀罕看一眼。

李家和周家相鄰，周家賣熟水，李家沽清酒。

李乙在族中排行第七，鄉下還有個嫡親的大哥李大伯，兩兄弟一個在鄉間種糧食，一個在縣城裡開鋪子，日子過得也算紅紅火火。

李乙老實厚道，勤勞肯幹，家中積蓄頗豐，雖沒個婦人在家操心庶務，但他體貼細緻，看顧一雙兒女十分精心，手裡也捨得撒錢。大郎李子恆和三娘李綺節整日穿得利利索索、乾乾淨淨，比巷子裡其他人家的兒郎閨女都要規矩講究幾分。

再加上李乙還生得相貌堂堂，一表人才，性子又靦腆正經，不是負心寡情之人，老婆走了五年，既沒看他和浪蕩婦人調笑，也沒見他往勾欄裡行走，最是個正經本分之人。

周桃姑挑來挑去，最後就選中了勤謹心善的李乙，只是李乙有一兒一女，怕是難免要有一番反覆糾葛。最後，果然不出周桃姑所料，李家三娘子暗地裡作怪，無緣無故大病一場，李乙便熄了續娶的心思。

任憑周桃姑聘請來的媒婆如何巧言哄勸，李乙都不肯鬆口，還委婉提出可以和周桃姑認個乾親，以後也是個照應，就是不肯許下兩家媒約。

李綺節對周桃姑並沒什麼惡感，可她上輩子曾在後母底下討生活。後母為人並不壞，也沒故意虐待過她，但自打後母給她老爸又生了兩個弟妹之後，她在家裡的身分就顯得有些尷尬微妙。後母對她的一言一行也格外挑剔敏感，話裡話外，都帶著幾分試探懷疑。

那種明明在自己家生活，卻每分每秒都備受煎熬的滋味，李綺節委實不想再忍受一次。

所以，李乙娶不了周桃姑，李綺節其實心底裡還是有幾分雀躍的。

也因著這雀躍，她越發覺得對不住這輩子的便宜父親李乙，這幾天顯得十分乖巧順從。

故而，灶上這鍋羊肉湯底的鴨花湯餅，李綺節不敢嫌棄。就著一籠湯汁鮮美的灌漿饅頭，慢條斯理地吃完一頓。

李子恆的伴當進寶收了碗筷去灶間洗刷，見李綺節將湯汁都喝得一乾二淨，寬慰道：「三娘果然是大好了，胃口也好了許多。」

李綺節擦擦嘴，「中飯吃什麼？」

進寶拿剖開的葫蘆製成的水瓢舀了一瓢生水，「官人說中午給他備些冷淘就好，大郎和三郎的飯已經煮上了，看那砂鍋吊子，裡頭燉了一鍋黃芪羊肉湯。」

李綺節站在石缸前，正揪著片靜水裡養著的蓮葉玩，聽了這話，頓時翻了個白眼，怎麼還是羊肉？

趁著日頭好，李子恆劈完柴火，又來回搬些笸籮出來，擺在庭中的木架子上。笸籮裡晾著今年剛從鄉下收來的當季金桂花，得在霜露前曬乾，好封存在罈子裡。

李綺節走過去想幫忙，李子恆擦擦臉，將她連攙帶扶，送到桂花樹下的一張木籐椅上，又搬來一個帶銅鎖扣的糖果匣子，往她懷裡一塞，憨憨道：「吃妳的吧，這點小事，哪裡至於勞動妳？」說完又轉身忙去了。

糖果匣子裡裝的並非後世的糖果，而是一些油炸麵點心，像雲片糕、麻糖片、糖耳朵、麻葉子這之類的糕點，統稱為果子。

李綺節拈起一枚雲片糕，剛吃了兩口，寶珠手腳飛快，已從罐子裡倒出一小盅桂花、蓮實茶粉，煮了一大壺滾燙茶水，送到她跟前來，「三娘喝些熱茶，中飯吃肉湯，是配飯吃，還是去巷子裡買些胡麻餅？」

進寶和寶珠是一對姊弟，姊弟倆從北方逃荒，一路乞討，流落至瑤江縣，其他親族家人俱死在那場饑荒之中。兩人走投無路之下，只得在街旁插標賣身。

李乙只花了兩擔糧食，就買下他們二人。

如今姊弟倆一個跟著李綺節，服侍李家三人的飲食起居。一個是李子恆的伴當，幫著料理酒坊的粗活，偶爾去鄉下監督長工、短工們下地勞作。

「我和哥哥吃飯，買六張胡麻餅，要鹹菜肉餡的，給阿爺留兩張，四張妳自己吃。」

寶珠點點頭，道：「中。」

這便去淘米炊飯。

吃中飯時，隔壁孟舉人家的僕人來李家敲門，送來一簍新鮮水嫩的菱角、蓮蓬。

孟舉人是從鄉下發跡的，老家還有好些窮親戚在田地裡掙命，其中有個孟五叔，他家五娘子時常來縣城孟家走動。打秋風之餘，每回來都會挑幾擔地裡的瓜果菜蔬，和一些山裡土物，與孟家人嘗鮮。

孟家院子裡養的一群雞、鴨、鵝、狗，就是五娘子從鄉下送來的。

五娘子總是穿一身藍布衣裳，褲腿、衣袖都打著補丁，一頭黑髮梳得光溜溜的，盤在腦後，頭上只插一根烏木素簪子，收拾得倒是俐落乾淨。她長得精瘦矮小，皮膚黧黑，但總像有一把子無窮無盡的力氣，一根木扁擔壓在瘦削的肩膀上，挑著四五袋累沉的糧食瓜果，從鄉下一直走到縣城裡，二三十里土路，從沒聽她叫過累。

五娘子曉得自己是上門打秋風的，姿態卻並無畏縮怯懦，面上總是帶著笑，見人就有一肚子的爽利話。來縣城的次數多了，和巷子裡其他人家也都熟絡起來。

加之五娘子說話爽快，在孟娘子面前總是三句不離孟舉人如何有本事，孟家七娘子如何生得漂亮金貴，孟娘子如何大方，果然是尊貴的舉人娘子……滿口這之類的奉承好聽話，若是當著鄰里的面，五娘子就會奉承得越發賣力。

故而，孟娘子雖然嚴苛刻薄，但伸手不打笑臉人，又有一幫鄰里在旁邊看著，也不好冷著臉趕窮親戚出門。偶爾孟娘子也會大方一回，捨得給五娘子一些厚布匹、舊衣褲、精細糧、葷肉骨，讓五娘子拿回家去補貼家用。

進寶接了蓮蓬、菱角，笑道：「五娘子來了？上回她不是說家裡小郎君總咳嗽嗎？我家官人留了一罐恩濟堂的百草秋梨膏，專給五娘子備下的，你拿去讓五娘子收著吧。」說著便回房，取了百草秋梨膏，遞到那僕人手上。

那烏黑罐子上還貼著恩濟堂的籤子，孟家僕人接了秋梨膏，笑道：「李官人恁地客氣，既是給五娘子的，我這就拿去給她。」

李綺節見孟家僕人走了，連忙走到牆邊，側耳細聽。

果然聽到孟家傳來五娘子的一陣爽朗大笑，間或夾雜幾個僕從的說笑聲。想必五娘子又在一眾丫頭、僕從面前奉承孟娘子。

蓮蓬是早上趁著日出前摘下的，看著水靈靈、嫩嘟嘟的。

寶珠剝開蓮衣，挑出蓮子米，盛到一個白瓷葵口碗裡。

李綺節連忙直搖頭，「我不愛吃生蓮蓬，中午炒一盤蓮子添菜，加些油鹽，先炒後燜，出鍋前再撒一把細糖。」

寶珠應了一聲，把剝好的蓮子收到灶房裡放著，又拿了把小剪子，走出來剝菱角米給李綺節和李子恆吃。

菱角皮脆肉美，滋味清甜。

李子恆一屁股坐在院中用來磨刀的大青石上，一邊往嘴裡塞菱角米，一邊讚嘆：「還是一早剛撈的菱角好吃。東大街花相公家的雜貨店賣的菱米都是隔夜的，吃起來有股澀味。」

李綺節也抓了一把菱角米給寶珠和進寶姊弟倆。

進寶吃了幾個，插話道：「嫩菱角也沒什麼吃頭，還是老的菱角好吃，曬乾之後，拿來燉肉、熬湯、煮粥都使得，滋味也好。」

寶珠笑話弟弟：「只要是肉燉的菜，你都愛吃。」

幾人吃了一地的菱角殼，只留了一大盤，泡在涼水裡，等李乙中午回來吃。

寶珠拿來笤帚和竹片簸箕，正彎腰掃地，就聽到李乙在外邊拍門。

李綺節立即從籐椅上跳起，走去開門。

李乙頭戴紗帽，腳踏布鞋，身上穿著一襲鐵灰色棉袍，胳膊下夾了一個布團，手裡提著一包點心，見來開門的人是自家寶貝疙瘩，當即面露笑容，喜道：「三娘已能下地走動了？早上吃了幾碗飯？」

寶珠答道：「官人寬心，三娘早晨吃了兩碗鴨花湯餅，灌漿饅頭也一併吃完了。」

李乙摸了摸李綺節烏黑油亮的髮辮，點頭道：「胃口好，病才能好全。」說著舉起了手上的油紙包，「這是花相公家的滴酥鮑螺，他家娘子親自揀的，比別處滋味好些，妳拿去和大郎一處吃吧。」

在李綺節眼裡，這大明朝市井人家時下最為風行的滴酥鮑螺，不過是奶油加蜂蜜、蔗糖罷了，粗陋得很，何況她不大愛吃甜食。

不過，看李乙一臉慈愛，李綺節還是作出一副欣喜的模樣，接了油紙包，拿去和李子恆一起分著吃，油紙包裡頭攏共只裝了十二枚鮑螺。

李子恆才十四歲的年紀，就已經高出老爹李乙好幾個頭，但是別看他生得五大三粗，一臉凶相，其實私底下格外喜歡吃甜點。他的糖果匣子裡，永遠都裝著滿滿當當的糖糕點心。

李綺節見李子恆喜歡，只吃了兩枚，剩下十枚滴酥鮑螺，都讓給這個憨厚的大哥了。

李綺節自問這輩子別的毛病沒有，就是因著上輩子的記憶全在的緣故，這一世總有些矯情，喜歡纏著李乙，生怕這個便宜老爹和上輩子那個老爸一樣，有了弟妹，就把她忘了。

李子恆身為長兄，從沒和小自己三歲的李綺節爭過寵，反而處處相讓疼愛，唯恐李綺節受一絲委屈。投桃報李，李綺節自然也願意對自家哥哥好些。

李乙回房梳洗，換了木屐，脫下棉袍，穿了件家常的藕絲色素羅道袍，走下樓來吃飯。

進寶從灶間端來飯食，一家幾口便圍坐在庭間用飯。

李乙一邊吃著飯，一邊和兄妹倆說些外邊的市井傳聞。

進寶和寶珠從前照顧李子恆和李綺節的吃喝拉撒，吃飯時也守在一旁，防著他倆摔了碗碟。這麼多年姊弟倆都是同李家家人一桌吃飯，已成了慣例，李乙也沒叫他們分開吃。

堂屋的門扇都是大敞著，正對著院中那棵大桂樹。午時的日頭灑在院子裡，映得石缸裡一陣旖旎波光。李乙吃的是冷淘，李子恆和李綺節則是吃的稻米飯。

桌上擺了一小鍋湯汁濃白的黃芪山藥羊肉湯、一碗清炒蓮子、一盤切開的高郵醃蛋，以及一碟青方豆腐乳。

瑤江縣的老百姓常吃腐乳，一般人家的婦人，閒暇時都會自家做些腐乳、豆豉、酸菜、醃蛋，好省儉些菜蔬嚼用。

腐乳易做，家家都會，但此時的腐乳並沒有青方、紅方、白方之分，只有一味傳統的紅醬豆腐乳。這碟口味獨特的甜辣味、五香桂花味腐乳，還是李綺節鼓搗出來的。

腐乳上不得大雅之堂，李綺節黴腐乳，只是為了給自己解饞下飯吃。

李乙和李子恆曉得瑤江縣幾乎家家都黴腐乳，見李綺節黴的幾罈腐乳味道新穎，也沒覺得有什麼奇怪，只以為是她無意間加了旁的材料，把腐乳給黴壞，才會黴出不一樣的腐乳來。

黴腐乳的法子又不是李綺節發明的，她沒藏私，把具體做法告訴李乙，讓李乙說與東大街的花相公聽。花相公家開著貨棧，也經營些下飯魚肉鮝臘等物，招待瑤江水上來往的船伕、縣城的過路人，豆腐乳、辣醬菜、鹹魚乾、酸鹹菜最是下飯，花相公家賣的不少。

花相公和李乙一向交好，得了李乙告知的青方、白方的詳細做法，十分感激。

自此，李家便不缺豆腐乳和臘魚、臘肉吃。

花家裝罈浸腐乳要用的清酒，也只在李家購買，兩家也算是互惠互利。

黴腐乳方法簡單，花相公雖然沒告訴旁人，但買的人多了，自然便有人有樣學樣，跟著發酵出相同口味的腐乳來。不過，花相公家的花娘子手藝精巧，是瑤江縣出了名的精細人。他家的油炸鯽魚仔，專拿小指粗細的小魚仔，用雞蛋和麥粉拌勻醃漬過後，在滾油裡炸至金黃，再撈出來擺盤，作為一道下酒小菜。油炸鯽魚仔香酥可口，口感鮮美，很受歡迎。別家貨棧也照樣售賣炸魚仔，但都沒有花娘子炸的香脆。

這青方腐乳，也只有花家賣的才是正經的「聞著臭，吃著香」，別說旁人，就連李綺節這個「師傅」，也沒花娘子做的道地。

李子恆愛吃湯泡飯，舀了大半碗羊肉湯在飯碗裡，稀裡嘩啦直往嘴裡扒飯。天氣比七八月間涼了許多，他仍然吃得大汗淋漓。

李乙澆了幾勺羊肉在冷淘上，拌了些醃蛋黃，吃得斯斯文文的。

進寶和寶珠則一邊啃鹹菜肉餡的胡麻餅，一邊呼嚕呼嚕喝肉湯，姊弟倆不愛吃稻米飯。

只有李綺節先喝下一小碗羊肉湯，再盛一碗白米飯，夾些菜吃。

清炒蓮子雖然沒有去芯，但蓮子鮮嫩，吃起來只有清甜，一絲苦味都沒有。她一顆接一顆夾到碗裡，李子恆看得眼累，直接端起盤子，拿湯勺撥了一小半在她碗裡，笑道：「三娘吃飯恁地秀氣，不知道跟誰學的。」

進寶嘴裡含著一塊羊肉，笑道：「三娘像舉人家的小姐，斯斯文文的，大郎倒是有些像鄉間的大官人。」

大官人說的是李大伯。

李乙放下筷子，也笑了一下。

忽然聽得有人在外邊拍門，進寶連忙放下手裡的湯勺、瓷碗，走去開門。

五娘子挑著兩個麻袋，站在房簷底下，朝裡看了一眼，笑道：「李相公才吃飯呢？」

李乙端著飯碗，站起身來，站在庭前，隔著院子回道：「五娘子這就回家去了，怎麼也不歇一夜？」

五娘子鬆鬆扁擔，揮揮手，「家裡還有一堆農活等著呢，我家那個又不是什麼精細人，夜裡爐子滅了，他也不曉得起來加些炭，還是回家去才放得下心。」

她說著，便指著李子恆和李綺節，笑道：「難為李相公記著我家四郎，那秋梨膏可夠他吃上好幾個月了。我也沒啥回禮，每回也就送些鄉下土物罷了。大郎和三娘的鞋子可夠穿不？不如將鞋樣子給我一對，我給他兄妹倆做幾雙棉鞋，保管比人家賣的要扎實。」

李子恆和李綺節的鞋襪衣裳都是請布莊上的裁縫幫著做的，很是便宜。李乙聽五娘子這般說，自是開口推辭，那五娘子卻是個熱情爽朗的，甭管李乙如何客氣，三言兩語間便拿到李家兄妹的鞋樣子，塞到背上的大竹簍裡。

復又擔起扁擔，挑著兩個裝了半滿的口袋，搖搖晃晃往來路去了。

葫蘆巷從頭到尾有三四里深，從巷口一直往裡，都是臨街的二層青磚大房，住的大半是些商戶人家和瑤江縣的殷實鄉紳。

因為葫蘆巷和縣裡最熱鬧的東大街離得不遠，人流繁華，巷頭許多人家都搬到樓上居住，在樓下掛上布幡，開個正經鋪子，經營些大小買賣。

這裡的茶坊、酒肆、彩帛、油醬、飯莊、麵點香燭、臘味等店，隨處可見，鋪子林立，應有盡有。

巷尾幽深僻靜，巷子裡遍植了筆直茂盛的木樨桂樹。有一種是月月都能開花的，現下正值初秋，油綠枝葉下已藏了千朵萬朵桂花細蕊。花朵細密，雖然靠近也能嗅到一股淡香，不過及不上十月才開的丹桂那般馥郁香濃。

李家院子裡種的是一年一開的金桂。

入秋之後，一連七八天都是豔陽高照的大晴天。桂花樹矗立在烈日底下，葉子閃閃發亮，像抹了一層蠟油。

李家人在桂樹下吃早飯。

早飯是一大鍋清粥，桌上擺了幾樣小菜：一碟涼拌孔明菜、一碟切開的高郵醃蛋、一碟米醋拌蒸茄，還有一碟風乾鹹魚塊。

進寶和寶珠一人抱著一個大碗公，蹲在桂花樹下，一邊喝清粥，一邊啃胡麻餅，姊弟倆一天三餐都離不開麵食。

風乾鹹魚太鹹，李綺節只吃了一口，就覺得喉嚨很乾。

孔明菜又脆又嫩，特別下飯，拌茄子微酸，口感潤滑，倒是很對她的胃口。

李乙拿起一半醃蛋，挖出油滋滋的蛋黃，撥到李綺節的粥碗裡，又拿起另一半，照樣挖出蛋黃，撥到李子恆碗裡，然後幾口吃掉了剩下的蛋白，「今天要去鄉下販貨，大郎跟我出門。三娘留在家，進寶和寶珠留在家陪妳，夜裡我就會回來了，明天好騰出空預備中秋回鄉下的行李包袱。」

李家老宅在瑤江對岸的李家村，回去要坐渡船。行李包袱通常得提前收拾好，託相熟的貨郎帶回李宅。他們走的是山路，要價便宜些，能省幾十個銅板，路上也穩當。

正吃著，忽然聽得屋外一陣接一陣高亢、悠長的調子，接著便聽到葫蘆巷各家各戶開門喚那叫賣的師傅上前。

李乙側耳聽了片刻，才道：「是賣豆腐崽的老劉，咱們也買幾碗，粥飯不吃了，留著發米糟，過幾天好吃米酒。」

豆腐崽就是豆腐腦，瑤江縣人喜歡用桂花鹵子和紅豆蜜水拌著吃。愛吃甜的李子恆尤其喜歡豆腐腦，每天早上都要吃一大碗。

聽到熟悉的調子，李子恆第一個放下碗筷，捧著一個大碗公，歡歡喜喜地奔出門去。

李綺節有些矜持，仍然坐著沒動。

李乙起身去灶間拿了幾個乾淨的大碗，摸摸李綺節頭上梳的小辮子，牽著她走出門。

老劉正蹲在自家擔子前，手裡拿一個鏽跡斑斑的銅匙，刮下了大木桶裡雪白細嫩的豆腐腦，倒在一個白瓷碗裡，再小心翼翼撒上一小撮桂花鹵子和綿白糖，遞到一個穿石榴紅絹裙的小娘子手裡。

紅裙小娘子數出兩枚銅錢，丟到一個竹篾編的框子裡，端著熱騰騰的豆腐腦轉身回屋。迎面看到李子恆，紅裙小娘子冷哼一聲，昂著頭從他身邊走過。

自從李綺節攪和了李乙和周桃姑的親事，周家兩個小娘子開始對他們兄妹倆橫眉豎眼，看他們的眼神厭惡裡帶著不屑。

李子恆壓根兒沒注意到周家小娘子，見輪到自己，連忙把手裡的大碗公舉到老劉跟前，眼巴巴盯著老劉替他打滿一大碗豆腐腦。等撒上糖接到手裡，也不嫌燙，拿起湯匙就舀了一勺，直往嘴裡送，然後一邊喊燙，一邊跑進屋去。

李乙付過錢，又買了幾碗豆腐腦，其中一大碗讓李綺節自己端著。

他一個人端三大碗，回房給進寶和寶珠一人一碗。

進寶和寶珠愁眉苦臉，兩人偏偏和李子恆相反，不愛吃甜的豆腐腦。

李綺節遞了匙子給寶珠，「把綿白糖舀出來，灶上有剩下的肉湯，用肉湯當鹵子。」

寶珠答應一聲，一點一點刮下碗沿上的一層白糖，倒了溫在爐子上的肉湯，姊弟倆這才唏哩呼嚕把兩碗豆腐腦吃完。

李子恆端著大碗公，湊到灶臺邊，把寶珠刮下來的白糖全都一股腦兒倒進去。白糖可是金貴東西，縣裡人家平時待客煮雞蛋茶時才捨得擱一小把，不能浪費了。

吃過早飯，李子恆和進寶在院子裡收拾箱籠。

桂花樹旁繫了一頭老牛，老牛神態悠然，低頭吃草料。

李乙要帶李子恆去縣城周圍的鄉間販貨，留下李綺節看家。因李綺節年紀小，李乙想託隔壁的周桃姑過來照看。

李綺節連忙道：「我又不出門，等阿爺和哥哥走了，我就關門閉戶，老老實實地待在家裡。進寶和寶珠都在家陪我，何必麻煩人家？」

周桃姑現在恨她入骨，多半正躲在家裡紮小人詛咒她呢！這時候把周家人招到李家來，不是自討苦吃嘛！

李乙到底放心不下，讓寶珠盛了一簍蜜棗，自己提了一筒桂花酒，去了隔壁孟舉人家，請孟娘子過來幫忙。

孟娘子原本不大情願，但看李乙帶了桂花酒和蜜棗，馬上堆起滿臉笑容，一口就答應下來，「李相公放心，三娘那邊要是有什麼不妥，只要對著牆頭喊一聲，我立馬就能聽見。」

李乙出門前再三交代進寶和寶珠，不管誰來敲門都推說家裡沒人，等他回來再作計較。

李綺節暗暗翻了個白眼：這個時代就是這點不好。女人必須三從四德，謹言慎行。家中男人不在的話，婦人必須鎖好門窗，不能隨便出面見客，否則會惹人閒話。哪怕來客是娘家那邊的親戚，照樣得要避嫌。

等李乙和李子恆前腳趕著牛車出去，進寶立刻關上大門，插好門栓。

李綺節讓寶珠去燒熱水香湯，預備沐浴。這幾天髮髻有點癢，正好趁著今天洗了，不然李乙在家又得念叨。

李乙倒不是嫌李綺節費柴費水，而是怕鄰里人家看見，會在背地裡胡亂編排她。潭州府的規矩，不管男女，都不能經常洗頭，頭髮油膩也不能洗。

李綺節私下裡琢磨：難怪這個時代的男人女人都要戴頭巾，簪鮮花呢！要不，人人披著一頭油膩膩的長髮，人還沒走近，就一股味兒，誰受得了？

頭巾和包頭造型美觀，還能遮住油膩的長髮，簪花可以掩飾氣味，茉莉刨花水在定型的同時，也能消除異味。

至於那些簪子、金釵什麼的，正好用來撓癢癢，想撓哪裡撓哪裡，還不會弄亂髮型。

李綺節才不管那些老祖宗的忌諱，隔個三五天就洗一次。不管李乙怎麼苦口婆心地勸，她都不管。寶珠卻是如臨大敵，在院子裡燒水的時候，一直左顧右盼，生怕被人瞧見。

李綺節有點鬱悶：不就是洗個頭嘛，還得偷偷摸摸，像作賊似的！

她的頭髮又厚又密，拆掉髮髻披散下來時像道潑墨瀑布。洗了之後垂在肩頭，寶珠拿著乾布巾費勁絞了半天都沒絞乾。

進寶在灶房燒爐子，燒得灶臺邊熱烘烘的。

寶珠手執桃木梳，梳齒蘸了桂花油，一點一點把李綺節半濕的長髮梳通，再挽了個鬆鬆的髮辮，「三娘去爐邊烤烤，才病了一場，吹不得冷風，不能用扇子搧，只能慢慢烘乾。」

李綺節踏著一雙枹木屐，踢踢踏踏走進灶房，沒有吹風機的年代，就是這麼麻煩。

她坐在灶臺邊的小杌子上，儘量靠近爐子，能聽到頭髮上的水氣慢慢被烘乾的滋滋聲。

她髮間騰起一陣陣白色蒸汽，香煙嫋嫋，宛若仙境。

寶珠看見，笑嘻嘻地道：「跟年畫上的神仙似的！」

才說說笑笑，忽然聽到進寶打開院門，在院子裡和人說話的聲音，寶珠皺起了眉頭，「官人不在家，進寶怎麼讓人進來了？」

支起窗屜子，探出頭去看了看，「咦？孟娘子也在！」

她回頭朝李綺節道：「三娘別出聲，我出去看看。」

李綺節挪到木門後邊，聽見寶珠在外頭和人寒暄，先是孟娘子說話的聲音，然後聽一個婦人直接道：「三娘在屋裡頭？客人都來了，怎麼不出來相迎？」

寶珠陪笑道：「官人不在家，三娘不敢莽撞。」

那婦人似笑非笑，「這時候倒是曉得規矩了。」

李綺節嘆口氣，知道避不了，乾脆施施然走出房門。

她沒來得及換衣裳，只穿著一件家常縹色小緊身兒，底下著一條玄色闊腿綢衫褲，腳下穿枹木屐，一頭濃密墨發還未烤乾，雲鬢鬆散，挽在肩頭。

她原本就生得秀淨妍麗，年紀也小，加上前些時日一直臥病在床，又才洗澡，瞧去越發弱不禁風，眉眼之間，俱是慵懶之態。

婦人一見李綺節這副弱柳扶風的風流模樣，便直皺眉頭，「三娘，妳年紀不小，也該學學規矩了！」

這婦人是李家的遠親，楊家的大少奶奶，因她娘家姓高，親戚都叫她高大姐。

楊家和李家是世交，祖輩連著親，李子恆和李綺節管楊老爺叫表叔。

潭州府盛產茶葉和絲綢，縣裡許多人家都以採茶或是養蠶為生。

楊家既種茶，也養蠶，老家鄉下綿延十幾里的荷田、茶山，全都是他們楊家的。

李綺節初來乍到時，還只是個四五歲的小娃娃，那時候李家已經和楊家訂親了。

也就是說，高大姐是李綺節的未來婆婆。

李綺節曾經試著和李乙提過對楊李兩家這樁娃娃親的不滿，奈何李乙看著脾氣寬和，實則是個古板性子，堅信父母之命、媒妁之言才是正道，既然已經立下婚約，就絕不能隨便失信於人，哪怕楊天保是個不學無術的浪蕩紈絝，李乙也會押著李綺節出嫁。

除非李綺節豁出去找個情郎私奔，否則李乙不會允許她悔婚。

好在楊天保那小子還算規矩，長得也周正齊整。他是個童生，自開蒙之後便一直跟著先生念書，很少出遠門。楊家一心想讓他走科舉、搏功名，對他的看管很嚴。

李綺節見過楊天保幾次，對這個未婚夫的印象勉強可以，暫時沒有找人私奔的想頭。

幾年前，楊家忽然走了大運，族裡出了一位響噹噹的舉人老爺。舉人老爺雖然沒有再進一步考中進士，但因為很受知府賞識，順利在縣衙裡謀了個職缺，此後一路平步青雲，成了瑤江縣的縣令。

進士都不一定有官做呢，楊縣令卻能以舉人之身封官，縣裡人都說楊家祖墳的風水好。楊家藉此搖身一變，成了官家，而李乙只是一個操持酒坊生意的鄉紳。

楊天保的母親高大姐開始左右看李綺節不中意，礙於兩家交情，面上雖沒露出什麼不妥的神色，但話裡話外常常露出幾分輕視。

李乙是個外男，平時只和楊老爺來往，不會和楊府內眷高大姐打交道，自然不知道婦人之間的暗潮洶湧，李綺節卻能明顯感受到高大姐對她的嫌惡。

這個淡漠嚴肅的未來婆婆，委實不好相與。

高大姐沒有辜負她的嚴苛名聲，看著李綺節的眼神冷冰冰的，不帶一絲親和氣。

李綺節不由得想起上輩子蹺課被教導主任抓住時的窘迫難堪，教導主任那像看渣滓一樣的眼神，與高大姐一模一樣。

孟娘子見高大姐臉色不好看，連忙打圓場，「楊大少奶奶是自家人，三娘不必忌諱，快請大少奶奶進去坐。」

李綺節忍住和未來婆婆翻臉的衝動，「表嬸裡面坐，寶珠去篩茶。」

寶珠去灶房煮了一鍋雞蛋茶，狠心撒了一大把綿白糖，又舀了半勺桂花鹵子攪開，分裝在青花瓷碗裡端出來，請高大姐和孟娘子吃茶。

高大姐在堂屋坐定，臉色緩和了幾分，「勞煩孟娘子了。」

孟娘子端起瓷碗，默默數了數，見碗裡有六枚荷包蛋，臉上立刻笑成一朵牡丹花，「李相公出門前囑託我照應三娘，我們兩家常來常往，親如一家，大少奶奶不必同我客氣。」

按理來說，孟娘子是舉人娘子，高大姐只是舉人老爺的弟媳，孟娘子平時傲慢得很，不該對高大姐這麼和氣，可舉人也是有分別的。

孟舉人是泥腿子出身，性子剛直，才學有限。當年僥倖考中舉人，沒錢接著赴京考試，又口無遮攔得罪了潭州府的學政，差點連功名都革去了，無奈只能返回縣城，在葫蘆巷賃了所宅院，開館授徒，賺些花用糊口。

同窗勸孟舉人放下架子，去南面長沙府的藩王府謀個閒差，或是去北邊武昌府的大戶人家坐館。孟舉人不願為五斗米折腰，把同窗罵了個狗血淋頭。

那同窗一氣之下，與孟舉人割袍斷義，此後再沒人自討沒趣幫孟舉人介紹差事。

孟舉人左性起來，六親不認，而楊舉人則長袖善舞，四處結交達官貴人，前途無限，官運亨通，遠非孟舉人能比。

兩廂一比較，平時總拿下巴對著人的孟娘子見了高大姐，也得放下身段，殷勤討好。

高大姐和孟娘子應酬了幾句，吃過雞蛋茶，孟娘子才回自家院子去。

等孟娘子一走，高大姐立即變了臉色，從袖中掏出一對鞋樣子，往四方桌上一拍，「瞧瞧，閨女的鞋樣子，怎麼好隨隨便便給別人看見？又不是鄉下蠻丫頭！」

鞋樣子用米湯上過漿，硬邦邦的，摔在桌上，發出一聲巨響。

正是孟家五娘子拿走的那對鞋樣子。

李綺節嚇了一跳，鞋樣子而已，至於嗎？

而且，她們李家祖宅在鄉下，搬來縣裡沒幾年，她原本就是個鄉下丫頭。

高大姐氣得面色紫脹，胸口劇烈起伏，眼神向下，釘在李綺節的一雙腳上，「一雙大腳，也好意思出去見人！」

李綺節臉色一變：原來這才是高大姐生氣的真正原因，嫌她沒纏腳。

在明朝，纏小腳是身分的象徵。

這個時代，人人以大腳為恥，以三寸金蓮為榮。小腳纏得好不好，可是會影響姑娘家的終身大事。婆家上門相看，第一件事，就是讓女方掀起姑娘的裙角，看姑娘家是不是纏了小腳。小娘子們的腳纏得越精緻小巧，求親的人家就越多。

反之，大腳女人沒人敢娶，至少門第高的人家不會娶一個大腳媳婦進門，哪怕是女方家財萬貫，也不可能。

明朝開國皇后馬氏，因為一雙天足，被老百姓們譏笑至今，以致於後人胡亂編排，用了「露馬腳」的故事取笑她。

女孩子們四五歲時，把腳趾硬生生掰斷，折斷腳骨，用帛布緊緊纏住，熬個三五年，等骨頭一步步徹底壞死，天生的大腳最終被改造成一雙雙尖尖翹翹的弓足。

小腳女人走不了長路，走不了遠路，一輩子都離不開四方宅院。

開始纏小腳的時候，很長一段時間不能正常行走。窮苦人家的女伢子都要下地勞作，纏小腳的話，等於少了一個勞動力，所以鄉下姑娘一般不會纏小腳。

只有家境富裕、不愁吃穿的人家，才能給家中的小娘子們纏腳。

自然而然，小腳成了身分地位的代表。

用寶珠的話說，纏小腳的都是有錢人家的小姐太太，或是富貴人家的小妾姨娘。

李綺節原本是纏了小腳的。

原身五歲開始纏腳，因為身體太弱，扭折腳骨的時候，腳背出現化膿和血塊，幾根腳趾嚴重潰爛，差點爛掉，最後引發急症，不幸一命嗚呼。

所以，李綺節降臨大明朝的頭一件事，不是打聽朝代年分，不是裝傻充失憶，而是搶救自己即將腐爛的腳趾頭。

虧得她當時反應快，不然現在就只剩下八根腳趾頭了。

李乙不知道原身已經為一雙金蓮賠了性命，看李綺節每天以淚洗面，十分可憐，心裡不忍，思量再三後，同意讓她放腳。

李乙先去問楊家的意思，當時楊家的楊舉人還沒出頭，兩家門當戶對，李乙又許諾會把一半家產送給李綺節作陪嫁，楊家便沒有反對給李綺節放腳。

李綺節花了幾年時間，才把一雙可憐的小腳丫子重新養得雪白嬌嫩，十根腳趾頭肉嘟嘟粉嫩嫩，一根不少。

不想，楊家祖墳冒青煙，一堆莊稼漢子，突然蹦出個光宗耀祖的楊舉人。

看高大姐的意思，分明是覺得李綺節的大腳匹配不上他們楊家的門第。

李綺節握緊雙拳，擺出一副凜然不可侵犯的架勢，迎著高大姐挑剔審視的目光，「大腳怎麼就不能出門了？慶娥表姊不也是大腳嗎？」

高大姐神色一僵：楊慶娥是楊天保的親姊姊，高大姐的親閨女。

「再說了，」李綺節悄悄翻了個白眼，「您不也沒纏腳嗎？」

高大姐娘家窮酸，她自己也是一雙大腳。

沒能纏足本來就是高大姐心中的一大遺憾，李綺節這一句話正好戳中她的隱痛。

正如烈火上澆上一盆冷水，劈里啪啦炸得一片響。

高大姐氣得倒仰，霍然站起，一巴掌就要抽向李綺節，「沒有親娘教養的丫頭，果然沒規沒距，看看妳是怎麼和我說話的！」

進寶和寶珠勃然變色。

寶珠衝到兩人中間，不動聲色摟住高大姐的胳膊，沒讓她碰著李綺節，「表太太當心些，站穩了，別摔著。」

楊家跟來的丫頭荷花也在一旁勸：「三娘還小呢，太太有什麼話慢慢說，別嚇著她。」

李綺節置身事外，站著沒動。

高大姐收回巴掌，冷哼一聲，「天保以後是要考科舉做大官的，妳既然是我們楊家的媳婦，行動就得有點好人家姑娘的樣子！不是我愛說教，妳自己出去看看，誰家小娘子和妳一樣不著調？就說隔壁孟舉人家的孟七娘吧，賢良淑德，又孝順又本分，縣裡人人都誇，妳和她住得這麼近，怎麼不跟人家學學？」

李綺節心中冷笑。學什麼？還不是看孟七娘是一雙三寸金蓮，想強迫她再度纏腳！做夢去吧！

「要不是因為妳是我們天保沒過門的媳婦，妳以為我願意管妳？」

高大姐絮絮叨叨一陣，說得喉嚨發乾，端起青花瓷碗，咕嘟咕嘟幾口喝完，「看在妳生母早逝的分上，這一回我替妳擔著，以後妳再敗壞我們楊家的名聲，我跟妳沒完！」

李綺節暗暗腹誹：還什麼楊家的名聲，鄉里鄉親的，誰不知道誰啊？您家兄弟偷鄰居家的牛，被人抓去剝了衣裳遊街，您怎麼不和他沒完？

高大姐囉裡叭嗦說了半車子話，看李綺節面上雖然倔強，但一直默默站著停訓，自覺出了口惡氣，心中暢快不少，抓起什錦攢心盒子裡的果子，往袖子裡塞，直把袖子裡的口袋塞得鼓鼓的，一邊往外走，一邊道：「今天妳阿爺不在家，我就不多坐了，等李相公回來，和他說一聲，大後日老太爺大壽，縣老爺也要出席，請他來府上吃酒。」

語氣有些紆尊降貴，彷彿多了個縣老爺，他們楊家就成貴人了。

寶珠嘴裡殷勤答應著，客客氣氣送高大姐主僕兩個出門。

進寶收拾吃剩下的盤盞碗碟，嘖嘖兩聲，「還說他們是大戶人家呢，雞蛋全吃光了！」

吃雞蛋茶是有規矩的，主人家給的荷包蛋越多，就越顯示出對客人的重視。一般是一碗兩個或是四個荷包蛋，八個是待客的最高禮儀。

客人吃雞蛋茶時，不能全部吃完，必須剩下一兩個，全部吃光是很失禮的。

李綺節伸長脖子去看：孟娘子和高大姐吃過的茶碗都乾乾淨淨的，連湯水都沒剩下，倒是丫頭荷花吃過的茶碗裡頭還泡著一枚荷包蛋。

李綺節嗤笑一聲：看來，楊家想改換門庭，任重而道遠啊！

是夜，酉時三刻，葫蘆巷深處響起一陣悅耳的鈴聲。

古人認為銅鈴可以辟邪，夜晚出行時必定會佩戴鈴鐺，用來驅邪庇佑。二來在馬車、牛車、驢車上繫銅鈴，走動時鈴聲先行，也可提醒路人，避免車馬行人碰撞，車禍發生。

李綺節聽著熟悉的鈴聲，眼睛一亮：肯定是李乙回來了！

她連忙吹滅燈燭，鑽進薑黃色繡蟲草鳥獸的蚊帳裡，拉上竹葉青滿繡團花紋薄被，閉上眼睛裝睡。

李乙和李子恆父子倆趕著一牛車收來的棉花、蠶繭、苧麻、山貨，回到家中來。

寶珠披了件夾衣，點上油燈，下樓來和進寶一起打開院門，將父子倆讓進院子。

進寶把燈籠掛到桂花樹的枝枒上，照亮整個院子，幫著卸貨。

李子恆手裡掂著兩個油紙包裹，往進寶手心裡一塞，「擱到灶房去，紮紅繩的是甜口的棗泥麻餅，紮白繩的是鹹口的梅菜肉餅，別放混了啊！」

進寶按著李綺節的吩咐，故意裝出一副垂頭喪氣的模樣，不像往常一般機靈，接過了包裹，低眉順眼站在一邊，也不說話。

李乙沒瞧見李綺節下樓來，心裡疑惑，卸了車上貨物，問在一旁幫忙搬棉花的寶珠：「三娘呢？又跑出去看別人耍蹴鞠了？」

古代的蹴鞠運動曾經風行一時，上至九五至尊，下到販夫走卒，閒暇時會以蹴鞠為樂。蹴鞠藝人的收入很高，踢得好的可以揚名立萬，甚至能夠出入皇宮，成為天子近臣。

宋朝時已經形成一套成熟的蹴鞠比賽體系，有遍布全國各地的蹴鞠行會——圓社。

圓社會定期組織蹴鞠比賽，選拔年輕有為的蹴鞠人才，評定蹴鞠的技術等級，有些相當於現代的足球俱樂部和青訓學校。

當時達官貴人和民間百姓都爭相把家中子弟送入圓社學習蹴鞠技藝，並以此為榮，就像現代父母攢錢給家中孩子報外語、鋼琴培訓班一樣。

明朝開國皇帝朱元璋嚴禁軍隊裡的兵士玩蹴鞠，違者會被砍掉雙腳。中國的蹴鞠運動自此開始逐漸衰落，直到清朝時，上流社會中已經找不到蹴鞠人的身影。

如果蹴鞠運動沒有式微，說不定後世的中國會成為足球霸主，老百姓們就不用為國足操碎心了，不過這只是李綺節私底下的腹誹罷了。

軍隊的制度暫時還沒波及到民間，瑤江縣人仍然喜愛蹴鞠。縣裡一幫無所事事的浮浪子弟，閒極無聊，隔三差五會約在一起踢蹴鞠，連深閨婦人們中也有會踢球的。

女子注重名聲，小娘子們不能隨意拋頭露面，但瑤江縣的民風還算開化，不會總把未出閣的閨女拘在繡樓，故逢蹴鞠比賽，大膽的小娘子們都會前去圍觀，坐在兩邊酒肆的二樓廂房看熱鬧。夜裡暮色降臨，小販商人在沿街擺起貨攤，正好可以在酒肆裡吃茶點，看花燈。

這種遊玩無傷大雅，通常都由哪家德高望重的太太夫人帶領，包下整座酒肆二樓，不許外男進去，隔壁的孟娘子就曾帶著葫蘆巷裡的幾家閨秀去酒肆玩過幾回。

李綺節每次去看蹴鞠比賽都很高興，看她的架勢，似乎也想下場和那些少年公子較量一下腳法。李乙知道李綺節閒不住，以為她溜出去同閨中姊妹們一起玩耍去了。

寶珠把眼眶揉得通紅，裝出一副委屈的神情，遲疑著道：「三娘不舒服，在床上躺著，且下不了床。」

李乙皺眉道：「怎麼又病了？是不是貪嘴吃了涼東西，把肚子吃壞了？」

一邊說著話，一邊走進裡間房裡。

寶珠將房內的一盞大油燈點上，屋子裡頓時亮堂不少。

李乙一言不發，直接握著一盞油燈，走到樓上廂房來。先去看過李綺節，見她正閉目酣睡，便沒打攪，靜靜地看了片刻，幫她掖好踢翻的被角，才下樓去。

房門闔上時，李綺節偷偷睜開眼睛，在黑暗中吃吃偷笑：對付李乙這種看著好說話，其實古板得要死的老頑固，絕對不能硬碰硬，只能溫水煮青蛙，徐徐圖之。

高大姐已經擺明了看不上她，她還沒嫁進楊家，婆媳關係就夠她喝一壺了。就算不能拒絕這門親事，怎麼也得先讓李乙知道她的委屈，才好做下一步打算。

樓下八仙桌前，進寶正把高大姐斥責李綺節的事情講給李子恆聽。

李子恆氣得臉色漲紅，一拍案桌，「楊家人憑什麼這麼說三娘？還講不講理了！」

「就憑她是天保的娘。」李乙把油燈放在桌上，瞪了李子恆一眼，「這事我心裡有數，你別跟著瞎起勁兒！」

李子恆冷哼一聲，甕聲甕氣地道：「阿爺就知道偏著楊家，不就是出了個縣太爺嘛，有什麼了不起的！」

他一甩手，蹬蹬蹬蹬跑上樓，再不肯下來了。

進寶和寶珠不敢說話，埋頭搬東搬西，假裝沒聽見父子倆的口角。

李乙轉身走到院子裡，卸下板車，對著默默嚼草料的老牛嘆了口氣，「這個憨兒子，你懂什麼啊？」

高大姐如果真的不想和李家結親，犯不著一次次挑李綺節的不是。她這是怕李綺節的脾氣太倔，娶進門以後不好彈壓，所以故意找藉口打壓李綺節，以後好拿捏她。

做人兒媳婦的，少不了要忍氣吞聲，這才只是開頭呢！

李綺節趴在門板上，樓下李子恆和李乙說話的聲音她聽得一清二楚。

她早猜到李乙會選擇裝聾作啞，這個便宜老爹固然疼愛她，但涉及到女子婦德之事，老古董依然是個老古董。

他的思想觀念是從小耳濡目染形成的，幾十年的禮教道德洗腦，不可能說變就變。得用上水磨功夫，才能一點一點軟化李乙。

大概是白天被高大姐譏刺了幾句，李綺節夜裡做了個夢。

她夢見自己和高大姐一言不合打了起來，李乙、李子恆和楊天保都站在一邊看熱鬧，沒人上前幫忙。夢裡的高大姐凶神惡煞，爪子鋒利無比，攥著她的頭髮使勁扯，「嘶啦」一聲，扯下一塊帶血的頭皮。

「媽呀！」

李綺節大叫一聲，從夢中驚醒。

雖然只是個夢，她卻能清晰地感受到頭髮被扯掉一大團的那種痛楚。她趕緊去摸後腦杓，發現頭髮還好好地長在自己腦袋上，這才鬆了口氣。

「三娘！」門外一聲驚叫，寶珠穿著貼身的小襖長褲，趿拉著木屐，推開房門，摸黑走到床邊，「官人叫妳快些梳洗穿衣！」

「我只是做了個惡夢。」李綺節掀開蚊帳，打了個哈欠，「沒事了。」

寶珠急得直跺腳，「三娘快些，牛車已經套好了，官人讓咱們連夜出城！」

藉著房頂漏下來的月光，李綺節看清寶珠的臉：神色惶急，滿頭大汗。

李綺節心中一窒，「出什麼事了？」

她忙爬起身，披了件綠地金花毛青布夾衫，穿上繡鞋，提著裙角，蹬蹬蹬跑下樓。

樓下點了油燈，李乙和李子恆坐在桌前，神情冷肅，進寶蹲在地下收拾包袱。

「阿爺？」李綺節走到李乙身邊。

「噓！」李子恆對李綺節搖搖頭。

李綺節連忙噤聲。

門外傳來一陣沉悶悠遠的鐘聲。

寂靜的深夜裡，鐘聲聽起來有些陰森，一聲連著一聲，從東邊城門到西邊渡口，傳遍瑤江縣城的角角落落。

正是半夜三更，寒意一點一點沁上來，堂屋裡涼颼颼的，李綺節忍不住打了個哆嗦。

寶珠連忙取來一件水江紅披風給她披上。

等鐘聲慢慢遠去，李乙沉聲道：「數清楚了，攏共響了多少下？」

進寶在一旁道：「官人，是十一下。」

李子恆點點頭，「阿爺，確實是十一下。」

彷彿是一剎那間，隔壁四鄰忽然傳出一陣嘈雜人聲，接著是開門、關門發出的吱呀聲，男人和女人吵架，父親在斥責兒子，母親在連聲抱怨，小兒啼哭不止……

靜謐沉寂的秋夜，霎時處處喧鬧，公雞在竹籠裡長鳴，野狗在街邊狂吠，恍如白晝。

整個葫蘆巷的人家似乎都被鐘聲驚醒了。

李乙不再遲疑，霍然站起，「大郎，快送三娘出城，路上不許耽擱！」

李子恆跳起來，抬腳就走，「阿爺放心，我曉得輕重。」

李乙把李綺節抱到板車上坐定，往她懷裡塞了一個青地白花粗布包袱，「三娘別怕，先回老宅住幾天，等中秋阿爺就回家去，別惦記著城裡，聽大伯和伯娘的話。」

李綺節點點頭，乖巧道：「阿爺，我膽子大著呢，一點都不怕。」

李乙摸摸李綺節的長辮子，嘆息一聲。

寶珠抱來一床厚棉被，壓在李綺節身上，把她蓋得嚴嚴實實的，自己也跳上板車，鑽進被子裡。進寶打開院門，李乙在後面幫著把板車推出門檻，「往西門走，那邊有夜船。」

巷子裡靜悄悄的，牛車走在黑暗中，牛脖子上掛著的鈴鐺，一晃一晃的，發出一聲聲清脆的鈴聲。轉彎時，李綺節回頭，李乙提著紅紙糊的燈籠，還站在李家門外看著他們。昏黃的燈光映在他臉上，半明半暗，看不清楚他的神情。

離西門越近，路上的牛車、馬車越多，沒有牛馬的人家，直接徒步出城，每個人都神色匆匆，就像災荒年間逃難的流民。

住在縣城的人家大多家境殷實，小娘子們都是纏的小腳。三寸小腳走得不快，小娘子們眼睜睜看著牛車從身旁經過，自己被遠遠抛在後面，急得直抹眼淚。

李綺節半躺在板車上，背靠一個空竹簍，身前壓著一層厚厚的棉被，頭上罩著兜帽，看不清外邊的情景。一路走來，都能聽見嚶嚶泣泣的哭聲。

寶珠當年逃過難，看著路邊哭泣的小娘子，有些不忍，「三娘，咱們車上還空著，能不能順帶捎幾個人出城？」

李子恆聽見，沒有回頭，一鞭子甩在車板上，「就妳多嘴！」

寶珠瑟縮了一下，不敢再吭聲。

西城門前擠了一堆人馬車轎，亂哄哄的，吵成一團。有幾個脾氣衝的直接剝了衣裳，滾在地上廝打。周圍的人視若無睹，沒人願意多管閒事。

李子恆急得抓耳撓腮，「城門堵起來了，怎麼辦？」

李綺節打開李乙剛剛交給她的包袱，摸出一個灰撲撲的荷包，遞給李子恆，「找個守夜的更夫，他們知道小門在哪裡。」

李子恆把牛車繫在路邊一棵槐樹下，正想去找人打聽，有人看見他們幾人有牛車使喚，知道他們有油水可榨，主動找上門來，「小相公想出城嗎？一個人一兩銀子。」

寶珠倒吸一口涼氣：一兩銀子就是一千二百個大錢，幾乎是李家一個月的柴薪米糧錢，這個人真是獅子大開口！

李子恆有些猶豫，李綺節悄聲道：「別磨磨嘰嘰的，先出城再說。」

李子恆取出一錠碎銀，拋到來人手心，「這是一兩八錢的，等出了城，剩下的再給你。」

來人掂了掂碎銀的分量，啐了一口，「小相公倒是精明。你們放心，我姊夫在縣衙裡當差，跟著我走，保管你們能順利出城！」

這人瞧著流裡流氣的，說的話倒是不假。七拐八拐，很快把李子恆幾人帶到一條僻靜的岔道裡，指著盡頭一處窄門，得意洋洋地道：「瞧瞧那道小門沒有，直走出去，再往右拐，就是瑤江渡口。」

李子恆鬆了口氣，掏出兩串銅板，「你是楊家九郎吧？勞煩你了。」

楊九郎一把搶過銅板，也沒數，低頭往袖子裡一塞，笑嘻嘻地道：「什麼九郎十郎？我不認得，你們可別亂說啊！」說完，一溜煙兒跑遠。

李子恆搖搖頭，趕著牛車出了小門，再往右手邊的小道走了片刻，穿過一段雜草叢生的泥巴路，果然聽到一陣熟悉的號子聲——那是渡口的船伕們在拉客。

李子恆把牛車藏在草叢裡，去渡口打聽情況，回來時氣呼呼的，一拍板車，罵道：「真是沒良心，全都趁機賺黑心錢，過江竟然要七百錢！」

寶珠嘖嘖兩聲，「平時搭船只要五個銅板就夠了，夜船也是這個價，怎麼漲了這麼多？」

李綺節掀開棉被，跳下板車，拍拍散亂的髮辮和衣襟，「算了，誰讓我們只能搭他們的船過江呢！」

李子恆不服氣，還想和船伕講講價錢，船伕把翠竹長篙往水底一插，「夜裡風急浪高，我們討口飯吃不容易，小相公要是捨不得費鈔，自己划條船過江試試。」

旁邊幾個船工連聲應和：「哪還用划船啊，小相公會梟水，自己游過去得了！」

「就是，愛坐不坐，船上的位置不多了，小相公出不起錢，還是抬抬貴腳，下船吧！」

李子恆氣得滿面漲紅，把牙齒咬得咯咯響。

李綺節怕哥哥和人動手，從包袱裡摸出一吊錢，在船伕們眼前晃了晃，「誰說我們出不起錢了？這渡口的烏篷船多的是，不單單你們幾個能撐篙渡人。我們兄妹常常往來瑤江縣城，隨口往外這麼一宣揚，叔爺們的名聲可就難聽了，以後誰還肯坐你們的船過江？」

船伕們被李綺節一噎，頓時惱羞成怒，「小娘子說的什麼話？要不是妳家小相公不講理，誰會同他磨纏？」

「就許你們張口要價，別人不能論論理？」李綺節冷笑一聲，「大家都是鄉里鄉親的，想做生意，還是客氣些才是道理。」

船伕們臉上訕訕，甕聲甕氣地道：「小娘子伶牙俐齒，我們說不過妳。」

接下來各退一步，討價還價，最後說定過江一人五百錢。

李子恆把牛車牽出來送上了船，幾人剛在船艙坐定，忽然聽得外邊一聲怯怯的呼喊：「李家妹妹……」

這聲音聽著有些耳熟，李綺節掀開青花布簾，把燈籠往岸邊一照。

只見一個頭梳雙螺髻，身穿紅綾襖、綠棉裙的小娘子站在岸邊，懷裡緊緊抱著一個灰布褡褳，瑟瑟發抖。昏黃的燈光照在她臉上，映出一張哭花了妝容的臉。

李綺節有些驚訝，「孟姊姊？」

這小娘子正是高大姐十分推崇的孟家七娘子孟春芳，孟舉人和孟娘子的千金閨女。

孟春芳眼圈通紅，看到李綺節，忽然嗚哇一聲大哭起來。

李綺節嚇了一跳，走下船板，把孟春芳扶進烏篷船，「孟姊姊莫慌，隨我過江再說。」

船伕站在船頭朝李綺節擠眉弄眼：原來孟春芳出門走得急，身上只帶了一吊錢，出城賄賂更夫的時候已經用完了，船伕見她掏不出錢，不肯讓她上船。

渡口上兵荒馬亂的，孟春芳平時大門不出，二門不邁，哪裡見過這個陣仗，心裡又急又怕，要不是看到李綺節和船伕們打嘴仗，見到個熟人，她連投河的心思都有了。

李綺節沒好氣地瞪船伕一眼，「先開船吧，這是我相熟的姊姊，她的船資我來出。您放心，我帶的銀兩盡夠了。」

船伕聽李綺節說會為孟春芳付錢，這才收起船板，船篙划開碧綠江浪，離了江岸。

李綺節翻出乾淨綢絹子，給孟春芳擦臉——難怪高大姐喜歡孟七娘，這麼緊急的時刻，她竟然還敷了鉛粉，抹了胭脂才出門。果然是舉人家的小姐，和她們這些蠻丫頭不一樣。

孟春芳是葫蘆巷裡出了名的幽靜淑女，剛才嚇得當眾大哭了一場，自覺失態，臉上有些羞窘，進了船艙後就坐在小杌子上，低著頭擦臉擦手。

李子恆怕孟春芳不好意思，已經到外頭去坐著了。

烏篷船在江面上起起伏伏，輕輕搖晃，像盪鞦韆似的。

「孟姊姊怎麼一個人？」

說到這個，孟春芳眼圈又是一紅，「城門口的人太多，我和奶媽走散了。」

李綺節拍拍孟春芳的手，安慰她：「孟姊姊別擔心，奶媽找不到妳，自會回城的。我哥明天還要回城去，到時候讓他去你們家報個信，好教孟嬸嬸放心。」

孟春芳輕輕嗯了一聲，「多虧遇著妹妹，不然我都不知道該怎麼辦。」

李綺節扳開一枚蛋黃月餅，遞給孟春芳一半，「孟姊姊不必同我客氣，咱們兩家緊挨在一塊兒，遠親不如近鄰，平時多勞孟嬸嬸照應我們兄妹，謝來謝去倒生分了。」

孟春芳接過月餅，小心翼翼地啃了一口。她吃東西的姿態優雅，動作從容，每一口咬下來的分量幾乎是精確算過的，一點不多，一點不少，手裡還拿絹子接著月餅掉下來的細渣，不會弄髒衣裙。

李綺節心裡嘖嘖兩聲，不愧是從小學規矩的，連吃月餅都這麼講究。

孟春芳已經到了說親的年紀，因她是舉人之女，一雙小腳又纏得好，瑤江縣城許多人家上門求娶，媒人三天兩頭上門，半年下來，孟家門檻硬生生矮了半截。

孟娘子自視甚高，看不上縣裡人家，一門心思想攀高枝，把孟春芳嫁進貴人家去。

為了達到攀高枝的目標，向來吝嗇的孟娘子不惜花費重金，請女先生到家中教授孟春芳琴棋書畫，一天都不放鬆。還每天讓老媽子熬些美容養顏的藥茶參湯，讓孟春芳當茶喝。聽說富人家的小姐身上都有奇香，孟娘子也天天在家中熏香，好幾次差點引燃蚊帳。

那些味道重的蔥、薑、蒜，孟娘子一律不許孟春芳碰，只許她用桂花蕊、綠豆麵煮過的熟水漱口洗臉。幾年下來，孟娘子把孟春芳調理得猶如姣花軟玉一般，皮膚白裡透紅，舉止文雅嫻靜，縣裡人人都誇。

孟娘子自覺女兒已經高人一等，不能和縣裡的那些粗蠻丫頭相提並論，便端起架子，不許孟春芳出門，也不許別家小娘子去找孟春芳說話。

孟娘子尤其提防和自家只有一牆之隔的李綺節，生怕她帶壞孟春芳。每回李綺節上門，孟娘子都如臨大敵，恨不能把孟春芳揣進口袋裡藏起來，不讓李綺節看見。

李綺節不想自討沒趣，很少主動找孟春芳說話，兩人雖然是緊鄰，其實生疏得很。

縣裡有些求親不成的人家，心裡暗恨孟娘子高傲，私下裡促狹：孟家不像養女兒，倒像是富人家專門調教小妾姨娘，他家是打量著把孟春芳送給達官貴人做小老婆啊！

李綺節不這麼想，孟娘子雖然有些刻薄，但是對一雙兒女很是慈愛，不會捨得把自己千辛萬苦撫養長大的女兒送到別人家做奴才。

如果孟娘子真想讓女兒給大官做小妾，今晚就不會讓她逃出城了。

槳聲欸乃，烏篷船很快到了對岸，船伕搭上板子，跳下渡船，把船繩繫在岸邊一塊磨得光禿禿的大青石上。

李子恆牽著老牛下船，李綺節、寶珠和孟春芳緊隨其後。

李綺節抱著幾個大包袱走在前面，讓寶珠回頭去攙孟春芳，扶她走下船板。

沒辦法，孟春芳是標準的三寸金蓮，裙角底下是一雙巴掌大的小腳，頭上又是厚重的髮髻首飾，明顯的頭重腳輕，在平地站著時搖搖擺擺，恍似弱柳扶風。風韻有了，氣度也有了，可她一站起來就打晃，根本站不穩，平時走路都得小丫頭攙扶，更別提讓她自己下船了。

寶珠不去扶她下船的話，她肯定得一頭栽到江裡去。

岸邊是等候接人的各家親戚，都躲在背風處圍著火堆烤火取暖，看到船隻靠岸，便圍攏過來認人。孟春芳的穿戴打扮是照著城裡官家小姐來的，她又生得高瘦，站在人群裡，有如鶴立雞群，格外顯眼。

孟家人一眼看到她，連忙過來迎接，「七娘沒嚇著吧？」

孟春芳認出來接的是自家族人，鼻子一酸，喊出一聲：「表姑！」腮邊滾下兩行清淚，哽咽不止。

李綺節嘆為觀止：瞧瞧這說哭就哭的本事，哭就算了，還哭得這麼好看，哭得梨花帶雨，哭得我見猶憐，果然是專業人才！

可別小瞧哭，能像孟春芳一樣哭得這麼優雅也是本事，李綺節哭的時候基本上是涕淚橫流，要多難看有多難看。

婦人心疼萬分，摟著孟春芳不住安慰：「七娘別怕，跟表姑回家去，鄉里僻靜，採選使不會找到鄉下來。」

孟春芳和李綺節依依作別，跟著婦人走了。

「大郎、三娘，這裡！」李家老宅的長工招財舉著火把，擠出人群，啪嗒啪嗒跑到李子恆跟前，「東家娘在家等著呢！」

李子恆扶著李綺節坐上板車，「你怎麼來了？」

招財舉著火把在牛車前邊領路，聽見李子恆問，一拍大腿，「鐘聲響起來的時候，村裡的人家都聽見了，大家都趕忙起來，在這裡等著城裡的親戚過江。唉，京城裡的萬歲爺爺都多大年紀了，怎麼又選妃？」

李子恆笑了一聲，「你別亂說，興許是給皇太子選妃呢？」

招財嘀咕一聲：「皇太子年紀也不小！」

李綺節聽著李子恆和招財閒話，心裡暗笑。

這次可不是朱棣給自己選妃，也不是給皇太子選妃。

皇太子生得肥胖怯弱，走路都需要內侍攙扶。朱棣一生勇武，怎麼可能看得上太子？

皇太子至今能坐穩他的太子之位，全靠他的王妃給他生了個精明能幹的好兒子朱瞻基。要不是朱瞻基爭氣，讓朱棣一時拿不定主意廢太子，皇太子早就被他的幾個兄弟拉下馬了。

全天下人都知道朱棣不喜歡皇太子，朝廷怎麼會大張旗鼓給皇太子選妃？

這次選秀，多半是給皇太孫朱瞻基選妃。

明朝也有選秀，和清朝選秀重視出身門第不同，明朝為了防止外戚干政，后妃女眷都是從民間選拔的良家女子。嬪妃們大多家世不顯，門第簡單。

在明朝，平民出身的皇后一點都不出奇。明朝的娘娘們，是真正的飛上枝頭做鳳凰。

如果清朝的后妃和明朝的后妃來個選美比賽，不用說，贏的肯定是明朝的娘娘們。因為明朝的娘娘們都是從全國幾千個秀女中脫穎而出的聰慧少女，姿容妍麗，品行端莊。

清朝上至皇后，下到宮女，全部是旗人，本來選擇範圍就小得可憐，還講究子以母貴，身分家世高的才能冊封為妃，妃嬪們的顏值水準可想而知。基本上只要是五官端正看得順眼的，都算得上是宮裡的美人。

不過，雖然明朝的宮女后妃從民間遴選，可並不是人人都想送自家女兒進宮搏富貴，尤其明朝後宮管制森嚴，宮女后妃一旦入宮，終身不能離開宮廷一步，不論生死，一輩子都拘在紫禁城中，永世不能和家人團圓。

而且，明朝還有更加冷酷的殉葬制度。

殉葬制度本是先秦時候的傳統，到漢武帝時，這種野蠻的制度已經基本廢除。直到明朝時，脾氣暴烈的朱元璋再次重啟殉葬制度。他駕崩時，有將近四十個嬪妃被迫殉葬。他兒子朱棣死的時候，殉葬的嬪妃是三十多個。

明朝不止皇帝死了嬪妃要殉葬，有時候，藩王、親王去世，府裡的藩王妃、親王妃也必須殉葬。唯有生過兒子，並且兒子還獲封爵位的，和出身勳貴之家的嬪妃，才可以免除殉葬的悲慘下場。

潭州府土地肥沃，魚米豐肥，縣裡人家過得還算富足。不缺吃穿，自然便不捨得女兒小小年紀遠赴他鄉，與人為奴，尤其是隨著永樂帝的年紀越來越大，民間百姓更不敢送女兒進宮，萬歲爺一隻腳已經踏進棺材裡了，肯定不能再讓嬪妃受孕，這個時候被選進宮去的嬪妃，十之八九都會被強迫殉葬。

閨女都是身上掉下的一塊肉，從咿呀學語養到十一二歲，花骨朵一樣的鮮豔漂亮，除非是窮瘋了的人家，誰捨得把寶貝閨女往火坑裡推？

於是，這幾年每到朝廷選秀，縣裡人都會以十一響鐘聲為暗號，讓各戶連夜把家中的小娘子們送到鄉下，逃避選秀。不然等順天府的內監進城來，再逃就來不及了。

潭州府毗鄰大運河，可能因為交通便利，這幾年採選內監頻繁坐船造訪瑤江縣城。

縣裡的大戶擔心自家閨女被選中，籌錢買通了官衙裡的皂隸，內監們的船到武昌府時，皂隸就會敲鐘提醒，縣裡人家一聽到鐘聲，立刻連夜送閨女出城。

古人聞雞起舞，瑤江縣人是聞鐘喪膽，每逢選秀，小娘子夜半出逃已成為縣裡的慣例。

其實李綺節完全不必急著逃出城，她是訂過親的良家女，又沒纏小腳，負責選秀的採選內監就是看到她也不會選她——在以小腳為美的大明朝，大腳姑娘參加選秀的話，海選的第一輪就會被淘汰下來。

不過，李乙謹慎慣了，寧願讓李綺節連夜去鄉下躲避，也不願讓她留在城裡。

朝廷選秀可不會跟老百姓講道理，明面上是選容貌姿色、儀態品行，其實全看皇家的喜好，誰知道萬歲爺會不會突然腦子抽風，非要挑個大腳的呢？

比如朱瞻基的正妃，原來定的是青梅竹馬的孫氏，結果朱棣聽了個算命先生的話，硬是讓秀女胡氏當了太孫妃。朱瞻基登基後，還是把皇后胡氏給廢了，另立孫氏為后。

不過，有時候不得不信命，大明江山確實差點葬送在孫氏的兒子朱祁鎮手上。一個害死大半朝臣勳貴，被異族綁票的皇帝，也算是中國歷史上的一大奇葩了。

因為朱祁鎮的偏聽偏信和任意妄為，引發一場土木堡之變，從此京師門戶大開，明朝徹底由攻勢轉為守勢，再沒有遠征的可能。國力衰退，軍政斷層，勳貴文武死傷殆盡，三軍精銳和火器研發徹底作廢，皇室幾代內鬥不斷。

看起來只是一場軍事慘敗，其實影響了大明朝的百年國運。

後世很多學者認為，土木堡之變是大明王朝由盛轉衰的轉捩點。

那個向朱棣諫言，讓他冊立胡氏為太孫妃的道士，到底是未卜先知，還是單純運氣好，瞎貓碰上死耗子？

李綺節沉思間，牛車已經拐進岔道，駛入李家村。

李家老宅大門前點了兩個大紅燈籠，有人站在燈下，朝江邊遙遙相望。

李子恆一甩竹鞭，「三娘，咱們到家了！」

李大伯的髮妻周氏聽到說話聲，笑呵呵迎上前來，「可算到家了，船上冷不冷？別著涼了，喝碗薑湯，泡泡腳再歇息。」

李子恆把李綺節抱下板車，「伯娘，我明天還得回城呢，先去睏覺了。三娘就在家裡住下，中秋阿爺和我再回來接她。」

周氏將李綺節摟在懷裡，「三娘別害怕，到伯娘這裡來，誰都不能欺負妳！」

李綺節一頭扎進周氏懷裡，仰頭笑了笑，她才不怕呢！

李子恆牽著老牛進門，「大伯呢？」

周氏吩咐招財去燒熱水，又讓丫頭寶鵲去灶房把煮好的薑湯送到廂房去，「你大伯去鄉下收桂花了，這幾天都是大晴天，正好收桂花，不然等落雨，桂花都不香了。」

李綺節在周氏灼灼的目光下喝完一碗辛辣的薑湯，漱了口，各自安歇不提。

一夜無話，次日李子恆趕著牛車回城，這次他走的是山路。臨走前，周氏讓他帶幾擔柴米回城。縣裡物價高，一擔乾柴賣六文錢，在鄉下只要三文錢就能買一大捆。

老宅的房屋常常打掃，鋪蓋枕具，鍋碗盤碟，樣樣傢伙事兒都齊備。李綺節和寶珠在老宅住下，每天和伯娘周氏母女幾個一塊兒吃飯，閒時就去鄉里或是鎮上轉轉，轉眼便過了三五日。眼看中秋快到了，回村探親的人越來越多，李家村越發熱鬧起來。

這日傍晚，青瓦白牆外，一陣清脆鈴聲由遠及近。

李大伯撩開袍子一角，跳下牛車，招呼幾個僕從，將從各個村裡新收來的當季桂花抬進院子裡去。迎面卻見窄巷那頭一個少年郎君手執摺扇，身後跟著一個梳辮子的小廝，一主一僕閒庭闊步，遙遙走來。

李大伯膝下沒有兒子，可這小郎君分明是朝李家而來，不曉得是不是哪家親戚來串門。

待走得近了，只見那小郎君頭戴一頂雪青逍遙巾，身著一襲墨綠圓領對襟窄袖長衫，底下著松花長褲，腰束革帶，腳蹬羅皮靴，一副時下最風流俊俏的男兒打扮。

然而，他面色白皙，眼若秋水，杏面桃腮，宛如珠玉，身量也細削窈窕，細看便知，這哪裡是什麼俊俏小郎君，分明是個十一二歲的清秀小娘子。

李綺節在老宅閒極生悶，白日裡帶著丫頭寶珠去鎮上略逛了逛，剛坐船從鎮上回來。登岸才沒走幾步，便見自家門前停著一輛滿載貨物的牛車，還有七八個長工在一旁忙亂，曉得是李家大伯回屋來了，連忙疾步走上前，恭恭敬敬地道：「大伯回來了。」

李乙每年中秋都是在鄉下老宅過的，李大伯看到李綺節，也沒詫異，點點頭，從牛車上找出兩枚油紙包裹，「去哪裡耍了？這是給妳們姊妹幾個帶的雲片糕和麻糖糕，拿回去分與妹妹們一塊吃吧。」

寶珠上前接過油紙包，揣在手裡。

李大伯和李乙自幼相依為命，感情十分親厚。兄弟倆雖然一個住在城裡，一個住在鄉下，但始終沒有分家。

李子恆和李綺節常常陪李乙回鄉下李宅小住，一年十二個月，幾乎有一半的時間都在李宅度過。兄妹倆和李大伯、伯娘周氏一直都很親近。尤其是伯娘周氏，因為沒有生育過的緣故，加上憐惜兄妹倆幼年喪母，待他們更是千疼萬寵，甚至可以說是溺愛。

李綺節攙著李大伯跨過門檻，走進院子，嘴裡道：「大伯，我去渡口瞧熱鬧，看到咱們潭州府那條專門往順天府運送貢品的大官船了！那船帆一張開，就像一座山，恁般高大！」

李大伯捋捋鬍子，笑道：「我們潭州府的官船看著闊氣，其實不算什麼。妳要是去到應天府和廣州府，看他們碼頭泊的那些大船隻，密密麻麻，遮天蔽日，就跟樓宇寶山一樣，有一座山那麼高，船帆張起來的時候，比瑤江縣最大的酒肆還要大，那才叫器宇軒昂咧！當年三寶太監率領船隊出使外洋，好多人翻山越嶺趕去看稀奇，只可惜那時候妳伯娘偏巧病了，不然我也能跟著商隊去見見世面。」說著還嘖嘖兩聲，顯然是遺憾至今。

三寶太監，應該就是七下西洋的鄭和？

如果李綺節沒記錯的話，鄭和的七次出海大部分都在永樂年間。朱棣駕崩後，繼任的仁宗以國庫空虛為由，下令停止船隊再下西洋。直到宣宗年間，鄭和最後一次率領船隊揚帆出海。之後他未能返回祖國，不幸病逝在萬里之外的印度洋古里國。

李綺節暗暗思索：眼下是永樂二十年，朱棣是哪年駕崩的？

也不知道她這輩子能不能有機會親眼見識一下在歷史上赫赫有名的大明船隊。

伯侄倆走到院裡，周氏端著一個曬筍乾的笸籮，正讓丫頭寶鵲收攏曬好的筍乾，存放在一個大肚圓口的青瓷罐子裡。長工們將桂花搬進院裡，堆在地下。

周氏放下笸籮，抽出手帕擦了擦手，對李大伯道：「官人，夜裡怕是要落雨，這桂花還是搬到屋裡放著吧。若是淋了雨，收桂花的幾千錢可就打水漂了。」

長工們聽周氏如此說，便又將裝桂花的竹筐全都一簍簍搬到房裡放好。

周氏一邊讓寶鵲去煎茶，一邊笑呵呵道：「忙了這七八日，今年鄉下的金桂全收完了。你們也都該回屋歇歇，明天就不用上工了。」

長工們紛紛向東家娘子道謝，搬完東西，坐在灰泥院牆下歇腳。

寶鵲端來熱茶和豬耳朵、糖卷果、麻葉片等幾樣果子，給長工們吃。

長工們喝過熱茶，一人抓了一大把果子，和李大伯道聲辛苦，便回自家屋去了。

周氏親自端來熱湯、皂角，讓李大伯沐浴。因他這幾日都在村裡人家中睏覺，怕人家的鋪被不乾淨，一併連髮髻也都拆開洗了。

李大伯換了身乾淨衣裳，散著一頭毛躁長髮，坐在樓下堂屋前，倚著黑漆小几看一本市井流傳的傳奇小說。然而他手中的書冊才剛翻開沒幾頁，腦袋便一點一點，打起了瞌睡。

寶鵲捲著衣袖，露出一截雪白胳膊，坐在院子的大棗樹下漿洗衣裳。她腕上籠著一個卡口八寶紋銀質手鐲，是周氏送的。怕手鐲沾了冷水，她往裡頭塞了張帕子，把手鐲擼得高高的，牢牢箍在胳膊上，遠看就像戴了只銀臂釧。

周氏頭上包著藍花布巾，腰間圍一條撒花裹肚，在灶房炊米造飯。

劉婆子趁著灶膛裡的柴火正旺的功夫，宰了一隻大肥雞，燒上一銅壺滾燙開水，坐在牆角燙雞拔毛，滿院都飄著一股難以言說的刺鼻腥味。

李綺節把李大伯帶回來的果子分與兩個庶出堂妹李昭節和李九冬，一人分得一小半。餘下的都讓寶珠收起來，放在鑲嵌銅扣的糖果匣子裡，預備留著後日吃。

李昭節和李九冬是典妾生的。

貳之章 ● 避居伯家話舊事

周氏多年不孕，幾年前曾為李大伯典買了個丫頭。丫頭生完兩個孩子，便又被家人贖買回去嫁人了。

典妾在潭州府是常事，許多人家的主婦不願為丈夫納娶二房，寧願買個丫頭，生下一男半女後就遠遠打發掉。這樣既能為家中開枝散葉，又不用擔心小妾仗著庶子庶女作妖。

那些貧苦人家，將家中的小娘子典賣出去，等過幾年，找主家說說情，再贖買回家，打發小娘子嫁個鰥夫或是財主，還能再換一筆豐厚的彩禮。

有些人家甚至專門做典妾的生意。從小就細心調理女兒家，等到了年紀，就讓她去大戶人家當典妾。生下一男半女，將養個三五月，再送到另一家去，繼續為主家生孩子。

李昭節和李九冬的生母在李家住了三年，卻是連姓名都沒有留下，李綺節記得人人都叫她大姑娘。大姑娘家裡並不窮，可她上頭有五個哥哥，哥哥們娶親要蓋新房，不然娶不上媳婦。大姑娘的父母急著抱孫子，為了籌措銀兩替兒子們蓋房，就把大姑娘賣到李家做典妾。

周氏不是刻薄人，對大姑娘不壞，大姑娘走了之後，她把李昭節和李九冬姊妹倆當成自己的孩子一樣看待。不過，她脾氣急，平時說話嗓門大，姊妹倆都有點怕她。

姊妹倆的年紀還小，都梳著小抓髻，髮間纏了根玫紅綢帶，穿一身淡青襦衫，外面罩一件對襟茶褐色棉褂子，底下繫一條紅黃間色裙，裙角露出月白緞子繡紅花繡鞋的尖角。

兩姊妹一樣著裝，一樣髮式，打扮得猶如雙生兒一般，親親熱熱坐在堂屋地下鋪設的簟蓆上分吃果子。

李綺節囑咐兩個堂妹莫要吵嚷，給趴在小几上酣睡的李大伯披了一張薄棉被，又低聲囑咐寶珠在一旁看著小妹妹們，自己走到灶房來，要幫周氏燒火。

周氏連忙推她出去，高聲道：「小心莫要讓煙火熏了妳，燙著了可不是玩的。我正要開油鍋炸鯽魚仔呢，油星四濺的，妳可別靠到跟前來。隔壁吊子上熬著筒骨藕湯，妳去瞧瞧藕塊熟了沒。」

潭州府本地規矩，但凡逢年過節，或是有客上門，或是初一十五的正日子，家家戶戶都要秤兩刀肉，買幾個粉藕，好熬一大吊子的筒骨藕湯吃。

李大伯月前帶著夥計去城外鄉下收桂花，一去七八日。周氏估摸著自家官人這幾日便要回來了，一早讓劉婆子去渡口那些撐船販賣自家田地菜蔬的農戶手中購了幾枝湯藕。

這會兒藕湯已經熬煮了兩三個時辰。

李綺節才一掀開熏得黑漆漆的鍋蓋，沸騰的熱氣中便有一股極其馥郁的藕香，摻著濃烈的肉香味道，撲面而來。

李綺節吸了吸鼻子，復又蓋上蓋子。

吊子底下的四方灶中，炭火劈里啪啦，燒得一片紅豔豔，烘得她臉頰直發燙。

她今天出過門，身上穿得有些厚實，再被這炭火一熏，熱得脊背有些發癢。她連忙退後幾步，掏出手帕抹了抹額頭，隨手從灶間的穀糠堆裡摸出幾個紅苕，拿鐵鉗一一夾了放進灶邊，埋在溫熱的灶灰裡。

淨過手，再回到灶間，寶鵲已經晾曬完衣裳，正坐在灶膛前的馬紮上，往裡頭添柴火。

周氏炸了一碗麵糊鯽魚仔，又炒了一碗扁豆、一碗白米蝦、一碗豆角、一碗嫩蓮子，接著便燒半鍋開水，將舂好的稻米倒進去煮。

李綺節連忙道：「伯娘，待會兒米湯別倒了，我好泡鍋巴飯吃。」

「煮了藕湯，還吃什麼鍋巴飯？還是多喝幾碗肉湯好。」周氏揭開鍋蓋，用勺子攪動沉在鍋底的大米，怕底下黏鍋，「米湯我都留著，要給隔壁朱家娘子送去。她家的小郎君奶水吃不飽，現今都是煮米湯給他吃。」

李綺節往日裡最不喜歡朱家人，聞言便不高興地道：「做什麼拿咱家的米湯送人，她自家的米湯呢？」

劉婆子拿著一把磨得雪亮的蒲刀，蹲在地上，一邊斬雞塊，一邊笑著插話：「三娘以為人人都像咱們家，頓頓都能吃白米飯？連鎮上的財主老爺都不敢天天吃米飯呢！也是官人和太太勤謹，又會過日子，也捨得與一家吃喝，家裡才吃得這般好。鄉下人家，一年到頭，大半都是吃的豆飯、苕飯加米糠。老阿姑只曉得存私房錢，他家大郎整日苕吃哈脹，啥都不幹，還跟著一幫浮浪子弟賭錢吃酒，把好好的田地、果林丟下不管。朱家娘子跟著老阿姑過活，一家幾個小娘子，每日都只吃兩頓飯，餐餐都是寡水麵條，要不就是蒸豆糠饃饃吃，把幾個好好的女伢仔瘦得只剩下一把骨頭。如今好不容易生了個小孫孫，老阿姑也不曉得心疼，照樣不肯給朱家娘子燉些湯水補養，還整日作怪，嫌棄朱家娘子沒奶水。」

老阿姑是隔壁朱大郎的老娘，因著輩分高的緣故，鄰里都要尊稱她一聲「姑」。這老婆子長得精幹細瘦，為人最是重男輕女，又小氣吝嗇，整日守著家裡的私房，不給兒媳、孫女一個銅板。朱家娘子前後生了三個小娘子，不曉得招了老阿姑多少白眼。

今年春天，朱家娘子終於生下一個小郎君，老阿姑便整日抱著小郎君不放手。然而她再心疼孫子，終究還是抵不過私房要緊，寧可厚著臉皮一家一家去求人家蒸飯剩的米湯，回家煮些米湯甜水與小孫孫喝，也捨不得費鈔買些雞鴨米糧，給產後虛弱的朱家娘子調養身子。

李綺節不喜歡老阿姑，身為女子，卻將自家孫女視為貓狗一般，任意輕賤責罵，也配得起鄉里人人尊她一聲「姑」？

李綺節也不喜歡朱家娘子，身為人母，懦弱無為，眼見自家骨肉受苦，卻無動於衷。她飽受婆婆老阿姑和丈夫朱大郎的欺侮，確實可憐，但她不思反抗，反而養出一副欺軟怕硬的刻薄性子，將自己的悲苦盡數發洩在三個女兒和周圍無辜鄰里身上。

李綺節住在李宅時，常常聽到朱家娘子打罵幾個女兒的聲音。大冬天裡，燒得通紅的鐵鉗直接往女兒身上抽，也不怕燙壞女兒的皮肉。而朱家三個小娘子，因為天天挨打，缺衣少食，個個都養得強盜賊子一般，潑辣精明，厲害得很。

但凡鄉里誰家小兒無意間衝撞朱家，朱家娘子就帶著幾個小娘子，如市井潑婦一般，滾地撒潑，嚎喪不止。

旁人見她們母女四個命苦，多半都憐惜有加，也不忍苛責，反而縱容得朱家老小越發無法無天，李綺節和朱家大娘子便勢同水火。

那是今年年初時候的事了。

當時還是正月裡，朱大娘從李宅門口經過，看到李綺節坐在門前吃柿子餅，馬上牽著妹妹朱二娘和朱三娘上前討要。

李綺節吃得正歡呢，忽然間冒出幾個小娘子一齊來找她要吃的，態度還十分蠻橫，她當然不想給。那朱大娘當即變了臉色，滾在李家門前好一陣摔打哀嚎，說李綺節仗著家裡有錢欺負她們姊妹，把隔壁十幾戶人家全都招來看熱鬧。

朱家娘子就坐在她家院子裡繡鞋墊，女兒在外胡鬧，扯著喉嚨哭叫大半天，她分明聽見，也不曉得出來說一句。朱家幾個小娘子就滾在李宅門前淒厲哭號，賴著不肯走。

周圍的鄰居、路人都露出不忍，還有相熟的鄉鄰勸李綺節發發善心，將柿子餅送給朱家幾個小娘子。李綺節偏偏不肯，她想施捨的話，誰也攔不住，但是二話不說上來就要別家白給，別家不肯，就摔在地上打滾，這般無賴，她可瞧不上。

她兩世為人，沒學會什麼涵養隱忍，脾氣反而養得更加驕縱。她能魂歸附體，來到大明朝，自然是有一番機緣在，可這份機緣是老天饋贈的，讓她好生珍惜時光、充實度日的，絕不是叫她來大明朝受委屈的。

李綺節就坐在自家門前門檻上，一邊吃柿子餅，一邊看朱家幾個小娘子在泥地上滾來滾去，任由旁人說些什麼，她一句也沒聽進心裡去。

等吃完一枚金黃柿子餅，李綺節站起身，拍拍衣裳，轉身關上自家院門——要哭的儘管哭，要罵的儘管罵，要可憐的也請儘管可憐，反正和她沒什麼干係。

自此，李綺節和朱大娘、朱二娘、朱三娘成了仇家。

如今聽劉婆子這一番感慨，分明是對朱家娘子和朱大娘、朱二娘、朱三娘十分憐惜。

李綺節聽了半天，心中厭煩，不耐煩道：「她家幾個小娘子若是好聲好氣，誰個不歡喜？整天賴著別人家不放，我哪裡看得上？她家大娘那天可是指著我的鼻子罵我是歹毒心腸，日後只配給人做後娘的。咱家米湯，做什麼還要送給朱家？」

周氏聽了這話，立刻擱下鍋鏟，面露不喜，蹙眉道：「朱家大娘真這樣罵妳了？」

李綺節冷聲道：「我騙伯娘做什麼？伯娘要是不信，可以去問問昭節和九冬。那天她們兩個在外邊踢毽子，朱二娘和朱三娘走過來，想哄她倆的毽子。那毽子可是我親手紮的，用了有三枚銅板呢！我自然不肯叫朱二娘她們白白搶去，那朱大娘就跑來把我一通罵，隔壁好幾家大人都聽見她罵我了。」

周氏哼了一聲，「小小年紀怎好這樣咒別人？若是一般小兒口角也就罷了，竟然敢咒我家三娘給人做後娘，還說我家三娘狠毒。這要是叫高家大姐聽見，又得跑來說一頓酸話！」

周氏是李綺節的伯娘，李乙髮妻早逝，楊、李兩家內眷來往，都靠她周旋應酬。高大姐對李綺節是什麼態度，她自然瞧得分明。

劉婆子想起周氏的忌諱，訕訕地道：「哎，朱大娘脾氣是急躁了些，連她娘朱家娘子的話都不管用了！」

周氏想了想，安撫李綺節道：「三娘，妳也別氣，到底是鄰里人家。朱大娘嘴裡難聽，丟的還不是她自家臉面？這米湯既是已經答應老阿姑了，也不好反悔，不過日後她若是再來求，伯娘定是不會答應她的。哼，敢罵我周銀釵的侄女！」

到了中秋這日，村裡更加熱鬧，天還沒亮，便能聽到院牆外一陣嘰嘰喳喳的人聲笑語。

李宅事事齊備，祭月要用的瓜果月餅已經陳設好，砂鍋吊子裡咕嘟咕嘟熬了滿滿一吊子豬骨蓮藕湯，只等李乙父子回家團圓。

李綺節起了個大早，穿了一件八成新的出爐銀對襟寧綢小夾襖，一件雨過天青毛青布內衫兒，鴨綠色秋羅素裙，挽著黑油油的髮辮，站在院子裡的黑皮棗樹下漱口。

刷牙的牙粉是從瑤江縣的牙粉行買的，三百文錢一小匣子，足夠用上幾個月。

牙粉從唐宋時就有了，用中藥配方製成，原料有楊柳粉、田七、百草香、蒲公英、青鹽等，不僅能清潔口腔、美白牙齒，還能唇齒留香，比後世的牙膏也不差什麼。

李綺節聽縣裡人家說，市井百姓們用的牙粉物美價廉，而富貴人家用的牙粉更加講究：把沉香、檀香、龍腦香、藿香、麝香等等十幾種名貴香料搗成粉末，用蘇合香油和熟蜜調成糊糊，再蘸取使用，有些像是凝狀的牙膏。

李家隔壁的孟娘子聽說富人家的小姐太太每天用這種頂級牙粉刷牙，不僅牙齒潔白，而且口齒伶俐，吐氣如蘭，一張口就香噴噴的，也想給孟春芳買一些使。讓小丫頭去花相公家的貨棧打聽了一下牙粉的價錢，嚇得咋舌，立刻打消了念頭。

那樣的牙粉，一兩就得耗費幾千錢才能做成，普通人家根本用不起，只有大戶人家能夠隨意取用。

李綺節已經習慣用市井常見的牙粉刷牙漱口，至於牙刷，卻是她自己鼓搗出來的，大明朝僅此一家，貨真價實的限量款。

牙刷不是什麼稀罕物，可這個時代沒有牙刷之說，老百姓們都管牙刷叫刷牙子。刷牙子是用骨、角、竹之類的材料，鑽出毛孔，鑲植馬尾製成，貨棧到處都有賣，八文錢一柄。

馬尾刷牙子雖然比楊柳枝好用，但是又粗又硬，李綺節用不習慣，怕時日久了會傷害牙齦和牙齒，硬逼著大哥李子恆給她做了一個鬃毛牙刷。

有人說，發明豬毛牙刷的第一人是明孝宗朱祐樘，中國歷史上唯一從始至終只娶過一個女人的癡情皇帝。如今是永樂年間，等朱棣翹辮子，再到孝宗即位，怎麼說也得幾十年，李綺節可等不了那麼久。

梳洗畢，她接過寶珠遞到跟前的青花紋雙耳小瓷罐，在臉上撲了層輕滑細潤的玉簪粉，正攬鏡自照，寶珠在一旁道：「三娘也該學著裝扮起來了，隔壁的孟娘子開春前就請了一個梳頭娘子教孟小姐畫眉。上個月我看到官人讓進寶在花相公家訂下幾兩眉石，三娘回去應該就能見著了。」

李綺節放下雕花小鏡子，吐吐舌頭。潭州府閨中女子們每天用的護膚品一樣比一樣更精緻，基本上不僅能抹在臉上，也能吃進肚子裡，又香又甜，純天然無公害。可是，這個時代的化妝品就不一樣了，大多數都有毒性，長期使用，可能會造成慢性中毒，她惜命得很，不想英年早逝啊！

據說英國伊莉莎白女王喜歡用鉛白粉敷面，當時的貴族婦女紛紛效仿，以致於不少美人為之喪命。李綺節不想步英國貴婦的後塵，美貌誠可貴，生命價更高！

梳洗過，李綺節照例先去伯娘周氏房裡問安。

到正房時，周氏還在梳洗，丫頭捧著水盆牙箸進去，裡頭窸窸窣窣的一陣輕言細語的聲響。不多時丫頭寶鵲走了出來，見了李綺節，臉上微微帶了一絲笑意，「太太才剛起來，三娘怎麼起得這樣早？」

「我那院子和朱家離得近，她們家昨晚一直在鬧騰，我五更時就醒了，睡不著，乾脆早點起來。」李綺節一邊說著話，一邊從小丫頭手裡接過幾枝含苞待放的玉蘭花，進了正屋。

周氏正坐在鏡臺前梳妝，梳頭娘子一邊拿著桃木梳子替她梳理那一頭濃黑豐厚的墨髮，一邊說些笑話趣事討好奉承。

周氏靜靜聽著，偶爾問些瑤江縣其他富貴人家的太太夫人，梳頭娘子一一應答，答不上的，劉婆子在一邊補充。

周氏平時很節儉，明明家中有幾十畝良田，可以坐享清福、衣食無憂，她卻是捨不得花用，連丫頭婆子都不肯多買一個，寧願忙時請短工來家裡幫忙。因為今天是正日子，要接待各家親戚，才請了梳頭娘子來家裡梳頭髮。

她今天打扮也比往常富麗很多，穿著一件白布衫兒、群青色滾邊松花襖子，外面罩一件蟹殼青繡平安富貴紋素綾褂子，下面繫一襲銀泥灰百褶裙子。

梳頭娘子給她挽了個緊繃繃的扁髻，散下來的碎髮拿絞股銀釵牢牢固住，前頭戴了一根薄銀點翠鑲米珠頂簪，翠玉蓮花頭簪子底下綴著一串水滴珍珠，襯著周氏耳垂上兩枚珠圓玉潤的珍珠玉環，莊重得很。

李綺節走到銅鏡前，笑道：「伯娘今天真好看。」

她順手把手上一朵還帶著露珠的玉蘭花苞簪在周氏的髮鬢旁。

紅衣簪黃花，黃衣簪紫花，紫衣簪白花。周氏穿一身青襖黃裳，李綺節選的是一朵微微帶著一線紅暈的淺色玉蘭花。

梳頭娘子陪笑道：「小姐選的好，這朵花正襯太太的好相貌。太太臉龐端正，是有福相之人，小姐……」

大概是想誇李綺節幾句，好哄周氏高興，目光落在李綺節鴨綠羅裙底下露出的一雙繡鞋上，臉上一僵，神色間頓時多了一絲不屑。

周氏臉色沉了下來。

劉婆子連忙道：「麻煩董娘子了，才剛聽妳說還要去給李家大房的九姑太太梳頭？他們家規矩大，別誤了時辰，我送妳出去。」

寶鵲手腳更快，已經七手八腳收拾好梳頭娘子的紅木雕花梳妝盒，一老一少，三言兩語間把梳頭娘子攙出正房。

周氏哼了一聲，把一枚壽字紋挖耳簪子扔在鏡臺前，「這董娘子果然是個拎不清的，以後再不要請她來家裡了！」

小丫頭連連應聲，點頭如搗蒜。

李綺節眨眨眼睛，她沒有想到，連一個走街串巷，專門以替別人梳頭為生的梳頭娘子，也能理直氣壯地鄙視自己，只因為她沒有纏腳。

她對著董娘子搖搖擺擺的背影做了個鬼臉：不纏腳又咋地，大腳丫跑起來又快又穩，打架的時候，一腳就能把您給踹翻嘍！

等周氏梳妝畢，劉婆子已經領著幾個幫工的婆娘把酒飯菜蔬預備好了。正席都是提前做好的，等李乙和李子恆父子回家後就能開席。

周氏領著李綺節四處查看一遍，回到正房，吩咐劉婆子取出各家的禮單，讓李綺節一個字一個字念給她聽，然後一一回禮，禮單就讓李綺節寫。

李綺節和哥哥李子恆都在村裡的學堂念過幾年書。先生是李家的一位童生，刻薄嚴苛，性情偏執，頭髮都花白了，寫字時手腕直打顫，還整天之乎者也，一心想著考取功名，對學生們的功課漠不關心。

李子恆學了幾年，除了搖頭晃腦裝深沉，啥都沒學會。李綺節倒是學得分外認真，她必須趁著年紀小多學些知識，免得將來長大處處受掣肘。

幾年下來，李綺節能讀會寫，成為李家這一輩唯一的讀書人。

李大伯因為羨慕別人家的子弟出息的緣故，有時會下意識把侄女李綺節當成男兒教養，閒暇時常常費鈔尋摸一些稀奇古怪的古籍繕本，給她解悶，正好方便李綺節光明正大地運用上輩子積累下來的學識。

李大伯鼓勵李綺節讀書，隔三差五還帶著女扮男裝的她外出遊歷，周氏很有些看不慣。不過周氏雖然脾氣急，但向來奉行以丈夫為天，所以沒有開口說過什麼。

而且，周氏漸漸發現，家中的侄女能寫會算，確實方便。每逢需要謄寫帳目的時節，把李綺節叫到跟前，聽她念念有詞，嘩啦呼啦劃下一串串符號，把算盤打得劈啪作響。往往別人要算上一天的帳目，她不要半個時辰就能全部算完，還算得清清楚楚，明明白白，一點錯誤都沒有。

周氏決定等李昭節和李九冬長大幾歲，也送她們去村塾上學，只要閨女們能夠學會認得幾個字，束脩就不算白交。

這不，要看禮單的時候，她直接讓李綺節幫著念，念完再讓她謄抄一份，不必勞人去外邊央求那些架子老大的讀書人，多麼省事！

李綺節念完禮單，原樣謄抄一份，然後構思了一下措辭，按著瑤江縣的規矩，寫下一份恭祝的賀詞。

李家只有兩兄弟，來往的都是普通老百姓，過節沒有什麼講究，一大擔魚肉瓜果送到對方家門就成，賀詞和禮單則是寫給李家嫡支大宅的。

李家在本地是個大族，光是嫡支一脈，據說就有幾百人，是本地的一戶望族。李大伯和李乙兄弟跟嫡支的關係十分疏遠，已經沒有血緣關係，但每年還是堅持往李家嫡支送禮。

李大伯和李乙兄弟父母早逝，兄弟倆能夠保住田產，掙得一份不薄的家業，很大的程度上，就是因為他們姓李，和李家嫡支是遠親，所以才能磕磕絆絆走到今天。

哪怕李家嫡支從來沒出手幫過李大伯和李乙，甚至根本記不清兄弟倆姓誰名誰，他們還是得對嫡支親族恭恭敬敬，不能有絲毫怠慢。

在這個靠宗法道德教化人民的時代，宗族關係對一個人的影響非常深遠，脫離了宗族關係，就等於脫離了整個社會。

不多時，李綺節剛剛停筆，寶鵲捧著茶杯進房，恭恭敬敬地請周氏和她潤口。

周氏抬眼瞥了寶鵲一下，淡然道：「勞煩妳了。」

寶鵲忙稱不敢，捧著茶盤一動不動，等周氏和李綺節喝完茶，也沒看她挪步。

李綺節注意到寶鵲臉上含羞帶怯，腕上多了一隻白玉絞絲鐲子，微微挑眉：看寶鵲的神情，家裡應該要辦喜事，可寶鵲才多大，這就要嫁人了？而且，她要嫁的相公是誰？莫非是家裡的長工？

正在思索間，小丫頭進來道：「官人回來了，叫太太看著廚房做些好消化的，等會兒就要上船，怕吃多了暈船。」

李大伯的生活作息雷打不動，每天寅時就起身，先去田間地頭轉一轉，才回家吃早飯，然後坐船去鎮上的鋪子裡查帳，等午後回家吃飯。

今天是中秋，李大伯依然如此。

周氏微笑不語，微微側首，瞟了李綺節一眼。

李綺節會意，放下青花折枝薔薇花紋茶盅，脆聲道：「妳去廚房讓劉嬸煮些粥飯，拌幾樣小菜，切幾個鹹鴨蛋。」

中飯才是中秋團圓飯，早飯仍舊是清粥小菜。

李家人口簡單，李綺節從年初就跟著周氏學著料理內院家事，慢慢的也能上手了。

寶鵲在一旁笑著插言道：「太太，老爺昨夜裡說鎮上魯家的豆腐腦香滑潤甜，他家豆腐乾也炸得好吃，配著粥飯最好下口的。」

周氏臉上仍然在笑，眼裡卻泛起一絲冷意。

李綺節心中閃過一陣焦雷，差點失手打翻茶盅：昨天夜裡？寶鵲是丫頭，怎麼會知道大伯夜裡說了什麼話？

難不成，大伯還要納妾？

李大伯人到中年，膝下仍然沒有兒子，始終是周氏的一塊心病。典妾大姑娘生的兩個都是女兒，李大伯自己不願強求，無可無不可。周氏偏偏不甘心，還想給李大伯納妾，直到侍妾生下兒子為止。

李綺節抿一口甘甜的橘子絲泡茶，甜味從舌尖彌漫到心田，心中暗暗感慨：周氏性情爽朗，不是迂腐之人，之所以願意忍下辛酸，把丫頭寶鵲送到李大伯床上去，因為這個時代的女子，如果自己無所出，就必須主動為丈夫納妾，否則會被鄉里人家罵作毒婦，說她斷了李家的香火。

才想著李大伯的子嗣之事，聽得門口一陣腳步聲，婆子曹氏領著典妾大姑娘生的兩個女兒李昭節和李九冬進房給周氏請安。

姊妹倆年紀還小，能吃能睡，像小豬一般歡實，往往是到吃早飯時才肯起床。周氏特意囑咐過，說小兒覺長，從不要求她們倆早起。

婆子曹氏是李宅從人牙子處新買的老僕。

李昭節和李九冬到纏腳的年紀了。秋冬天氣嚴寒，氣溫低，纏腳不容易出現潰爛紅腫，縣裡人家大多選在這個時節開始給家中小娘子纏腳。

周氏預備過了中秋就給姊妹倆纏腳。託人牙子打聽到曹氏纏腳的手藝熟練精妙，纏的小腳又尖又翹，不僅纏得小巧，纏的形狀也很優美，像金蓮一樣，一狠心費了四兩半銀子，把她買到家中來為姊妹倆纏腳。

曹氏年紀不大，頭髮梳得光光的，勒著烏黑包頭，穿一件老鴉色對襟夾襖，深青細布裙子，領口和袖子都乾乾淨淨，沒有一絲褶皺，一進房，便低聲教李昭節和李九冬給周氏說了幾句吉祥話。

李昭節懵懵懂懂，不肯開口，曹氏有些發急，伸手在她背後輕輕點了一下，李昭節還是不肯作聲，倒是一旁吮著手指頭發呆的李九冬朦朧中睜大眼睛，含含糊糊叫嚷了幾聲。

周氏笑著道：「罷了，先吃飯吧。」

曹氏鬆了口氣，她在人牙子家收拾鋪蓋行李時，聽人牙子細細囑咐過，說周氏在娘家早有賢名，手頭不算大方，心地卻好，不是那起調三窩四的人。兩位小姐雖然不是她親生的，只要不錯了規矩，就不會受氣。今日看來，周氏果然不像是別家那些苛刻冷淡的正室太太，雖然她待兩個孩子也不見親近，但相由心生，一看就是個不多事的直爽性子，曹氏自己曾是大戶人家的家生奴才，受了半輩子苦楚，別的不會，看人卻是精準的。

到正院時，李大伯頭戴棕絲網巾，著一身油綠色福祿雙全紋棉綢褶子，負手站在青石院牆底下，正看著招財和短工收拾要帶去鎮上的褡褳包袱。

李昭節看到李大伯，立刻掙脫曹氏的手，撲了過去，李九冬也踮著腳跟了上去。姊妹倆圍著李大伯嘰嘰喳喳討要東西，一個讓李大伯不能忘了她的木馬和七巧板，一個吵嚷著要李大伯記得買幾棵桃樹苗，種到她的房門前，來年好結桃子吃。

李大伯抱起李九冬，笑呵呵道：「上回買的雲片糕吃完了沒有？爹再給妳們買些。」

周氏想起一事，笑道：「今明兩天家裡要來客人，官人記得買幾匣子滴酥鮑螺回來。」

李大伯把在他懷裡扭來扭去的李九冬抱到門檻裡放下，整整被女兒扯亂的網巾，「城裡花相公家的娘子揀的鮑螺滋味最好，鎮上沒有人會揀。」

周氏皺眉道：「家裡不缺待客的雲片糕、梅花香餅和果餡餅，只是明天張家大少奶奶怕是要來。她家和別人家不一樣，愛挑理，上次我事情多，一時忘了備下滴酥鮑螺，張大少奶奶連茶都沒吃完就走了。什麼都能少，就是不能缺滴酥鮑螺。」

張大少奶奶娘家姓李，是李家嫡支派系的外嫁女兒，剛好嫁到李家兄弟倆所在的鄉里。張大少奶奶是大戶人家出身，嫌棄鄉下人家粗鄙，不願和鄉里人家來往，因看李大伯家頗為富裕，而且同是李姓，偶爾興致好時，會紆尊降貴，到李宅串個門。

李大伯記得那個出門走個親戚總要戴紗帽的張大少奶奶，忍笑道：「二弟今天要回來吃團圓飯，花相公和他交好，多半會送他幾盒滴酥鮑螺，妳只管等二弟回來，鮑螺少不了。」

周氏想一想，確實如此，這才鬆了眉頭，笑著道：「我不管，如果二叔沒帶鮑螺回來，就讓進寶去縣城買，反正今年不能讓張大少奶奶甩臉給我看！」

劉婆子很快擺上早飯，一家人一桌吃飯。

桌上是一碟桂林白腐乳、一盤五香豆豉、一盤醃蛋、一碟醋拌苔菜、一盤瓜丁炒肉片，粥是綠豆白米粥。另外還有一簍黃澄澄剛出油鍋的炸葉子、炸油條和一罐甜豆腐腦。

李九冬年紀最小，劉婆子每天單單為她熬些米糊清粥吃，早上則是一碗鮮嫩爽滑的蒸雞蛋羹和蒸熟搗爛的山藥糊糊。

李綺節和李九冬吃的是綠豆白米粥，及一盤金銀饅頭和筍肉饅頭。

新鮮的豆腐腦澆上白糖、桂花、玫瑰鹵子，格外香甜，幾人吃飯前，先一人吃了一碗豆腐腦。炸葉子、炸油條和炸糯米團子都有些油膩，周氏不許李昭節和李九冬早上吃，倒是她自己，每天早上都要就著白粥湯粉，吃三枚油汪汪的炸葉子。

幾人才喝了半碗粥，劉婆子捧著一個青花菊紋盤子進房，「今兒個還炒了一盤辣蝦。」

李綺節聞言，立刻丟了粥碗，抓起竹筷，笑道：「快端上來，正想吃這個呢！」

這個季節河裡田間的魚蝦正肥，劉婆子前些天特地買了一簍米蝦，放在缸裡養了幾天，待蝦吐盡髒汙，再去殼抽筋，拿刷子一隻一隻洗得乾乾淨淨的，加些薑蒜酒醋辣椒末，放在油鍋裡一頓爆炒。

盛起來紅豔豔一大盆，撒上一層椒鹽蔥花粒子，簡直是天下美味。

李綺節尤其愛吃肥蝦，不必下人伺候，肉乎乎的小爪子拈著蝦尾巴一陣亂啃，啃得小嘴巴油乎乎亮晶晶，辣得她眼圈都紅了。

李昭節和李九冬看著青花描枝盤裡紅燦燦的辣蝦，也都食慾大開，吃了一隻又一隻，幾乎停不下來。

劉婆子和曹氏站在下首，挽起袖子，露出腕上戴著的圓形福壽紋銀質手鐲，剝了一碟又一碟的蝦仁，蝦頭蝦殼堆成一座小山包一般。

周氏怕她們腸胃消化不了，示意劉婆子和曹氏停手不用再剝蝦殼，不許姊妹倆多吃。姊妹倆不敢撒嬌，低頭繼續喝米粥，眼睜睜看著李綺節獨享美食。

李大伯不愛吃辣，卻愛拿爆炒米蝦的黏稠湯汁泡飯吃。白胖的米粒混著香辣的湯汁，顆顆晶瑩，吃起來胃口大開。

他一邊嘩啦啦往嘴裡扒飯，還一邊點評：「這辣蝦沒有我做的好吃。」

周氏含笑嗔了一句：「官人又在孩子們面前自誇，幾時見你做過菜？」

李大伯哼了一聲，神情頗為得意，「我年輕的時候，鄉里人家整治酒席都來求我幫忙，白案紅案，蒸饅頭炒大菜，我全都會。娘子不信，可以找隔壁朱大郎問問，他娘老阿姑那年做壽，壽席上的一道粉蒸肉就是我做的，吃過的人沒有不誇的，老阿姑到現在還常常說起我那天做的菜。」

聽到朱大郎和老阿姑的名字，周氏眉頭一皺。自從知道朱娘子放任朱家幾個大姑娘咒罵李綺節，她心裡帶了氣，不肯再把家裡的米湯白白送給朱家。今早朱家拍門來求米湯時，她讓劉婆子找了個藉口推了。

沒想到朱娘子二話不說，回家把他家才幾個月大的小兒子抱到李宅門前，站在風地裡大哭了一場，說他們李家為富不仁，見死不救。隔壁幾戶人家都圍在一邊指指點點，劉婆子見不是事，又憐惜朱家小郎君哭得可憐，只能照舊把米湯全部送給朱家。

也是因為這個，才會吵醒廂房裡的李綺節。

周氏瞥一眼吃著辣蝦的李綺節，目光不自覺落在她的一雙大腳上，長嘆一口氣，好在李綺節沒聽到外邊到底吵了什麼，不然還不知會傷心成什麼樣子。

李綺節沒有察覺到周氏的目光，一邊剝蝦殼，一邊饒有興致地聽李大伯吹噓他從前在鄉間鎮上幫廚的事蹟。都說君子遠庖廚，這個時代的男人，寧願餓肚子，也不會放下身段炊米造飯。李大伯倒是豁達得很，不僅不以做飯為恥，還覺得頗為光榮。

吃過早飯，李大伯帶著招財出門，去渡口坐船。周氏看著劉婆子撤下碗盤，便領著丫頭去廚房預備午飯的熱菜。

李綺節則領著李昭節和李九冬姊妹倆在後院的桂花樹底下拍皮球。

皮球裡面塞的是穀糠和綠豆殼，輕飄飄的，沒多少重量，外面紮了顏色鮮亮的彩綢絲帶，又漂亮又輕巧，很適合小娘子們閨中逗趣。

李綺節上輩子沒生過孩子，這輩子還是個孩子，完全不會同孩子打交道。她喜歡偶爾逗逗孩子玩，但叫她自己養孩子，那是萬萬不肯的。她是眼看著爸媽兄嫂是怎麼一把屎一把尿把幾個侄兒侄女拉扯大的。一日三餐吃飯都要又哄又嚇地餵著吃，拉了尿了立馬要換衣服，天氣熱了怕小孩出汗，天氣冷了又惦記著孩子不能著涼，一天二十四個小時隨時都要哭鬧一會兒，分分鐘都離不了人，好不容易長大懂事了，五六七八歲的孩子，暴躁調皮，人厭狗憎，一熊熊一窩。

她上輩子曾經幫著兄嫂帶過孩子，只陪著那小霸王玩了一個下午，她覺得自己的運動量和容忍度都得到了前所未有的提高和昇華，所以對付李昭節和李九冬，李綺節的手段粗暴單一，她想出各種遊戲讓兩個小妮子玩，玩到精疲力盡，就沒有力氣折磨她這個大姊姊了。

李昭節使壞把皮球掛在桂樹上，讓李九冬踮著腳去搆，李九冬費了半天勁兒都搆不著，忽然臉一垮，哇哇大哭。

李綺節最怕小孩子魔音貫耳，聽到哭聲，嚇了一跳，下意識想跑遠點。

剛想轉身，看到李九冬委屈的神情，又覺得自己有些小題大做，忍不住噗嗤一笑，抱起小堂妹，刮她的鼻子，「等九冬長高了，也能把皮球掛到樹上，讓昭節搆不著。」

李昭節噘起嘴巴，有些不高興。

院門前一聲竊笑，有人道：「哪有這麼教妹妹的？」

李綺節驀地一愣，來人有副清亮的好嗓音，又脆又亮，這倒沒有什麼，可他說的話並非潭州府的方言，而是官話。

是她長這麼大，頭一次聽本地人說官話。

來人拂開掩映在月洞門前的美人蕉葉片，信步走進院子裡。

卻是一個十四五歲的小郎君，穿一身雪白細布圓領襴衫，濃眉大眼，樣貌端正，拱手唱了個肥喏：「方才失禮了，三娘勿怪。」

這回他說的是潭州府本地方言。

李綺節放下李九冬，把手絹別進腰間，回了個萬福，匆匆打量小郎君幾眼，見他穿一身細布襴衫，想必是縣學的生員之流。

縣學和後世的學校不一樣，不是人人都能進的，只有通過縣試、府試、院試層層選拔的學子才有資格進學。每個州縣的生員都有定額，瑤江縣的生員限額大概是二十個，總地來說，就是千里挑一，鳳毛麟角。

小郎君小小年紀，竟然能夠著一襲只有士人學子才能穿的襴衫，不是秀才，也該是個準秀才，相當於在十五歲之前一次性通過小考、中考、高考和研究生考試，人才啊！

李綺節心裡不由有些疑惑，在這個年代，人人都信奉萬般皆下品，唯有讀書高，李大伯和李乙自然不能免俗，十分看重讀書人，家裡若是有個學問好的表哥，李大伯肯定早就宣揚得天下皆知了，可她怎麼從沒見過眼前這個小郎君？

「三娘不記得雲暉了？小時候你們倆常常在一起玩的。」

周氏笑呵呵走進院子，說道：「這是妳孟五叔和五娘子的兒子，他們家的堂叔孟舉人就住在妳家隔壁呢！」

原來是孟舉人的堂侄孟雲暉，五娘子的兒子。李乙曾讓進寶把家裡的百草秋梨膏送給五娘子，就是給孟雲暉預備下的。

李綺節曾經聽葫蘆巷裡的婦人們八卦過，說正是因為五娘子的兒子少年早慧，孟娘子才會對五娘子另眼相看。五娘子家過得清貧，為了供奉兒子讀書，夫妻倆想盡辦法省吃儉用，親戚們也多有接濟，仍然不夠，五娘子只能厚著臉皮一次次去瑤江縣的孟家打秋風。

現代社會物資豐富，教育普及，供子女讀書仍然是一筆很大的支出，何況是物資匱乏、階級森嚴的古代。平民之家舉全家之力，往往都不能供出一個秀才，尤其食不果腹的農家，送兒子進學，等於把全部身家投進科舉這個無底洞裡，然後滿懷希望地守在無底洞前，等著無底洞能夠吐出豐厚的回報。

孟雲暉還未到弱冠之年就考中秀才，在鄉下來說是件光宗耀祖的大喜事，五娘子這麼多年的辛苦沒有白費。

不過，秀才又如何？雖然鄉下規矩寬鬆，又是親戚，互相串門不必顧忌，但孟雲暉怎麼說都是個讀書人，應當更明白分寸禮節，他是外男，趕在女主人周氏之前進院子，怎麼說還是有點失禮。

李綺節垂下眼眸，淡淡地笑道：「原來是雲暉表哥，我都快認不出來了。」

她當然認不出來。五娘子和周氏沾親帶故，孟雲暉小的時候，五娘子常常帶他到李家串門，他是原身小時候的玩伴，去私塾念書之後，就沒怎麼和原身往來了。

而李綺節那時候為了養好一雙腳丫子，從不出門，兩廂好幾年沒見，孟雲暉大概還能認得出她，她卻是認不出孟雲暉的。

孟雲暉眉眼微彎，摸了摸鼻尖，沒說話。

「四郎也太冒失了。」門後傳來一聲抱怨，五娘子從美人蕉花叢後面走出來，在孟雲暉腦袋上點了一下，看向桂樹底下的李綺節幾姊妹，笑道：「幾日不見，三娘又長高了些。」

周氏道：「三娘像她故去的娘，都是瘦高個兒。」

李綺節吐吐舌頭，她可以篤定，周氏口中所指的瘦高個兒，肯定不超過一米六。

寒暄了幾句，周氏引著五娘子母子去了正房，劉婆子和寶鵲連忙準備篩茶上點心。

李綺節一手拉著李昭節，一手拉著李九冬，也跟著去正房陪客人吃茶。

李九冬抱著皮球不肯放，曹氏在一旁哄了半天，她才捨得鬆開皮球，還不忘叮囑了一句：「別讓昭節拿走了！」

姊妹倆是隔年生的，年紀相差不大，正是喜歡吵吵鬧鬧的時候，好起來的時候親親熱熱像一對雙生兒，一時鬧起彆扭，就直呼對方的名字，不肯以姊妹相稱。

曹氏忍笑道：「我給小姐守著。」

李九冬點點頭，神情很認真，依依不捨地放下彩綢皮球，從院子到正房短短幾步路，她走得一步三回頭。

滾熱的雞蛋茶盛在青花描枝瓷碗裡送到正房，五娘子和孟雲暉是鄉親，又是近親，加上正值中秋，瓷碗裡的雞蛋是六個。

吃過雞蛋茶，周氏和五娘子有體己話要講，打發李綺節和孟雲暉幾人到外邊玩，李綺節只得牽起姊妹倆的手，復又到院子裡來。

孟雲暉跟在她後面，接過李九冬的皮球，捲起袖子，把衣襬紮在腰間，笑呵呵道：「我給妳們演個好玩的。」

他把皮球頂在頭上，躬身俯腰，然後猛地跳起幾步，把皮球頂到高空，再用腦袋去接，期間圍著桂花樹轉了一圈又一圈，皮球始終穩穩當當頂在他的頭上。

李昭節和李九冬紛紛拍掌，笑嘻嘻道：「四哥好厲害！」

曹氏和劉婆子也看得興味盎然，在一旁議論道：「孟四郎不僅才學好，還耍得好蹴鞠，人又孝順懂事，五娘子的兒子這麼出息，真是有福氣啊！」

李綺節看著頂了個彩綢皮球滿院子晃蕩的孟雲暉，目瞪口呆：孟四郎不是秀才嗎？不是天資聰穎的少年神童嗎？神童不應該或者清高傲物，或者穩重端莊，或者文質彬彬，或者少年老成的嗎？

為什麼孟雲暉除了那身雪白襴衫，渾身上下，沒有一點像秀才的地方？

難道她以前看的書都是假書，真正的秀才都是孟雲暉這樣不著調的？

孟雲暉把皮球夾在腋下，抹抹額角的汗珠，「三娘想學嗎？我教妳。」

李綺節翻了個白眼，退後兩步，她雖然喜歡看蹴鞠比賽，但還沒想過親自下場。在腦袋上頂著個蹴鞠有什麼好玩的？萬一髮際線倒退就不好了，古代又不能植髮。

她忍不住朝孟雲暉的腦袋投去一瞥，這位傻裡傻氣的孟四郎控球技術這麼好，平時肯定常常要蹴鞠技藝，但願他不會早禿。

五娘子剛好和周氏一起走出正房，聽到孟雲暉的話，撫掌大笑，「四郎又作怪了，小娘子們又比不得你，學這個做什麼？」

孟雲暉笑道：「武昌府那邊有位女校尉裴娘子，善於白打蹴鞠，很有盛名，藩王府常常請她去為王妃表演，郡主們都跟著她學蹴鞠，三娘為什麼學不得？」

校尉是蹴鞠藝人的等級稱號，女校尉顧名思義，就是女蹴鞠伎人，專門以表演各種蹴鞠技巧為生。

周氏聽孟雲暉把李綺節和蹴鞠伎人比較，心裡本來有些不高興，聽他接著說起藩王府的郡主，又轉怒為喜，「四郎去過楚王府？那裡頭是什麼樣的？是不是和仙宮一樣？」

武昌府即後世武漢的一部分，屬於湖廣承宣布政使司轄地，藩王號楚王。

在明朝的藩王中，最心酸的當是雲南雲南府的岷王、河南南陽府的唐王、山西潞州府的沈王——偏遠地區，沒有油水，爹不疼娘不愛，和其他兄弟比起來，要多憋屈有多憋屈。而最得意的，應是四川成都府的蜀王，坐擁境內大部分良田，錢糧多的數不清，是所有藩王中最富裕的。其次便是浙江錢塘府的吳王、湖廣武昌府的楚王和其他在繁華之地就藩的藩王。

當然，藩王中最風光、權力最大的，還是燕王、晉王、代王、秦王和寧王，他們的封地屬於邊防要地，藩王受命指揮邊防大軍，擁有統軍之權。

燕王朱棣，就是在長期的軍事活動中逐步壯大勢力，最終揮師南下，奪走侄子的江山。

武昌府的楚王於藩王中比上不足比下有餘的第二梯隊成員。楚王樂善好施，不掌權，不練兵，不侵擾本地百姓，在民間名聲很好，瑤江縣還有人把楚王的畫像當成神佛祭拜。

孟雲暉摸摸鼻尖，還沒說話，五娘子挽起周氏的胳膊，搶著答道：「四郎有位同窗是楚王府長史的侄子，去年那位金公子帶他去過楚王府的外城，他回來和我說，楚王府外城的屋子一間裡面還有好多小間，小間裡還有隔間，大院套小院，小院也分東西南北房，沒人帶路的話，準得在裡頭迷路。裡面的下人都穿綾羅綢緞，頭上戴金簪，手裡戴玉鐲，腰上戴玉帶扣。楚王府的地磚全是用金子打的，可稀罕了。還有他們的茅房，嘖嘖嘖，香噴噴的，比咱們小娘子們的閨房還漂亮……」

五娘子絮絮叨叨說個沒完，孟雲暉有些尷尬，把皮球又頂在頭上，朝李綺節笑了笑。

五娘子和周氏都是愛說話的人，談起八卦來更是滔滔不絕沒有歇嘴的功夫，兩人說得高興，從楚王的王府有多氣派多威風，說到楚王妃生了幾個兒子，楚王世子納了十幾房小妾，忽然話題一轉，議論起前幾日的採選。

五娘子嘆了口氣，說道：「這回縣裡挑走了二十個女孩子，全都是十一二歲的小姑娘，真是作孽唷！」

周氏連忙道：「都是誰家小娘子？」

五娘子道：「沒有咱們李家村認得的人家，不然縣裡早派人來報喜了。」

周氏鬆了口氣，拍拍心口，「阿彌陀佛，幸好我們家三娘連夜出城，不然官人和我也得擔心受怕。」

五娘子笑道：「三娘是訂了親的，倒是不用怕採選。」

周氏點點頭，目光不經意間從李昭節和李九冬姊妹倆身上掃過，又添了件心事。

兩人一邊說著話，一邊往外走，李綺節牽著姊妹倆的手，跟在後面，裝乖巧文靜。

孟雲暉低頭走在母親五娘子身邊，胳膊底下還夾著皮球。

李九冬生怕孟雲暉把皮球帶走，踮起腳跟，伸手去搆皮球上的彩綢帶子，嘟著嘴道：

「孟四哥，還我。」

孟雲暉一拍頭，歉然一笑，把皮球塞進李九冬懷裡。

李昭節忽然劈手奪過皮球，拔腿就跑。

李九冬愣了半天，氣得面色漲紅，插腰喊道：「李昭節！」氣鼓鼓地跟了上去。

李綺節搖頭失笑，姊妹倆一天十二個時辰，除了睏覺、吃飯的時候，其他時間就是在爭吵、和好、打架、哭鬧、和好之間循環往復，也虧她們倆精力無限，能一直這麼折騰。

耳邊忽然響起一聲問詢：「三娘喜歡聽戲嗎？」

聲音清晰，孟雲暉不知道什麼時候已經站到她身旁，和她離得只有幾步遠。

李綺節心下有些詫異，不動聲色退開半步，「什麼戲？我只愛聽漁鼓戲。」

漁鼓戲是潭州府本地的傳統表演方式，開演的時候，藝人豎抱竹筒製成的漁鼓，拍擊豬皮、膀胱膜或是羊皮製成的鼓面，邊說邊唱，唱詞大多取材自民間的英雄故事、神話怪談、傳奇小說。

漁鼓戲唱腔優美，活潑生動，鄉土氣息濃厚，主要是唱詞簡單口語化，非常通俗易懂，很符合李綺節這種外來人士的口味。

孟雲暉愣了一下，抬眼看向李綺節，面露疑惑之色。

李綺節莫名其妙，大大方方任孟雲暉打量，我就喜歡看俗氣的漁鼓戲，怎了？

孟雲暉摸摸鼻尖，避開李綺節的眼神，「三娘什麼時候會說官話了？」

李綺節一時啞然，這才發現孟雲暉是用官話問的，她答的也是官話。

原來他是奇怪她說話的口音，而不是鄙視她的審美愛好。

她笑了笑，道：「四哥的官話是在武昌府學的？」

孟雲暉點頭，看李綺節似乎沒有回答的意思，也沒接著問，自己岔開話道：「今天是中秋，金家請戲班連唱三天夜戲，三娘去看嗎？」

孟雲暉說的金家就是瑤江縣首富金家，他家祖上不是潭州府本地人，是幾十年前遷移到潭州府的外姓之一。金家發達以後，想融入本地的世家圈子，贏得本地人的擁護，每年中秋節都會自掏腰包請戲班子到鎮上唱戲。屆時鎮上分外熱鬧，十里八鄉的村民都會搖著小船去鎮上聽戲，連縣城裡的人家也不例外。

戲班子是草臺班子，三教九流都有，說書、變戲法、漁鼓戲、唱小曲、南戲、北戲，樣樣都能來兩齣，老百姓們愛看什麼就演什麼，從不端架子，在民間很受歡迎，看戲是瑤江縣人茶餘飯後最熱衷的消遣方式。

李綺節搖搖頭，「夜裡江風大，我要留在家裡陪伯娘祭月。」

孟雲暉徐徐吐出一口氣，笑了笑，「原來如此。」

他像是鬆了口氣似的，加快腳步跟上周氏和五娘子，沒再找李綺節說話，徒留李綺節一頭霧水：秀才公，您啥意思？

正自疑惑，寶鵲忽然從前門跑進來，面色惶急，「太太，張大少奶奶來了！」

周氏臉上一僵，扭著二藍色手絹直咬牙：李乙和李子恆還沒回來，滴酥鮑螺還沒備下，張大少奶奶怎麼提前來了？

張家和李家離得不遠，張家原本家大業大，光是庶兄弟幾個，就有幾十人口，自早年張家老太太去世後，張家便分了家。

如今張老太爺帶著長子一大家和幼女住著鄉里最大的一處宅院，素淨淡雅的青磚黑瓦院落，嵌了鏤花窗的白圍牆從竹山的這邊一直綿延到竹山的那頭，攏共能有好幾十間屋子。

朱漆大門，油黑欄杆，張家門口一般沒有家丁戍守，只蹲了兩隻幼童大小的小石獅子，模樣並不威嚴，憨頭憨腦倒顯得有些可親可愛。

雖然張府並不像省城大戶人家那般氣派莊嚴，但是於鄉鎮幾百戶人家來說，張老太爺可是十里八鄉頂頂富裕的財主老爺。

不過，財主老爺早年也是泥腿子出身，家裡雖則發跡，但並不豪奢，至今張老太爺還在後院種著兩畝瓜果菜苗，隔一天才許廚房燉一回肉湯。家裡雇傭的僕從丫頭也不多，老太太生前只有兩個丫頭伺候，嫡出的少爺小姐們都是一個婆子、兩個丫頭服侍。

家裡掌事的大媳婦張大少奶奶常親自下廚，為張老太爺和張大爺張金寶置辦酒菜吃食，張府上上下下平時都只穿棉衣或是布衣，出門見客才許穿衣料華貴的綢緞紗衣。

饒是如此，張大少奶奶還是能在周氏和鄉里的婦人們面前擺譜，只因她是望族嫡女。

李綺節在明朝生活幾年下來，已經充分認識到家世門第的重要性，這個時代宗法道德是維護社會的紐帶和根本，出身名門大戶的人天然比別人多幾分底氣。

五娘子看周氏像是有點不高興，笑道：「府上今天真熱鬧，張大少奶奶也來了。」

話音剛落，幾個打著辮子、穿青花布衫褲的丫頭，扶著一個嬌小的美婦踏進內院。

今天是中秋，張大少奶奶頭上勒著鏡面輕紗抹額，穿的是八成新銀泥色滾邊繡月季藤蔓窄袖對襟春綢短襖、湘黃色暗花長裙，蓮步輕移，由兩個小丫頭攙扶著，顫巍巍走到周氏跟前，眼皮微微抬起，「周嫂子。」

聲音像黃鶯一般，柔婉動聽。

她輕飄飄掃了旁邊的五娘子一眼，見她面皮粗黑，穿著寒酸，便沒有搭理。

五娘子不以為意，主動招呼道：「大少奶奶這身衣裳真好看！」

張大少奶奶嘴角輕輕一挑，面露鄙夷之色。

正準備避讓到外院去的孟雲暉眉頭皺起，遲疑了片刻，沒有吱聲，悄然離開。

李綺節默默打量著張大少奶奶，心中暗暗道：傳說張大少奶奶能整治一手好湯水，而張老太爺為了儉省，堅持要媳婦親自掌廚，不知道這位少奶奶站在鍋臺前炒大菜的時候，是不是也這麼嬌滴滴的，站都站不穩的樣子。

周氏和五娘子一左一右，恰好和其他丫頭們圍著，眾星捧月似的，把走起路來如弱柳扶風的張大少奶奶讓進正房。

曹氏連忙把在樹下打鬧的李昭節和李九冬叫到跟前，理理姊妹的髮辮，拍拍衣襟裙角，拿帕子仔仔細細擦乾淨兩張紅撲撲的小臉蛋，帶她們進去向張大少奶奶見禮。曹氏是大戶人家出來的奴才，一眼看出張大少奶奶不是尋常鄉下婦人，想讓李昭節姊妹倆和她多親近。小姐們多和富貴人家的太太打交道，沒有壞處。

李綺節躡手躡腳走遠了些，沒有跟進去瞧熱鬧。張大少奶奶打量五娘子的眼神她看得真真的，這位大少奶奶顯然看不起大腳女子，她可不想進去自討沒趣。

才剛轉過月洞門，正巧聽見熟悉的嗓音響起：「三娘在哪兒呢？」

李綺節歡歡喜喜奔到大門前，「大哥！阿爺！」

李子恆穿著一身簇新的銅綠色圓領細布衫，打扮得格外精神，胳膊下夾著一個綢紙包，躍下牛車，幾步跳到門檻前，彎起兩指刮李綺節的鼻子，「三娘這幾天悶壞了吧？」

李綺節吐吐舌頭，伸手去搆綢紙包，「大哥給我帶什麼好吃的果子了？」

李子恆臉上罕見地閃過一絲忸怩之色，往旁邊躲閃了一下，「這不是吃的，糖果匣子裡有蛋黃月餅和蓮蓉月餅，是妳最喜歡的口味，讓進寶拿給妳。」

李綺節眼珠一轉，目光在綢紙包上停留了半刻，沒有堅持，轉身走到剛和李家長工交代完事情的李乙跟前，「阿爺回來了。」

李乙摸摸李綺節的髮辮，「花相公家送來幾匣子滴酥鮑螺，爹專門留了一匣子給妳，其他兩盒給妳兩個妹妹吃。」

李綺節噗嗤一笑，揚聲叫寶珠的名字：「快把滴酥鮑螺盛在盤子裡送到上房去！」又對李乙和李子恆道：「伯娘為了這個稀罕果子，急了一上午呢！」

李子恆像是有心事，心不在焉地應了一聲。

李綺節心中暗笑，她這個大哥可是個頭號甜食狂人，滴酥鮑螺是他最愛吃的點心之一，不知道他這會兒到底在愁什麼，竟然連滴酥鮑螺的話題都不能讓他回神。

門前迎出一個雪白身影，孟雲暉朝李乙和李子恆作揖，「七叔，子恆大哥。」

李乙和李子恆似乎對孟雲暉的出現一點都不奇怪，應聲還禮。

彼此全了禮數，李子恆心急，直接握住孟雲暉的手，問道：「怎麼樣了？」

孟雲暉頷首笑道：「子恆大哥放心，已成了一半，我娘正和伯娘商量提親的定禮。」

李子恆聞言，立刻喜笑顏開，眉梢眼角，都是藏不住的春風得意。

李乙臉上也現出幾分喜色，看向李子恆，欣慰道：「大郎可以放心了。」

李綺節的目光從李乙身上溜到李子恆身上，然後又從李子恆身上溜到孟雲暉身上，這三個人在搗什麼鬼？誰給誰提親？誰要辦喜事？

孟雲暉察覺到李綺節探究的目光，濃眉舒展開，朝她笑了笑。

李綺節連忙移開目光，心中暗暗道：這孟秀才生得一副濃眉大眼，笑起來憨憨的，帶著一股傻氣，實在不像個聰慧狡黠的神童，怎麼看，都像個不拘小節的馬大哈。

等張大少奶奶在李家擺足了大戶人家少奶奶的款兒，告辭離去後，李大伯正好從鎮上回來，李子恆聽到門外鈴鐺響，第一個蹦出去迎接。

周氏和五娘子看到李子恆的猴急樣兒，相視一笑。

李綺節心中越發好奇，提起裙角，也跟了出去。

迎面正好看到李大伯和李乙兄弟倆一邊往裡走，一邊商量著去誰家上門求親的事。

李子恆眼巴巴地跟在父親和大伯身後，神情又是歡喜又是急躁，像一隻爬上爬下的綠皮猴子，恨不能竄到房頂上去。

李綺節恍惚間聽到一個孟字，心頭霎時雪亮一片：李子恆瞧上孟春芳了！

如果她沒記錯的話，出城那晚，孟春芳壓根兒沒和李子恆說過話啊？為了避嫌，孟春芳上船的時候，李子恆已經躲出去了。下船的時候，他也是最先上岸的，兩人全程連個對視的機會都沒有，更別提說話或者別的什麼了。

李子恆怎麼就一眼瞧中孟春芳了？還在幾天內說動李乙為他提親？

李綺節暗暗嘖嘖道：沒想到啊，沒想到，一直以為老哥只是個沒心沒肺沉浸於甜食的半大少年，沒想到少年的手腳這麼快，前一天才剛剛窺見人家小娘子幾眼，沒幾天的功夫，連提親的彩禮都要預備好了！

誰說古人含蓄慢熱來著？古人看對眼了，下一步就是直接成親生娃，絕不耍流氓！

很顯然，五娘子和孟雲暉今天上門來，就是為了和李乙、周氏商量去孟家求親的事。

趁著李大伯、李乙和五娘子說笑，李綺節私下裡找到笑容滿面的李子恆，打趣道：「大哥，你是不是要去隔壁孟姊姊家提親？」

李子恆笑得合不攏嘴，點點頭，坦然承認。

李綺節想起孟娘子的為人，有些憂心，「恭喜哥哥，只是孟娘子怕是不大好說話。」

李子恆嘿嘿一笑，眼裡閃過一絲精明之色，左顧右盼一番，見四下裡沒有外人，悄聲道：「我託五娘子去孟家問過了，七娘……七娘她家的長輩都同意了。」

按著瑤江縣的規矩，求親要麼找媒人，要麼找兩家都熟識的親戚代為說和。李子恆沒有去求媒人，輾轉找到五娘子，也是用心良苦。

孟娘子含辛茹苦把孟春芳養大，為了培養孟春芳，投入了大筆錢鈔和心血，自覺奇貨可居，一心想攀高枝，把孟春芳嫁到大戶人家去。

這幾年，前去孟家提親的各路人馬受盡孟娘子的奚落和刻薄，瑤江縣的媒人們全都把孟娘子給恨上了，聽到誰家要去孟家求親，立刻把頭搖得波浪鼓一般。

李子恆只得另闢蹊徑，想著孟春芳現在正好住在鄉下的孟氏大宅裡，回城那天，就暗中託五娘子去孟家打探孟春芳祖輩的意思。當然這種事不能明說，只是略微露個口風，試探試探對方的想法。鄉下人家爽快，一般只要沒立刻否決的，基本上就是答應一半了。

孟娘子挑肥揀瘦，輕易不肯張口把孟春芳許配給縣裡人家，孟家的老太太、姑老太太們恰好和孟娘子相反，更加樂意把孟春芳嫁到本地的清白人家。

李家名聲好，家中人口簡單，沒有婆母，只有一個年紀相當的小姑子，錢款又多，這樣的好親事，不用五娘子多費口舌，孟家老太太已經一口答應了，還跟五娘子打包票，說孟娘子是她孫媳婦，重孫女的婚事，就該她這個老太太做主。

李綺節聽李子恆把前前後後娓娓道來，唏噓不已。

一是為大哥的早熟而覺得好笑。十四五歲的少年娃，就看了人家幾眼，立馬心急火燎想把小娘子娶回家，這也太猴急了。

二是為孟春芳的命運而感慨。她生得花容月貌，纏了一雙三寸小金蓮，是這個時代的標準淑女。也正是因為她是完美的閨中小姐楷模，所以必須對父母親人言聽計從，婚姻大事只能聽任母親和太祖母安排，自己不能有一點意見。

三是為自己的未來擔憂。那個娃娃親楊天保，到底是不是她的良配？

李綺節向來心大，默默想了片刻，愁緒很快被李家即將到來的喜事取代：管他呢，車到山前必有路，楊天保又不是什麼豺狼虎豹，她就不信自己對付不了一個十幾歲的小書生！

因著大郎李子恆的親事，李家的中秋團圓飯吃得有些敷衍。

李大伯和李乙兄弟倆一邊飲著自家酒坊釀製的桂花酒，一邊商量去孟家提親的事宜。

周氏更忙，既要給丈夫和小叔斟酒，還得給李子恆、李綺節兄妹倆夾菜，又要看著李昭節和李九冬喝排骨藕湯，怕姊妹倆被滾燙的湯水燙著，同時還得豎著耳朵聽李大伯的安排，指出其中的錯誤，並且時不時張口補充一兩句。期間她自己也吃了兩碗米飯、一盅銀耳紅棗羹……一心多用，面面俱到。

李家不講究規矩，吃飯時房裡沒有丫頭婆子伺候，都是自家人。周氏四下裡看了一圈，料想李昭節和李九冬年紀還小，兩個小人兒應該聽不懂大人的話，說話便沒有顧忌，直接道：「趁著好日子，早些把親事定下來，年底咱們家就能辦喜事了。」

長輩們商量正事時，李綺節捲著袖子，捧著碗筷，專心致志地吃飯，手上的筷子一直圍著面前一盤鬆軟甜爛的蜜汁燉金華火腿打轉，聞言差點一筷子戳到酥肥的肉皮裡：她這便宜大哥才十四五就要娶親啦？她還以為只是訂親而已呢！

李子恆嘿嘿一笑，埋頭直往嘴裡扒飯。

吃過飯，李乙領著李子恆出門。父子倆都換了身不常穿的八成新合青色松江細布直身，李乙頭戴巾帽，李子恆外面穿一件豆青絨棉褂子，一人騎一頭毛驢，晃悠悠離了李家村。毛驢上馱了幾大簍鮮果、米釀、活魚、雞鴨之類的各色土產，及松江府松羅、杭州府杭羅、應天府寧綢各一匹，父子倆這是要去拜望李氏宗族的嫡支長輩，希望他們能出面代李子恆向孟家求親。李家和嫡支雖然沒有血緣關係，但同是李姓，李乙備下豐厚的禮品，捨下臉皮去求，宗族那邊不會拒絕撮合一樁好姻緣。

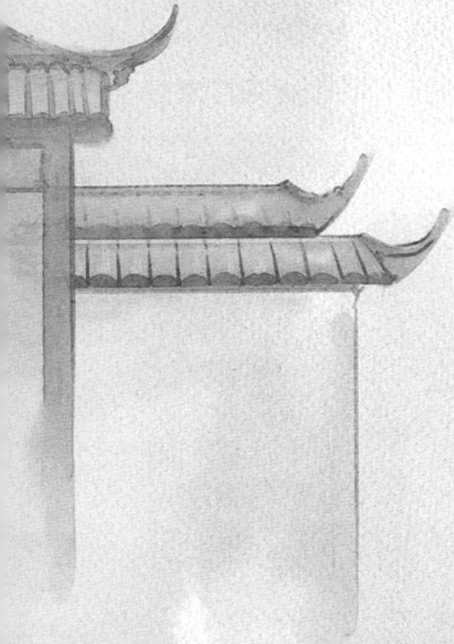

參之章 ● 花街捉姦思退親

李氏宗族闔族而居，竹山背面有座臨河的山谷，沿河住的都是李姓人家，據說他們往上數三代，祖父輩都是堂兄弟，幾乎家家都連著親。李家村的村民曾想搬遷到李氏祖宅的附近去，因為不屬於同一個分支，沒有血緣關係，被李氏宗族斷然否決。

從李家村往南走四十里山路，到了樟樂山腳下，再坐渡船過河，接著走上二十里路，就能到李氏宗族所在的樟樂鄉。

李乙走之前，對李綺節交代，算著路程，他和李子恆大概要在樟樂鄉借宿一晚，讓李綺節不要隨意出門。

李綺節乖乖應了，李乙仍不放心，叮囑道：「三娘在家幫著妳伯娘照看兩個妹妹，等爹回來，給妳買幾隻騎老虎的兔兒爺。」

北邊州縣府城過中秋有給家中孩童買兔兒爺的習俗，瑤江縣的貨棧裡也有賣的。那些兔兒爺都是用泥塑的，描金彩漆，小巧精緻。有的可愛玲瓏，有的威風凜凜，有的沉靜大方，種類繁多，活靈活現，很受縣裡小孩子的歡迎。

李子恆看李綺節似乎對兔兒爺興趣不大，在一旁恐嚇她道：「中秋鎮上要連唱幾晚夜戲，那裡人多，拍花子也多，妳老老實實待在家裡，可別偷偷跑到鎮上耍，免得拍花子的把妳哄走了！瑤江連著大江，拍花子坐船下了大江，就像老鼠鑽進鼠窩裡，就是報官也找不著！」

李綺節臉上不動聲色，心裡卻覺得更加古怪：一個從未「謀面「的孟秀才怕她去鎮上看夜戲也就罷了，她權當孟雲暉不過隨口一問，可現在李乙和李子恆也明裡暗裡阻止她去鎮上看戲，鎮上到底有什麼？

事出反常必有妖。

她按捺住在心底翻騰的疑惑，笑呵呵道：「我都聽阿爺的，夜裡我和伯娘一起賞月吃月餅，哪兒也不去。」

李乙點點頭，摸摸李綺節的腦袋瓜兒，手中的鞭子落在毛驢背上，得得幾聲，毛驢馱著兩父子和布匹禮物，踏出李家大門。

李綺節背著雙手，慢悠悠晃進裡院，寶珠憂心忡忡，偷偷瞟了她一眼。

李綺節隨手撇下一朵紅黃夾雜的美人蕉花朵，簪在寶珠的衣襟前，安慰她道：「妳放心，我不會溜去鎮上的。」

寶珠悄悄鬆了口氣，雖說三娘女扮男裝跑出去看熱鬧也不是一兩回了，可明眼人只要仔細看兩眼就能看出她是個女娘。鎮上的中秋集會人潮洶湧，什麼三教九流都有，又是夜裡，黑燈瞎火的，委實不是個好去處。

李綺節說到做到，一個下午都在房中陪李昭節和李九冬玩雙陸棋：既然大家都不想讓她去鎮上，那她就不去好了。那種因為所有人都阻止，反而越發好奇，非要鬧著去的套路，不適合她，她這人比較懶。

夜裡，各家都點起火把，在院中賞月。

黑夜沉靜似水波，當空一輪明月，灑下如銀光輝。風驟起，吹得枝葉樹梢颯颯作響，夜色便像水紋一般潺潺流淌。

周氏淨過手，領著李綺節在庭中祭月。拜過香案，眾人坐在桂花樹下分吃瓜果點心。

李綺節啃掉月餅皮，把餡兒裡的青絲玫瑰一根一根挑出來，單獨盛在一個黃地紅彩雀鳥紋碟子裡。五仁月餅的餡料中，乾硬微苦的花生、磣牙的芝麻酥糖、莫名其妙的果肉蜜餞，那都不是事兒，唯有青絲玫瑰，她實在吃不下。

等攢了一大碟，就往進寶跟前一遞，進寶端著碟子，呼嚕幾口吃完。

李綺節粲然一笑，「進寶，難為你了！」

進寶一抹嘴巴，憨憨一笑。

李大伯白天去里長家走了一遭，吃醉了酒，回到家裡躺倒就睡。

周氏讓劉婆子剖開一個黑皮大西瓜，分一半放在籃子中，再把籃子吊在後院的水井裡，這是留給李大伯明天吃的。剩下一半西瓜讓李綺節和李昭節、李九冬三姊妹分了，周氏自己不吃，她嫌西瓜有腥氣。

西瓜據說是從南直隸蘇州府引來的有名瓜種，一個要價五百錢，比普通西瓜貴四倍，瓜皮極薄，瓤肉又脆又沙。

李綺節吃火腿肉有些吃傷了，西瓜冰鎮爽甜，正好能解膩，臨睡前不小心多吃了幾瓣西瓜。到了晚上，難免腹中作怪，頻頻起夜，一整夜都睡得不踏實。

丑時一刻，依稀聽見隔壁朱家傳來一陣尖利的叫罵聲，似乎是朱娘子在喝斥什麼人。

李綺節從雕刻喜鵲紅梅圖屏風後面轉出來，理理裙角，在銅盆裡洗淨手，趿拉著木屐走到床邊，皺眉道：「朱娘子又在打朱盼娣她們？」

寶珠手持燭臺，站在木格窗下，側耳細聽片刻，窗上糊了細密的棉紙，夜風把朱娘子的聲音從院牆外吹進李宅，人聲模糊，彷彿隔了半里遠，聽不大清楚，她留神聽了半晌，搖了搖頭：「沒聽見朱家幾個小娘子的聲音。」

李綺節便沒再問。

翌日卯時，李綺節朦朧醒來，掀開蚊帳，光腳踩在捲雲紋腳踏上，正想喚寶珠端茶，忽然覺得一陣輕寒入骨，細紗衣袖滑下手肘，涼意順著露在外面的胳膊，一直冷到心裡。

寶珠提著一個銅壺進門，看李綺節坐在床欄邊瑟瑟發抖，連忙道：「三娘快添衣裳，千萬別凍著了。」

李綺節打了個噴嚏，忙不迭躲進被子裡，暖了半天，還想睡個回籠覺，奈何寶珠在一旁連連催促，只得依依不捨地告別被窩，下床梳洗。

寶珠看她加了件松花綠對襟梭布夾襖，猶不放心，又讓她在外頭添了件竹根青棉綢小褂子，才放她出門。

李綺節繫上布扣子，出得房門，迎面看到院裡土潤苔青，桂樹的葉片閃閃發亮，像是被誰擦洗過。原來昨夜落了一場雨，怪不得會這麼冷。

她把手伸到欄杆外，掌心微覺濕涼，天空中仍然飄蕩著蛛網似的細密雨絲，心裡不由暗暗道：也不知阿爺李乙和大哥李子恆昨天出門時帶的鋪蓋夠不夠暖和。

梳洗過後，李綺節去正房和周氏說了會兒閒話，想看李乙能不能趕在早飯前回家，於是撐了把油紙傘，走到院門前來。

遠遠聽見一陣窸窸窣窣的說話聲，劉婆子抱著一捧柴火，正和什麼人低聲說話。

那人身材單薄，頭上戴一頂烏黑斗笠，著一身緇色短打僧衣，腳上一雙蒲草製成的草鞋，似乎是個沙彌的打扮。

隔得太遠，看不出小沙彌的樣貌如何，但一副清亮的嗓音著實好聽，乍聽之下只覺鏗鏘入耳，有如金石相擊，細聽之下，又覺柔和婉轉，似在耳邊低語。

劉婆子只和沙彌說了幾句話，便放下柴火，回頭往灶房的方向走，俄而端著一隻粗瓷大碗出來，碗裡盛著堆得冒尖的剩飯菜。

小沙彌從懷中取出一個裂了半邊的木碗，待劉婆子把剩飯倒在木碗中，低聲道了句謝，轉身即走。

李綺節正盯著小沙彌清瘦的背影出神，忽然聽見身後一陣急促的腳步聲，寶鵲啪嗒啪嗒跑到門前，喊道：「小師父且慢些，我家太太請小師父進來躲躲雨！」

小沙彌的腳步微微一頓，劉婆子連忙上前拉住他的衣袖，強行把他拉到李家門前。

微微細雨中，小沙彌眼眸低垂，跟著劉婆子走到屋簷底下，不肯再往裡走。

隔得近了，能看清小沙彌的眉眼，竟是出奇的俊秀斯文。眉骨清峻，眼眉豐秀，增之一分則過於硬朗，少之一分又流於柔婉。

他只著一身破舊僧衣，衣袖緣角全都起了毛邊，草鞋上纏了許多疙瘩，一看就是破了再補，補了又接上的。這樣一個挨家挨戶上門討飯吃的小沙彌，原本應該狼狽不堪，可他通身上下不見一絲落魄，反而自有一種英華內斂的清疏孤傲，讓人不敢輕慢。

彷彿一株冒著嚴寒獨自綻開的紅梅，即使在風雪中零落成泥，也是一身傲骨。

李綺節不由一愣：這樣出眾的相貌和氣度，委實不像個荒村野廟的出家人。

小雨淅淅瀝瀝，總不見停，小沙彌只在李宅門前停留了幾息功夫，大概是急著回寺裡，雨勢才稍稍柔緩，便告辭離去。

劉婆子和寶鵲在灶房收拾了一包水靈靈的鮮棗和素油炸的麵果子，還從米缸裡摸出幾顆拳頭大的綿軟熟爛的柿子，用荷葉仔仔細細裹了，紮上曬乾的細草繩，送到門前。

周氏接過捆好的荷葉包，親自送到小沙彌手中，笑道：「小師父也太客氣了，家裡雖是茅簷草舍，避雨的屋子還是有的。」

小沙彌不苟言笑，斗笠下的面容疏冷，宛如泥胎木偶，神情不見一絲波動，接過荷葉包，躬身朝周氏行了個禮，轉身離開。草鞋踏在鬆軟的泥地上，留下一串清淺的腳印。

李綺節這才注意到，小沙彌身上的僧衣，衣襬還在往下淌著水滴。

寶珠湊到李綺節身邊，朝隔壁朱家的方向努努嘴巴，冷哼一聲，道：「真是作孽，昨晚小師父在朱家的門簷前躲雨，朱娘子硬說他晦氣，把他趕走了。小師父可憐見的，整整淋了一夜的雨！」

李綺節恍然，難怪小沙彌的臉色那麼蒼白。那她昨晚起夜時聽到的斥罵聲，也不是朱娘子在打罵朱盼娣幾姊妹，她那會兒應該是在驅趕小沙彌。

李家村靠近竹山，山上風景秀麗。瑤江縣本地村人很務實，虔誠供佛的同時，也信神仙鬼怪，平時沒事拜拜佛許個心願。不管用的話，就去求點符紙燒符水喝，再不管用，繼續去寺廟裡拜佛，如此循環往復，端看哪家神佛有空。

潭州府儒道佛並立，所以竹山上既有寺廟，也有道觀，還有庵堂，而且和尚、道士相處融洽，結伴同行是常事。

常有比丘、尼姑下山化緣，夜裡他們就在鄉下人家的草棚屋簷下過夜。村人淳樸，對比丘們很尊敬，不僅會大方送上自家最好的米糧飯菜，熱情的還會把僧人請到家中休息洗漱。

昨晚小沙彌進村時，已經是亥時三刻，村裡人早已睡得呼嚕直響，沒人察覺。直到今天早上，去江邊放牛的村人看見小沙彌在穀場上的草堆裡睏覺，才知道朱娘子昨晚不讓小沙彌在朱家門簷下躲雨，硬把小沙彌趕到村外去了。

寶珠義憤填膺，「平時看朱娘子也是個可憐人，沒想到她的心竟然這麼狠！怠慢出家人，不會有好報的！」

李綺節暗暗嘆口氣：朱娘子遇人不淑，丈夫不學無術，婆母苛刻吝嗇，村裡人可憐她的處境，平時對她多有忍讓。只要她眼圈一紅，哭訴起自己的境遇，連老人們都得讓她幾分。

朱娘子嘗到甜頭，漸漸養出一副欺軟怕硬、愛占小便宜的脾性。她不敢反抗婆婆和丈夫，就整天打罵女兒，對外人撒潑，把自己的痛苦轉嫁到別人身上。村裡人覺得她實在可憐，不想也不敢和她計較，可耐心總是有限的，朱娘子再這麼作死下去，只會把村裡人對她的最後一點同情全部磨光。

寶珠就是頭一個對朱娘子由憐愛轉為憎惡的，「咱們家逢年過節往朱家送米送肉送衣裳，朱盼娣和朱想娣還總在村裡說三娘的壞話，怪道都說人生人，鳳生鳳，她們母女幾個都長了一副黑心腸！」

李綺節眉毛微微揚起，笑了笑，扶著周氏往裡走，朱盼娣竟然還在孜孜不倦地抹黑她，她在大明朝的頭一個「仇人」，比她想像中的要執著多了。

「十八……」周氏忽然一跺腳，喃喃念了一個數字。

李綺節一臉莫名，「伯娘？」

「小師父！」周氏輕輕推開李綺節的胳膊，轉身跨過門檻，揚聲叫住已走遠的小沙彌，疾步走到他身後，顫聲道：「小師父俗家是不是姓張？」

小師父身形微微一滯，斗笠上的雨珠嘩啦啦綴在肩頭，僧衣上的水跡沿著瘦削的肩背，暈開了一大片。

他頭也不回地走了。

李綺節走到周氏身邊，輕聲道：「伯娘認得他？」

自明朝建立以來，一直奉行休養生息、鼓勵農業的國策，天下太平已久。永樂年間，明朝國力達到鼎盛，府縣鄉鎮日益繁華昌盛，商業發展蓬勃，又不是吃不起飯的災荒年間，誰家捨得把十幾歲的兒郎送到寺廟裡去苦修？

更何況，小沙彌生得如斯俊秀，瑤江縣，不，整個潭州府應該都找不出第二個人品這般出眾的少年郎了。

縱是上輩子見多識廣，閱遍網路上各種美男的李綺節，也不得不誠心讚一句小沙彌生了一副好相貌。她要是有這麼個哥哥，恨不能天天把好吃的好玩的都讓給他，絕不可能讓他流落到夜宿荒野的境地。

周氏看著小沙彌遠走的背影，幽幽嘆了口氣，「他是張家十八娘的兒子，從小送到西山廟裡養大，我上一次看到他時，他連話都不會說呢，抱起來和小貓咪一樣，輕飄飄的。一轉眼，已經長這麼大了。」

語氣頗為唏噓。

張十八娘？

李綺節仔仔細細回想了一遍，確認自己沒聽過這個人。想要問問周氏，周氏卻忽然忌諱起來，怎麼都不肯往下說了。

李綺節發現周氏難得露出幾絲傷感，眼中的疑竇之色更濃。

古代交通不便，加上安土重遷的思想觀念和戶籍制度，遠行需要鼓起很大的勇氣。首先，想出門旅個遊必須先跟官府打個招呼，然後得說服家裡長輩，最後備上銀兩、乾糧、鋪蓋、衣物、馬桶、照明取暖工具等等林林總總一大車行李，辦好各種文書路引憑證。終於可以出行了，路上還必須提心吊膽，時刻警戒，因為有各種各樣的天災人禍。天氣預報是不可能有的，洪水、山火突如其來，防不勝防，野豬、老虎、野狼、毒蛇神出鬼沒。再者，山裡有山匪，江上有水匪，醫療水準又低，淋個雨、摔個跤都很可能翹辮子。

在明朝，如果來一場想走就走的旅行，結局基本上是走不回來了。

徐霞客能到處遊歷，還不是因為他家老母親持家有道，思想也開明，能夠供得起他的全部花銷。對於土豪來說，什麼問題都不成問題。一般人，還是老老實實待在家鄉比較實在。

所以，在這個時代，除了靠南來北往販賣貨物生財的商人、書生遊子和富貴人家，大部分人往往一輩子都蝸居在一座小小的縣城當中，有些人甚至幾十年不會走出小山村。

本地人祖祖輩輩都生活在瑤江縣，自然而然的，各大宗族和姓氏之間形成了非常錯綜複雜的姻親關係：叔叔家的堂弟娶了舅舅家的表妹，姑姑家的侄兒嫁了隔壁鄰家大郎，一家幾個妯娌是同族姊妹，都是常事。

比如李大伯和李乙兄弟，雖然父母早逝，近親所剩無多，但如果從太爺爺上面一輩算起，還是能找到幾戶親戚。

於是，每到紅白喜事時節，去別人家赴席，李綺節基本上是見人就笑，看到長輩就行萬福禮，所有同輩異姓兒郎都叫表哥表弟，所有同輩異姓小娘子全喊表姊表妹，因為她知道鄉鎮所有人家幾乎都是自家遠親。基本上，從瑤江縣回李家村的路上，站在船頭舉目一望，凡是有農田的地方，必有人家，凡是有人家的地方，都可能有她的親戚。

因為親戚太多太難記，怕在人前失禮，李綺節特意列了一張單子，把所有和李家沾親帶故的人家全部列成表格，時時翻看，加深印象。

據她初步估算，她目前記下的那些有名有姓的表兄弟，已經突破了三位數——表哥們的數目實在驚人，她暫時只能用外號去記憶，才不會弄混。

未婚夫楊天保，是悶葫蘆表哥。

孟四郎孟雲暉，是假正經秀才表哥。

花相公家的花大郎，是腦袋很大的大頭表哥。

而張十八娘這個人，李綺節可以確定是頭一次聽說。

李家和張家的來往算得上親近，張大少奶奶昨天才來李家擺了一回少奶奶的譜兒，李綺節自信對李家村的張家這一支還是很熟悉的。

張家人口多，論排行，十八這個排名不出奇，可李綺節以前曾經悄悄和寶珠八卦過，說張家陽盛陰衰，每一輩都只得兩三個小娘子，所以張家女兒都格外尊貴。就像現在的張二娘張桂花，是寶字輩唯一長大的小娘子。張老太爺那麼摳摳索索的一個人，都快把她寵上天去了，綾羅綢緞、金銀珠寶，只要是張桂花喜歡的，張老太爺恨不得堆滿她的屋子。媳婦張大少奶奶天天要領著丫頭去灶房炊米造飯，而張桂花獨獨有四個丫頭服侍，長到十二歲，從未踏出過張家門檻一步，是鄉里出了名的嬌美人。

小娘子和小郎君是分開排行的，有張十八娘的話，那肯定還會有十六娘、十七娘，張桂花是寶字輩的二娘，那十八娘只可能是上一輩的了？

又或者是另一個張家的十八娘？

接下來的一整天，李綺節圍在周氏身邊，幫忙拿東遞西，做小伏低，極盡討好之意。周氏剛坐下，她趕緊湊上去為她捶腿。周氏要出門，她立刻撐起油紙傘在前面引路。周氏喉嚨乾，她一溜煙去灶房提熱水，親手沏一壺香甜的桂花茶，送到周氏手邊。

周氏白天看到小沙彌單薄可憐，原本有些傷懷，一天下來，硬是被李綺節逗笑了，輕輕一捏她粉嘟嘟的臉蛋，嗔道：「罷了罷了，總歸才過去十幾年，妳要是有心探問，總能打聽到一點蛛絲馬跡，這事瞞不了人。」

李綺節迅速抓住周氏話中的重點，「為什麼要瞞著人？」

周氏眉頭緊皺，頓了片刻，緩緩道：「十八娘是張老太爺的隔房堂妹，她當年是鄉里最靈醒周正的小娘子，連畫上的金童玉女都沒她漂亮。我記得她十三歲那年，附近鄉鎮人家抬著禮盒去張家求親，整座瑤江縣的媒婆全都到了，一個接一個在張家的兩隻石獅子跟前排隊，等著進去說親，連縣太爺家的太太也去張家吃茶，催張家人早些讓十八娘出閣。最後，張家人千挑萬選，選中了楊大官人家的小兒子。」

李綺節雙眉微挑，又是一個楊家小郎君，既能被稱作楊大官人，不必說，肯定是楊天保的某位長輩。瑤江縣裡姓楊的人家，一大半都和楊天保連著親，高大姐為此十分自豪，曾說楊家雖然沒有首富金家富裕，但人丁興旺，子弟出息，又出了一個光宗耀祖的孟縣令，縣裡的第一大氏族，非他們楊家莫屬。

果然，聽得周氏接著道：「那楊大官人的小兒子和咱們李家是隔輩的親戚，五郎天保管他叫堂叔。楊小郎生得一表人才，也只有他配得上十八娘的人品，可惜楊小郎命不好，永樂二年的時候，他和縣裡幾個秀才坐船去武昌府的黃鶴磯頭看什麼文會，路上遇到江匪，被人扔到大江裡淹死了，楊家人連屍首都沒找著。」

說到這裡，周氏嘆了口氣，拈起一根細如鬚髮的繡針，在髮鬢上抹了一下，瞇起雙眼，纖巧的繡針按著紋理，刺透藍布。她正坐在窗下修補一件鐵灰色直身，李大伯常在鄉間行走，衣袖在山路間劃破了，直接用繡線縫補不太雅觀，只能繡上幾隻銜枝喜鵲作裝飾。

李綺節坐在羅漢榻前的小杌子上，伸著一雙粉膩巴掌，幫周氏按著直身衣袖的窄邊，心裡粗略估算了一下年分：現在是永樂二十年，楊小郎是十八年前沒的，而小沙彌看起來卻是十三四歲的年紀，所以說，小沙彌不是楊小郎的遺腹子。伯娘好像問他是不是姓張？小沙彌為什麼是跟著母親張十八娘姓的？

周氏手指翻飛，繡出纖細的葉脈，「十八娘的命也苦，嫁人才一年就守了寡。楊小郎的頭七過後，張家人要把十八娘接回娘家養活，楊家人不答應，非要十八娘給楊小郎守節……」

李綺節聽得咋舌，現在是永樂年間，朝廷奉行與民休息，應該還處在鼓勵人口生育的階段，鄉里人竟然強迫女子為夫守節？莫非程朱理學已經影響到偏遠的瑤江縣了？

周氏冷笑一聲，「十八娘年紀輕輕的，讓她給楊小郎守一輩子的寡，就是張家肯，我這個外人都捨不得！」

李綺節默默嘆息一聲，她大概能猜出接下來的故事了。

周氏接下來的講述印證了李綺節的猜測：張家人斷然捨不得讓如花似玉的張十八娘守一輩子的寡，毅然決然把她接回張家，預備為她再挑一戶好人家改嫁。楊家人看張家人油鹽不進，惱羞成怒，和張家斷絕姻親關係。鄉里人議論紛紛，整天把十八娘不肯為夫守節的事掛在嘴邊，畏於閒言閒語，張家只得把十八娘送到山上的庵堂去靜養。

從前鄉下人家窮苦，寡婦再嫁，不是什麼難事。等日子過得越來越富足，寡婦反而不好嫁了。比如楊家那樣的人家，隨著家業的一步步壯大，開始注重門第規矩，寡婦如果不為夫守節，就會被說三道四。讀書人更是講究，誰家寡婦再披紅綢嫁人，他們連那寡婦的兄弟族人都跟著一起鄙視，甚至會當面把人家說得抬不起頭。

周氏一邊娓娓道來，手上繡花的動作依舊穩當熟練，「十八娘上山後就沒下來過。山上清苦，張家人平時只會派個婆子到山上去送些衣物米糧。幾年後，庵堂裡的尼姑找上門，張家人才知道，十八娘已經偷偷搬出去了。張家人到處打聽，最後在縣裡找到十八娘，那時候她剛生了個兒子。張家人以為十八娘被哪家浪蕩公子給騙了，追問孩子的爹是誰，十八娘不肯說，一直到她爹和她娘閉眼，她都沒說出小郎君的身世，只說孩子的爹是個好人，因為家裡不允許他娶一個寡婦進門，她和小郎君才會流落在外，等小郎君長大成人，孩子的爹肯定會接他們母子回家。」

李綺節聽出周氏話音裡對張十八娘的同情，心裡有些詫異：張十八娘不肯為丈夫守節，後來又無媒苟合，和陌生外男生下小沙彌，在這個年代，可以說是大逆不道的驚世之舉，可能會受萬人唾罵的。按理來說，周氏應該很厭惡十八娘才對，可看周氏臉上的神情，對十八娘沒有一絲鄙夷，有的只是對十八娘的憐惜。

這讓李綺節不由得對周氏有些刮目相看，她原以為周氏和便宜老爹李乙一樣，也是個迂腐守舊的老古板——因為周氏對李大伯納妾的事情實在太過上心了。昨天李大伯已經明確拒絕收用寶鵲，周氏沒有慶幸不說，竟然還怪李大伯不能體會她的良苦用心，把特意為李大伯備下的那半邊西瓜送到李綺節房裡去了。李綺節晚上吃了幾瓣西瓜，臨睡前又獨自享用了一半脆甜的瓜瓤，夜裡頻頻去屏風後面和銅絲箍的馬桶親切會晤，才會模模糊糊聽到朱娘子斥罵小沙彌的聲音。

周氏如此執著於為夫納妾，卻不歧視大膽出格的張十八娘，看來還是蠻開明的嘛！

「十八姨現在在哪兒？」

周氏嗤笑一聲，「還能去哪兒？十八娘的爹娘去世之後，她嫂子容不下她，怕她的名聲耽誤底下幾個女丫頭說親，把她送回西山上的庵堂關起來了。」

而小沙彌，張家太爺臨死之前為他取了名字叫張泰宣，囑咐張家人務必要把他當成張家的孩子一樣看待，好好將他養大成人。十八娘的哥哥當時答應得好好的，太爺一閉眼，他就讓人把張泰宣送到西山的寺廟裡去，寒冬臘月天，只給張泰宣穿一件粗葛布小褂子，婆子把他送給寺廟裡的知客僧時，他連氣息都微了。

母子倆一個被關在庵堂裡，一個在寺廟裡由出家人撫養長大，雖然同在一座山頭，但十幾年都不曾見面。

周氏眼波流轉，目光在李綺節身上打了個轉兒，繡針停在喜鵲的羽翅上，鄭重道：「村裡的張老太爺是十八娘的隔房叔叔，他們張家人早把十八娘逐出宗族了，村裡人顧忌張家人的臉面，也都裝作不記得十八娘。三娘，以後在張家人面前，尤其是張大少奶奶跟前，千萬不要提起十八娘。」

李綺節點點頭，周氏肯把張泰宣的身世如實講給她聽，她已經很意外了。十八娘喪夫後想再嫁，在庵堂和外男有私情，獨自生下身世成謎的張泰宣……無論哪一樁哪一件，都不適合講給未婚少女聽，周氏卻毫不隱瞞，和盤托出。

李綺節明白周氏的用意，自然不會得寸進尺，企圖接近張家和張泰宣，雖然那驚鴻一瞥實在震懾人心。

周氏已經把警告說得很明顯了，她是個訂過親的小娘子，愛慕一個身世不明的俊俏少年兒郎，很可能會落到和十八娘一樣的悲慘境地。

其實周氏有些杞人憂天，張泰宣固然生得俊秀，但始終只是一個才見過一面的少年郎，李綺節不過是純粹欣賞對方的美色罷了。

周氏仔細觀察著李綺節的每一個細微動作和表情，發現她追問張泰宣的來歷，似乎真的只是出於好奇而已，暗暗鬆了口氣：楊天保那邊剛出了么蛾子，三娘可不能再出岔子了！

才剛想到楊家，就聽屋外傳來說話聲，寶鵲輕輕叩響門扉，「太太，楊家人來了。」

周氏表情一變，繡花針差點戳破指尖，「來的是誰？」

李綺節站起來，走到窗邊，透過支起的紗屜子往外看，「好像是老董叔和董婆子。」

老董叔和董娘子是依附楊家過活的一對老僕，往年楊往李家送節禮，都是這對老夫婦上門。據說老董叔也是李家的遠親，因為得罪了縣裡的大戶，怕擔干係，寧願賣身給楊舉人當奴僕，以求庇護。

院裡的桂花樹剛好擋住了李綺節的部分視線，她踮起腳跟看了半天，發現老董叔身後堆了一地的東西，幾乎快堆得有一人高了。先是一擔雕花提盒，裝得滿滿當當的，盒蓋都撐開了半邊，還有幾個鼓囊囊的大口袋，看不清裡頭裝的是什麼，旁邊則是一擔色彩鮮明的布匹、一擔蓮藕和金瓜，幾個用粽繩捆起來的大青魚在地上蹦來蹦去，劉婆子擼著袖子，正想辦法把草魚抓到水缸裡去養起來。

別的也就算了，細布可是精貴東西，朝廷徵稅，布匹是其一，市坊交易，布匹可以直接當成貨幣使用，杭州府出的細絹，一丈就得半貫錢哩！

李綺節眼珠一轉：高大姐最是小氣，中秋又不像過年，楊家怎往李家送這豐盛的節禮？

周氏放下補了一半的藍布直身，淡然道：「三娘，妳進去看看昭節和九冬在做什麼。」

李綺節嗯了一聲，沒有多問，出了後門，順著甬道走出正院。

周氏走到後窗前，一直看到李綺節轉過月洞門，才放下心。接著，轉身走到門前，聲音霎時一冷，「讓他們進來說話，我倒要看看楊家預備怎麼向我們李家交代！」

老董叔一進門，便先向周氏作揖不迭。他生來一副笑臉，時時刻刻都一臉和氣，明明沒笑，但說話時聲音裡總像是帶著幾分笑意。

周氏神情冷淡，和老董叔略微敷衍了幾句，才叫寶鵲去篩茶。

寶鵲沒煮雞蛋茶，只送了兩碗煮開的白水到房裡。

董婆子吃了一碗滾白水，不敢抱怨，站在地下，滿臉堆笑，道：「太太萬福，我們太太叫給三小姐送來幾匹尺頭，都是松江府出的細布，顏色好，花樣新鮮，正合適年輕小娘子裁衣裳。尺頭是南邊來的，昨天剛運到武昌府，縣裡想買都沒處買，因縣太爺夫人知道我們家太太想給府上置辦節禮，才特特給我們家留了幾匹。」

周氏皮笑肉不笑，「叫高大姐費心了。」

董婆子面色不變，「三小姐在房裡呢？老婆子好久沒見著三小姐了，怪想她的。」

周氏淡淡地道：「可是不巧，三娘前晚起夜時有些著涼，吃了藥才歇下。」說著，喚寶鵲進房，「三娘呢？」

寶鵲道：「回太太，三小姐還沒醒呢，寶珠在房裡守著。」

董婆子和老董叔互望一眼，連忙陪笑道：「三小姐養身子要緊，老婆子身上腌臢，就不去打攪三小姐休息了。」

這兩人倒也識趣，沒堅持去看李綺節，任憑周氏的臉色有多難看，臉上的笑容始終沒有變，一口一個太太，把周氏奉承得都有些鬆動了。

待楊家老僕告辭離去，李大伯背著雙手，走到正房來，道：「楊家人怎麼說？」

周氏嘆口氣，「來的只是兩個下人，看來楊家想把事情混過去。」

李大伯立刻吹鬍子瞪眼睛，「他們家五郎做出了這種事，想隨隨便便混過去？當我們李家沒人了嗎？」

周氏趕緊給李大伯順氣，「官人莫要上火，到底是親家，事情還沒鬧出來，他們楊家顧忌名聲，咱們李家總得給他們留幾分情面，先看看他們怎麼處置那個小妖精再說。如果他們楊家真的敢做出什麼對不起三娘的事，我們也不是好欺負的。」

李大伯一甩袖子，氣呼呼地坐在堂前的一張雕花靠背玫瑰椅上，「二弟還沒回來？」

周氏為李大伯斟了一碗矜平躁釋的武夷茶，「沒呢，我讓招財去路口等著了。」

李大伯捧著海水紋蓋碗，小心翼翼試著茶水的溫度，「二弟是什麼意思？」

周氏四顧一望，見門外沒人，輕聲道：「其實二叔去李家，不全是為大郎，也是為三娘找個話事人的意思。鄉里的里甲老人全是楊家的親戚，事情鬧到鄉里，咱們家討不了好，二叔想求李家人幫咱們家說句公道話。」

躲在窗外偷聽的李綺節恍然大悟，難怪李乙和李子恆已經找了五娘子做媒人，還要去李家走一趟，原來不是去請人向孟家提親，而是為了她。

她就說中秋夜戲的事情有古怪，原來是楊家出了什麼醜事，要勞動話事人來主持公道。

既然事情關係到她，那麼那個有古怪的人肯定是楊天保無疑了。

孟雲暉和楊天保差不多年紀，縣裡能夠考取功名的少年學子數來數去就那麼幾個，兩人是同窗，孟雲暉特意問起過她中秋夜戲的事，他應該也是知情人。

聽周氏和李大伯的對話，不止孟雲暉，李家和楊家的人都知道楊天保做了什麼，單單只瞞著她一個。

李綺節冷哼一聲，繡鞋輕輕踢在木梯子的橫木上，楊天保看著老老實實的，原來蔫壞！這才多大呢，就開始作妖了！

寶珠怕李綺節摔到地上，守在梯子下面。看她踩在木梯子上跺腳，梯子隨著她的動作晃了幾晃，隨時都可能栽下地，頓時急得臉色煞白，小聲道：「三娘別動，小心跌下來！」

她就知道，三娘剛剛偷偷去後院搬梯子的時候，她應該想辦法阻止三娘，而不是站在梯子底下幫她望風。

李綺節趴在木梯子上，居高臨下，朝寶珠一揮手，悄聲道：「沒事兒！妳別管我，看著外面，要是曹氏和劉婆子來了，記得提醒我！」

寶珠點點頭，緊緊扶著木梯子，心裡怨苦不已：大官人和大太太說得這麼嚴重，楊五郎肯定做了對不起三娘的事，要是三娘氣壞了，真從木梯子上掉下來摔壞了，可怎麼辦？

李綺節不知道寶珠心裡已經計畫好待會兒怎麼趴在地上好接住她，湊到窗邊，聽李大伯繼續道：「哪裡就至於勞動里甲老人了？」

周氏扭著手絹道：「這事不能敷衍，楊家不給個說法，我是不會讓三娘嫁過去的。」

里甲老人不是單指一個人。明朝立國之初，進行了一次全國性的人口大普查，根據人口制定黃冊，然後以戶為單位，一百一十戶為一里，設里長十人，每年更換，餘下一百戶分為十甲，同樣選出甲長，根據納糧的多少來輪換。

黃冊是明朝老百姓唯一合法有效的戶籍文件，上面清晰地登載老百姓的身分、年齡、居所、職業和所有家庭財產。記得詳細的，連你家養幾頭豬、幾隻雞鴨都會寫上去。

古人一生，不論是居家過日子，還是入學、科考、婚喪、外出、財產、徭役、訴訟等等諸多重大事項，都離不開黃冊。

基本上說，黃冊的作用，就是現代的戶口本和身分證的綜合版。在明朝，外出超出方圓幾百里，需要遞交黃冊才能獲得官府發放的憑證。

沒有黃冊，要麼是逃戶，要麼是流民，別以為到了古代隨便找個旮旯地就能過日子，古代的黑戶也不是那麼好當的，而在黃冊的基礎之上制定的里甲制度，則是貫穿整個大明朝的基層管理行政制度。

里長和甲長管理本甲本裡的事務，除了殺人之類的重罪，一般的民事糾紛都由公選的里甲老人們裁定，大到財產糾紛、打架鬥毆，小到雞毛蒜皮的誰家牛偷吃了誰家的稻田，里甲老人們都管。

訴不出里，凡民間戶婚田土鬥毆相爭，一切小事，不許輒便告官，務要經由本管里甲老人理斷。若不經由者，先將告人杖斷六十，仍發回里甲老人理斷。在一定程度上，里甲擁有非常廣泛的法律裁定權力。

里甲老人就是鄉里的管理者，納糧多少是推選里長和甲長的首要標準，能當上里長和甲長的，基本都是大族子弟，所以古人追求人丁興旺，能生多少個就生多少個，養不養得活不要緊，人多了，才有可能占據話事人的身分，不會在鄉里受欺負。

李家所在村莊雖然叫李家村，但多是雜居的外姓人，本地的里長是楊家人，而那些德高望重、公選出來的老人，也大多是楊家近親。

按著瑤江縣的規矩，李綺節和楊天保婚事有了糾紛，要麼由里甲老人來裁斷，要麼兩家公選出一戶讀書人當話事人，讀書人有功名，說話和縣太爺一樣有分量。

里甲老人全和楊家人一個鼻孔出氣，李乙當然不會去找他們主持公道，本地的讀書人，又大多是楊縣令的同窗或是舊友，更不可靠。

是故，李乙才會想到李家的嫡支，他們家是望族，讀書人多，有功名的子弟應該不少。

李大伯沉默片刻，把茶碗往桌上一放，「話事人是那麼好請的？那個李家和咱們連遠親都算不上，未必肯搭理咱們。」

周氏瞪了李大伯一眼，「官人又說喪氣話了，一筆寫不出兩個李字，咱們每年往李家送的那一大車東西都是白送的？」

李大伯不服氣，「就算那個李家肯幫咱們說話，楊天保在外頭和花娘勾搭，在他們那種大戶人家看來，不過是尋常罷了，說不定他們還會反過來勸咱們家息事寧人呢！」

寶珠聽到楊天保和花娘勾搭，既驚訝又氣憤，忍不住高聲啐了一口：「王八崽子！」

周氏在房裡聽到聲音，立即道：「誰在外面？」

李綺節吐了吐舌頭，幾步竄下木梯，再把木梯往肩上一扛，拔腿就跑。古代的醫療水準一言難盡，她怕自己抵抗力太差，每天堅持鍛煉身體，腿腳穩健，搬著木梯照樣跑得飛快。

可憐寶珠還愣愣地站在窗下，眼睜睜看著李綺節像兔子似的，扛著一截木梯一溜煙跑得無影無蹤。正想跟上，周氏掀開青花布簾，神色冷厲，「大驚小怪做什麼？」

寶珠嚇得打了個嗝，拍拍胸脯，小心翼翼地道：「剛才張家人上門來，他家僕人去山上的廟裡送香油錢，回來的路上碰見二爺和大郎，二爺託他帶句口信，說昨夜落雨，山溪暴漲，把過江的竹橋淹了，二爺他們要在山裡多耽擱一宿，請太太和三小姐寬心。」

周氏眉頭一皺，「曉得了，三娘呢？」

寶珠搖搖頭，故意道：「我才從外面進來，沒看見三小姐。」

周氏四下裡掃了一眼，沒看到李綺節的身影，鬆了口氣，「妳去灶房幫劉婆子洗魚，魚泡洗乾淨留著。剛剛妳聽見的話，一個字都不許對三娘講。」

寶珠連忙點頭不迭，「太太放心，我曉得輕重。」

周氏淡然嗯了一聲，放下軟簾，關上房門。

寶珠悄悄抹了把汗，出了正院，找到躲在隔壁院牆下的李綺節，抱怨道：「三娘好狠心，把我一個人丟在裡頭！」

李綺節笑了笑，拿著一柄棕櫚葉製成的蒲扇給寶珠搧風，「寶珠姊姊，委屈妳了，我那糖果匣子裡有半匣梅菜肉餡的金華酥餅，全給妳當點心，請妳消消氣。」

寶珠哼了一聲，搶過蒲扇，把青綠色的棕葉搖得劈里啪啦響，「小姐聽見太太的話了？

您千萬別在太太面前露出形跡，不然我又得挨罵！」

李綺節眼珠一轉，「這事家裡人都曉得，就我一個人蒙在鼓裡，與其看他們遮遮掩掩的，還不如索性鬧開了好。」

寶珠當即變色，「三娘！」

李綺節拍拍寶珠的手，安撫她道：「家裡人來人往的，連那個不相干的孟四哥都在向我套話，伯娘怎麼會知道一定是妳漏的口風呢？」

寶珠一想，好像是這個道理，到底不放心，還是叮囑一句：「這種事妳出面摻和不好看，還是讓太太拿主意吧。」

李綺節淡淡一笑，沒有說話。

這天，李乙和李子恆果然沒有歸家。

夜裡，李大伯和周氏帶著李綺節、李昭節和李九冬在正房吃晚飯。家裡人口少，中秋團圓飯的大菜還沒吃完，頓頓都是熱的剩菜，排骨藕湯熱了又熱，藕塊都快熬成粉了。

快撤席時，周氏像是忽然想起來一事，笑著向李大伯道：「楊家送來的魚一時半會兒吃不完，正合適打魚糕。」

李大伯端著一盅滾茶，嘟著嘴唇，鬍子尖微微翹起，正徐徐吹去繚繞在茶碗上的熱氣，「啊？哦，全聽夫人安排。」

李綺節不動聲色，接過寶珠遞到肘邊的一盞泡橘茶，送到周氏跟前，「伯娘吃茶。」

周氏看李綺節似乎真的對楊天保的事不知情，心中的大石頭總算落了地。

吃過茶點，一家人圍著圓桌說了會兒閒話。

夜色漸深，李昭節和李九冬不知不覺打起瞌睡，小腦袋瓜兒一點一點，差點跌到圓桌子底下去。周氏不由笑道：「瞧她倆瞌睡直滴的，帶她們回房睏覺去吧。」

曹氏和劉婆子上前抱起兩姊妹，送二人回房，眾人各自回房歇下。

白天落了幾點雨絲，有些陰沉，夜裡的月色倒是極好，又清又亮。桂花樹的葉片鍍了層銀邊，在靜夜中散發出淡淡的幽光，不必點燈籠，就能看清回房的路。

洗漱過後，李綺節披著一件沉香色棉綢對襟薄夾襖，坐在架子床欄邊上，等寶珠把湯婆子罩在被子裡，連忙把冰涼的腳丫子伸進去，舒服得直嘆氣，懶懶地道：「把我那套直身衣裳收拾出來，明早我要穿的。」

寶珠收走面盆架上的銅盆，把李綺節脫下的外衣搭在雕刻喜鵲紅梅屏風上，手上的動作一頓，「三娘要出門？」

直身是男裝，李綺節只有去鎮上才會著男裝打扮。

李綺節粲然一笑，搖曳的燭光下她的笑容有點古怪，「明天我要去胭脂街走一趟。」

寶珠驚呼一聲，險些沒站穩，「哐噹」一聲巨響，銅盆摔在地上，殘水濺了一地。

胭脂街是本地有名的一條街巷，長街一面接岸，一面臨河。沿河的那面修建了數座雅致的竹樓，樓下寬敞，可以供烏篷船出入。樓上桌椅床凳，軟榻香案，一應俱有，是住人的地方，可住的人有些特別，無一例外全是花娘。

鎮上沿河的地方臨著渡口，渡口往來船隻極多，船工水手和力伕都是靠力氣吃飯的，身邊沒有婦人操持家業，錢鈔來得快，花得也快。鎮上漸漸興起一種專門靠伺候往來船工吃飯的生意行當，便是花娘。

花娘們晝伏夜出，鎮上的居民聞雞起舞，忙忙碌碌，她們往往睡到日上三竿才起身。漫漫長日，她們無所事事，攥一大把鹽炒香瓜子，散著頭髮，趿拉著繡鞋，斜倚在窗前，一邊嗑瓜子，一邊看奔流不息的江水，聽船工們噴薄著力量的口號聲，時不時呸呸幾聲，把沾著潤濕口水的瓜子皮吐進大江裡。

到了夜裡，老百姓們酣然入睡，花娘們開始迎來送往。她們梳起高髻，穿上鮮亮衣裳，在臉上抹一層厚厚的鉛粉胭脂，一張張粉臉塗得豔紅雪白，敞開衣襟，露出半截雪白酥胸，打開樓上的軒窗，和漂流在江上的水手船工們調笑。

只需花上幾十個銅板，客人便能將烏篷船駛入花娘樓前，僕役自會繫上小船，搭好板子，將客人迎入樓中，好酒好菜伺候。

李綺節下午已經暗暗從曹氏那裡打聽到，楊天保就是和胭脂街的其中一個花娘私奔的。

曹氏是大戶人家出來的，她不僅善於替小娘子們纏小腳，還會一手好針線活，然而察言觀色、探聽消息才是她的拿手絕活。她來李家不過短短幾個月的功夫，李家附近幾十戶人家的底細已經被她摸得一清二楚。周氏在李家村生活了這麼多年，知道的都沒她多。

這門功夫沒有功法心訣，全靠天分和見識，修煉起來不容易，要價也格外高。為了撬開曹氏的嘴巴，李綺節足足花了三百個大錢哩！

據曹氏說，胭脂街中有一個顧乾娘，家中養了十幾個年輕嬌嫩的小花娘，不僅個個生得嬌豔嫵媚，還琴棋書畫，樣樣精通。加之她家特意費鈔從南邊揚州府請來一位廚子，做得一桌好酒飯，是胭脂街中一絕。一年到頭，不管溽暑寒冬，慕名光顧竹樓的客人絡繹不絕。

楊天保的一位同窗早就仰慕顧乾娘的乾女兒們，極力攛掇楊天保陪他去胭脂街見識，楊天保推卻不過，只得去了。

誰知一來二往，他那位同窗過足了癮，並沒有流連風月，楊天保倒是一次又一次故地重遊，比同窗去得還勤。

楊天保年紀輕，耳根子軟，家中富裕，出手闊綽，身上有功名，樣貌又生得端正，花娘們每日裡和那些粗莽漢子打交道，見著他就像見著寶貝似的，怎麼可能容得他脫身？

其中一個黃姓花娘，因為嗓音好，會唱幾首小曲，樓裡的人給她起了個諢名叫小黃鸝。

小黃鸝很有幾分心計，趁著楊天保正值血氣方剛的年紀，甜言蜜語，裝怪賣俏，漸漸哄得楊天保對她死心塌地，一心一意想替她贖身，把她接到家中養活。

瑤江縣不過巴掌大的一塊地方，十里八鄉的人家都連著親。楊家是本地望族，高大姐和楊老爺膝下只有楊天保一個兒子。楊天保也爭氣，已經過了童子試的前面幾場考核，只等院試了。高大姐幾乎逢人就說楊天保像他的叔叔楊舉人，以後肯定也是戴官帽的大老爺，縣裡人誰不知道他是縣太爺的侄子？

有人看楊天保天天往鎮上的胭脂街跑，怕他被花娘哄騙，偷偷向高大姐報信。高大姐知道兒子小小年紀就沉迷酒色，氣得倒仰，預備等中秋夜那晚，趁家家戶戶都在渡口看戲，帶上幾個壯實僕人，衝到顧乾娘家，把那個膽敢勾引楊天保的小黃鸝狠狠打一頓，最好能劃破她的臉蛋，看她還怎麼狐媚勾人。

李綺節聽曹氏說到這裡的時候，像是夜空裡忽然炸起一線閃電，心頭一陣雪亮：不必猜了，那個報信的人肯定就是孟雲暉！

難怪孟雲暉怕她那晚也去鎮上看夜戲，原來高大姐當時正在胭脂街怒揍小黃鸝呀！

結果中秋那晚，也就是昨晚，高大姐果然親自殺到胭脂街，把小黃鸝打了個半死不活。

富家太太氣不過家中官人眠花宿柳，帶著僕人到胭脂街上尋花娘們的晦氣，這種事胭脂街上的花娘們常見，根本沒人管。

高大姐以為家裡出了個楊舉人，縣裡誰都得讓著她，我行我素慣了，不僅打了小黃鸝，還讓人把小黃鸝捆了，要把她賣到北邊的大山裡去。顧乾娘當然捨不得把花了大價錢調養長大的乾閨女送走，她還指望著小黃鸝能給她招攬更多客人呢！

兩廂一言不合，廝打起來，把官府都給驚動了，事情傳到縣裡，鬧得沸沸揚揚。

李乙早就聽縣裡人議論過楊天保流連胭脂街的事，之前曾親自去楊家試探真假。當時楊老爺對李乙連連發誓，說外面的謠言都是以訛傳訛，信不得真，一口咬定楊天保本分孝順，知書達理，絕不會踏足風月場所。

李乙當時將信將疑，怕惹惱楊老爺，也沒多問。

沒幾天就聽人說高大姐要帶人去胭脂街找一個小花娘算帳，李乙知道楊天保的傳言是真的，心裡氣歸氣，終究還是決定睜一隻眼閉一隻眼，依舊忙活著替李子恆求親的事，還阻止李綺節去鎮上看夜戲，怕她聽見風聲，心裡不好受。

曹氏說完這些，勸李綺節莫要往心裡去，「誰家沒經過這種事？楊五郎年紀小，才會被小黃鸝哄住，等他再長幾歲，自然曉得好壞輕重，經此一遭，他以後才能擦亮眼睛。小姐不必掛懷，人都是這麼來的。」

李綺節知道，不止曹氏這麼想，李乙應該也是同樣的想法。他在得知楊天保確實迷戀小黃鸝之後，急著找話事人為李家主持公道，不是為了退親，而是想向楊家施壓，讓楊家人徹底解決小黃鸝這個麻煩。

不止曹氏和李乙，李大伯和周氏，大概也是同樣的想法。在他們看來，少年郎君都愛風流，雖然楊天保的所作所為實在可氣，但只要他改過就行，還不至於要鬧到退婚的地步。

唯有大郎李子恆，應該和李綺節一樣，對楊天保和花娘私奔的事不知情，他阻止李綺節去看夜戲，大概是李乙教的，不然以他的暴脾氣，早衝到楊家揍楊天保去了，不可能還一門心思只想著娶孟春芳。

如果李綺節不知道楊天保和小黃鸝的事也就罷了，現在既然她已經知道原委，就不可能裝聾作啞，扮賢慧淑女了。

她直接問曹氏道：「昨晚的事楊天保曉不曉得？那個小黃鸝傷得重不重？楊家人準備怎麼處置她？」

曹氏沉默半晌，輕聲道：「三小姐，我也不瞞妳，方才楊家人上門時，我已找他們打聽過了，小黃鸝挨打過後，楊家五少爺留了一封書信，連夜帶著那個小黃鸝一起跑了，現在楊家人正到處找五少爺呢！這事太太和官人都還不曉得，楊家人把事情瞞得死死的，縣裡人只曉得高氏打了個小花娘，連官人、二爺和太太也不知情。」

她似乎自覺失言，有些懊惱，「楊五郎這事，三小姐不必焦心，凡事有太太呢！」

李綺節心中有數，所有人都知道高大姐要找小黃鸝的麻煩，昨晚為了避嫌，人人都躲開胭脂街，不清楚後續到底發生了什麼。

現在李大伯、李乙和周氏大概都以為楊家人把小黃鸝的事處理妥當，等著他們家給李家一個交代，而楊家因為楊天保和小黃鸝忽然私奔，正急得焦頭爛額，根本不知道該怎麼給他們解釋，只能使出拖字訣，想等找到楊天保，再來李家賠罪。

所以，老董叔和董婆子才會一直打哈哈，可惜他們倒楣，碰上了套話功力爐火純青的曹氏，不知不覺間就把實情講出來了。

李綺節聽完曹氏的話後，當即決定，她要親自去胭脂街走一趟。

捉姦這種事，當然得親力親為！

縣裡到處都是楊縣令的耳目，倉促之間，楊天保和小黃鸝肯定跑不遠，如果她沒猜錯，兩人此刻應該就藏身在胭脂街中。最危險的地方，就是最安全的地方嘛！

面對寶珠那張不可置信的驚詫臉孔，李綺節懶懶地打個哈欠，一邊盤算著明天的行程，一邊漫不經心道：「別光杵在那兒，把地上的水漬掃了，早點睏覺，明天妳陪我一道去。」

寶珠撿起銅盆，取來牆角的笤帚，一邊掃地，一邊嘆氣，心裡只覺欲哭無淚，有種想抽自己幾巴掌的衝動：都怪自己心太軟，才會被三娘制住！

李綺節在窸窸窣窣的掃地聲中翻了個身，頭髮掃過竹枕，沙沙一陣輕響。湘妃竹枕中間是空心的，竹片柔韌，冷而涼，夏日裡枕這個最舒服，現在已入秋，她該換個枕頭了。她閉上眼睛，漸漸沉入黑甜夢鄉當中，心裡暗暗道：也許，未婚夫也該重新換一個了。

翌日一大早，李綺節在一聲響似一聲的雞鳴中掀開被窩，起床梳洗，用牙粉漱過口，讓寶珠調了一大碗桂花藕粉，幾口吃完。趁周氏帶著劉婆子和寶鵲在灶房打魚糕，回房換上一件蘋婆綠寬袖大襟杭羅直身，挽起長髮，紮了個尋常小髻，手執一柄粽竹摺扇，帶著寶珠，悄悄溜到大門前。

李大伯正準備出門，招財把一個裝滿青蝦的竹簍掛在毛驢背上，兩個長工蹲在地下搬一只累沉沉的大口袋。

寶鵲站在李大伯身前，纖纖素手往上一抬，袖子滑落，露出半截雪白皓腕，想為李大伯整理衣襟。

李大伯眉頭一皺，退後兩步，厲聲道：「用不著妳伺候，妳進去吧。」

招財和兩個長工互望一眼，低聲竊笑。

寶鵲年輕，臉皮薄，被李大伯當著眾人的面低斥，頓時羞得面皮紫漲，眼圈一紅，淚珠沿著眼角撲簌而下，咬著櫻唇，飛身跑遠。

寶珠哼了一聲，「大官人不肯納妾，寶鵲怎麼還老往大官人跟前湊？真不要臉！」

李綺節搖頭不語，昨天吃午飯前，她看見伯娘周氏私底下拉著寶鵲的手說了半天話，寶鵲當時沒吭聲，只一個勁兒點頭應和。寶鵲平時沉穩內秀，不像是恬不知恥的人，她刻意接近討好李大伯，應該是周氏特意吩咐的。

大房一日沒有男丁，周氏就不會放棄給李大伯納妾。

李綺節走到門前，抖開摺扇，向李大伯唱了個肥喏：「大伯這是要去鎮上？」

李大伯看到李綺節一身男裝打扮，哈哈大笑，「妳這鬼靈精，連衣裳都換好了！說吧，今天要去哪裡耍？」

李綺節眼珠一轉，挽著李大伯的胳膊，嬌笑道：「昨晚花相公家的花娘子讓人送口信來，說他家的腐乳黴壞了，有股子怪味。她急得什麼似的，再三央求我去他家貨棧走一趟，看看能不能商量出一個補救的法子。我想著大伯要去鎮上的鋪子裡看帳目，正好可以和大伯一起坐船到渡口。」

李大伯刮一下李綺節的鼻子，笑道：「腐乳黴壞了，再黴一缸就是，妳去了能頂什麼用？妳阿爺和大郎就要回來了，等他們回來，你們一起回縣裡，那才方便呢！」

李綺節不依，使勁兒搖李大伯的胳膊，「花娘子可是我手把手教出來的徒弟，徒弟有難，做師父的哪能推三阻四呢？大伯要是不放心，讓招財跟著我一起進城，寶珠也跟著去，我就去花家貨棧轉轉，晌午就能回的！」

李大伯最禁不得女娘子們對他撒嬌，李綺節的聲音才剛放軟，他心裡立刻有幾分鬆動，暗暗琢磨了一番，覺得花家貨棧和楊家不在一個方向，李綺節應該不會聽見什麼風聲，只要她不去鎮上便好，遂點了點頭，「那行，記得早些家來，別在外邊貪玩，免得妳伯娘記掛。」

李綺節立即點頭如搗蒜，「大伯放心，我都記下了！」

李大伯向長工們交代了幾句，帶著李綺節主僕一起出了李家村。

一路槳聲欸乃，和風撲面。岸邊蘆葦叢深，一望無際，唯有天邊隱隱約約可見連綿的青山起伏，葦叢露水未乾，遠遠看去，像籠了一蓬朦朧的輕煙。

伯侄倆坐船到了渡口，招財把毛驢趕下船，李大伯跨到毛驢背上，鞭繩指指招財，「跟著三娘進城去，記住了，三娘到哪裡，你就到哪裡，別讓縣裡那幫混人衝撞到三娘。」

招財乾脆地應了一聲，「官人寬心，我常跟三小姐去縣裡的，從沒出過什麼岔子。」

待李大伯騎著毛驢走遠，招財便捲起袖子，「三小姐，您說吧，今兒個到底要去哪兒？」

李綺節從一只荷包裡倒出幾枚銅板，在招財跟前晃了晃，「記住了，今天我是李三郎。咱們不進城，走，帶公子爺去胭脂街逛逛。」

招財瞪大眼睛，眼珠子差點能從眼眶裡蹦出來。

……

天色還早，沿街的鋪子貨棧還沒開門。夥計們打著哈欠，取下一扇扇門板，掌櫃的在櫃檯裡吆三喝四，催促夥計們快些開門迎客。

沿河岸邊三三兩兩蹲著幾個頭戴布巾的婦人，一邊捶洗衣裳，一邊高聲談笑。

烏篷船沿河經過，偶爾響起一聲促狹的呼哨，是船伕在吸引婦人們的注意力。

因為岸邊的婦人們都是成群結隊的，並不知道船伕調戲的對象是哪一個，於是，所有婦人都自覺受了侮辱，板起臉，把棒槌敲得震天響。

船伕不以為意，繼續和婦人們搭話。

婦人們對船伕愛理不理，船伕的態度越低聲下氣，她們的動作越端莊，神情越冷冽。

也有輕浮的婦人，故意板起面孔，高聲怒罵船工，語句粗俗潑辣，一句比一句罵得狠，然而任誰都聽得出她話裡掩不住的笑意。

船工被罵，不怒反喜，腆著臉和婦人調笑。

婦人急得直跺腳，央求身旁的婦人幫腔。

其他人互望一眼，各自冷笑不語，婦人還不自知。

幾個散著頭髮的婦人手執笤帚，在下游處的大槐樹下刷洗自家馬桶。烏篷船行到此處，船伕乾脆把船槳橫在船頭，和婦人們招呼問好。婦人們親熱地喚他名字，把水花澆到船上，看船伕被濺起的河水打濕褲腳鞋面，嘻嘻哈哈笑成一團。

烏篷船划到岸邊時時，婦人們罵船伕沒良心，找他討要胭脂水粉、頭繩絨花之類的小物件，船伕連聲答應。

周圍的人紛紛投去鄙視的眼神，那個輕浮的婦人眼神最為輕鄙——不必說，這幾個刷馬桶的婦人，必是胭脂街花樓裡的僕婦。

另一邊的長街，空氣裡充溢著一股香甜的粥飯味道，街角的餛飩攤子、豆腐攤子、油餅攤子和饅頭攤子前圍滿了各家的跑腿夥計。

李綺節讓寶珠買了幾個筍肉饅頭和金銀酥，用油紙包了，一股腦兒塞到招財懷裡，「你去胭脂街打聽一下小黃鸝住在哪兒，別走西街，咱家的鋪子在那邊。」

熱騰騰的饅頭和芝麻油餅抱在懷裡，香氣直往鼻子裡竄，招財嚥了口口水，「三……三少爺，那樓裡的人會跟我說實話嗎？」

李綺節朝寶珠使了個眼色，寶珠點點頭，從袖子裡摸出一幅疊得方方正正的手巾，打開一角給招財看，裡面是半吊錢，「這個給你，你別去問那些花娘，找個在顧乾娘家灶房裡幫忙的婆子，把半吊錢往她手心裡一按，保管你什麼都能打聽到。」

招財點頭不迭，徑直去了。

李綺節和寶珠隨意找了家餛飩攤子，要了兩碗餛飩，才吃幾口，招財去而復返，「三少爺，找著了，就在西街背面左手第五間院子，門口貼了兩張門神的那一家。」

他說完話，抖抖索索掏出一只灰撲撲的汗巾子，叮噹哐噹一陣響，裡頭是剩下的銅板，「半吊錢太便宜別人了，嘿嘿，我只給那個婆子四百錢。」

看不出來，招財竟然還會講價還價。

汗巾子上面一股怪味，寶珠眉頭一皺，不想伸手接，李綺節笑道：「得了，剩下的你自己留著買果子吃吧。」

招財喜得眉開眼笑，「謝三少爺！」

李綺節慢悠悠地吃完餛飩，喝了兩口清湯，才起身往西街的方向走：她怕李大伯發現自己，盡量避開西街。楊天保那小子倒是渾身是膽，竟敢把小黃鸝安置在李家的鋪子附近。

招財和寶珠一路上東張西望，生怕李大伯突然從哪個角落跳出來。三人繞開李家鋪子，從小路進了巷子，數到左手邊第五間，黑油門上果然貼著兩張門神，門前還糊了一副紅紙對聯，掛著兩個紅燈籠。

寶珠對著紅燈籠啐了一口。

砰砰幾聲，招財叩響門上的銅環。

一個穿藍布罩衣、頭包花布巾的婆子走來應門，看李綺節模樣俊秀，穿著體面，手上的摺扇吊著一塊晶瑩剔透的蠟子扇墜，身邊還有兩個僕人跟著，一副富家公子做派，不敢怠慢，帶笑道：「小郎君找誰？」

李綺節搖著竹骨摺扇，一腳踩在門檻上，把縣裡那些浪蕩公子的紈絝模樣學了個十成十，「楊天保在哪兒？」

婆子臉色一變，連忙關門，「我們這兒沒有姓楊的，小郎君找錯人了！」

招財伸手，擋在黑油門前，硬擠進小院子，粗聲粗氣道：「少廢話，讓姓楊的出來！」

婆子知道來者不善，轉身往裡跑，一邊跑一邊高聲提醒房裡的人：「奶奶，來客了！」

李綺節嘴角一挑：喲，看來那個叫小黃鸝的野心不小，已經成主子奶奶了！

楊天保只是個學生，手頭再寬裕，終究還是靠高大姐給零用錢，積蓄不多，倉促間賃的院子不過一進而已，窄窄的三間屋子，淺房淺屋，略顯逼仄，東邊是起居坐臥之處，西邊是灶房兼柴房。

婆子剛才在搧爐子造飯，爐子上有著一個大肚砂鍋，裡頭煮了一鍋烏雞湯，湯水咕嘟咕嘟，翻著油膩膩的水泡。

婆子跑進唯一一個明間，哐噹一聲關上門。裡頭一陣窸窸窣窣的說話聲，靜默片刻，一個婦人站在房子裡面，隔著一層棉紙糊的槅窗，揚聲道：「郎君可是五郎的同窗？家中無人，小婦人不便招待郎君，請郎君見諒。」

不愧是小黃鸝，嗓音清脆悅耳，像純澈的溪水沖刷在一塊塊翠玉寶石上。

李綺節一腳踹開房門，大搖大擺走進房裡，笑道：「我姓李，在家中排行第三。」

李家子字輩的男丁，除了大郎李子恆，唯有一個遠親李二郎，並沒有李三郎其人，而小娘子們則一直排到第九。

李綺節說自己姓李，又排行第三，以小黃鸝的心計，肯定早就把她這個未來楊家少奶奶的年齡品行樣貌打聽得一清二楚，一猜就能猜到她的身分。

她的話音才落，槅窗裡面的婦人果然愣愣片刻，看到李綺節闖進門，臉色微微一變，雙手下意識地擋在小腹前，一狠心，走到李綺節面前，行了個萬福，「原來是三小姐，萬婆，快給三小姐篩茶。」

萬婆知道楊天保未過門的媳婦找上門了，嚇得面如土色，冷汗涔涔，幾步擋在小黃鸝跟前，生怕李綺節突然朝小黃鸝發難。

小黃鸝眉峰微蹙，話音裡帶了一絲寒意，「萬婆，還不去篩茶？」

萬婆不肯挪步，小聲道：「奶奶，少爺出門前，再三吩咐我，要我時時刻刻盯著，不能離妳半步遠，妳要是有什麼好歹，少爺說不定會把我賣到山裡去。老婆子就是豁出命去，也不能讓妳有一點閃失。」

小黃鸝瞥一眼李綺節，抿著唇，不說話。

她看起來年紀不大，已是一身婦人裝扮，容長臉，白淨面皮，一雙柳葉掉梢眉，臉上塗了淡淡的脂粉，面容算不上標致，不過中人之姿，細瘦身材，當然是個小腳女子。

李綺節看清小黃鸝的樣貌，心裡不免有些失望，她還以為顧乾娘家的紅牌之一，肯定會是個傾國傾城的大美人，原來也不過如此嘛！

李綺節打量小黃鸝的同時，小黃鸝也在暗暗地審視她。瑤江縣人都曉得楊天保自幼訂了門親事，小黃鸝想進楊家門，自然少不了暗中打聽對方的品行為人，好為以後打算。因李綺節是楊天保的表妹，李、楊兩家常來常往，楊家的下人常到李家走動，小黃鸝便格外留心楊家的僕役，私底下籠絡住楊天保的伴當，不消多少功夫，就從那伴當口中打聽到不少事。

據說，李家三娘幾歲時因為纏腳引發傷風，大病了一場，李家官人心疼女兒，答應不再為她纏腳。還特意向楊家許諾，會將一半家產留給女兒當陪嫁，並當著楊家人的面立字據。

伴當還說，高大姐很不喜歡李家三娘，嫌她表面乖順，實則一肚子鬼主意，不夠順從端莊。只因為兩家的親事是長輩訂下的，不能無故退親，才不得不忍氣吞聲。

小黃鸝聽說高大姐看李三娘不順眼，心裡頓時一喜，當下生出不下十幾個主張。背著人時，多次用言語去刺探楊天保，看楊天保話裡行間透出來的意思，似乎也對李三娘這門親事抱怨多多。

小黃鸝覺得自己的福運也許就要來了，既然高大姐和楊天保都不喜歡李三娘，就算她是正妻又能如何？

婆母嫌棄，丈夫疏遠，哪怕天仙似的人物，也不足為懼。

及至今天親眼見到李三娘本人，小黃鸝忽然覺得有些喘不上氣，心裡的那絲得意，不知不覺間早被惶恐和畏懼所取代。明明她年長於李三娘，可此刻面對面站著，她竟然生出一種難言的窘迫和無地自容，總覺得自己像是矮李三娘一頭。

也許因為李三娘生了一雙靈動的笑眼，說話時大方坦然，水眸杏眼專注地凝視對方，不說話時滿臉含笑，雙瞳似浸在夜色中的寒星，幽遠清冽。再者，她語態嬌憨，未語先笑，看似平和，實則有種拒人於千里之外的冷淡。

在她臉上找不出一絲鄙夷和厭惡，也沒有防備和算計，有的是一種浸潤在骨子裡，無意間散發出來的自信和漫不經心，彷彿小黃鸝只是一個絲毫不起眼的、不相干的外人。

小黃鸝從小跟著養娘學習吹拉彈唱和揣摩男人的喜好，在把恩客們玩弄在掌心的同時，也能窺看女人家的心思，只需要李三娘的一個眼神，小黃鸝便明白，李三娘是真的沒有把自己當一回事。

如果李三娘火冒三丈，酸言酸語，甚至是直接帶人來教訓自己，小黃鸝都不會怕。不僅不會怕，還會暗中慶幸以後的主家婆娘好對付。

可是，李三娘就這麼直接來了，沒有譏諷，沒有打罵，只有一種事不關己的好奇。

小黃鸝發現，自己竟然先怯了。

李綺節在房裡轉了一圈，架子床前罩著青色蚊帳，看不清裡頭的情形。腳踏上有個小笸籮，裡面放著才做一半的針線，靠牆的面盆架上搭著一件雞蛋青春羅外袍，窗前晾了一條汗巾子，看花色都應是男子用物。

桌案前的直頸土陶瓶裡供著數朵層層疊疊的雜色菊花，花朵嬌豔，清雅端麗。

李綺節可以想像，楊天保和小黃鸝這對年輕鴛鴦，在這所狹小的院落中怎麼柔情蜜意，怎麼海誓山盟，怎麼計畫著雙宿雙棲的美好將來。

既然他們有情有義，連私奔這種壯舉都做出來了，那她就成全他們好了！

「五表哥出門去了？」

李綺節問得太過平靜，就像在閒話家常，小黃鸝愣了一下，手心緊緊捏著一張粉色帕子，怯怯地道：「五郎出門訪友去了。」

李綺節嗤笑一聲，楊天保連夜帶著小黃鸝私奔，楊縣令和高大姐都在滿城搜人，他還有心情出門訪友？多半是囊中羞澀，無法安置嬌娃，出門借錢去了吧？

才說到楊天保，院外響起略顯粗嘎的嗓音：「鸝兒，可是來客了？怎麼沒關院門？」

小黃鸝聽到楊天保的聲音，不自覺地鬆了一口氣。

萬婆更是態度大變，立刻精神振奮，雙目圓瞪，惡狠狠地盯著李綺節，神情頗為傲慢，彷彿楊天保一來，李綺節就必須低眉順眼似的。

李綺節走到房裡唯一一張靠背椅前，一掀衣襬，矮身坐下，「表哥回來得正好。萬婆子，沒錯，就是妳，妳可以去煮茶了。」

萬婆一臉莫名所以，拿眼去看小黃鸝，等著小黃鸝示下。

小黃鸝點了點頭，萬婆猶不放心，橫了李綺節一眼，才不甘不願地出門去了。

剛跨出門檻，萬婆立刻朝楊天保告狀：「少爺，了不得，那個李三娘帶人闖進來了！」

楊天保正和一個身穿藍竹布窄袖長衫的少年一邊說著話，一邊往裡走，聞言頓時大驚失色，連客人也顧不上了，推開萬婆子，幾步衝進房裡，「鸝兒別怕，我來了！」

萬婆子火上澆油，拔高嗓音，一邊追著楊天保的腳步往裡走，一邊尖聲道：「少爺，幸好您回來得及時，不然老婆子可怎麼向您交代啊！」

落在最後面的長衫少年摸摸鼻尖，一副看熱鬧不嫌事大的無賴模樣，幾步跟進房，探頭探腦，四處張望，「李家人來了？打起來沒？」

……當然沒有打起來。

不過，看楊天保怒髮衝冠的暴躁模樣，也差不多了。

就在楊天保踏進門檻的前一刻，小黃鸝忽然雙膝一軟，匍匐在李綺節腳下，扯住她的袖子，哭得淚如雨下，我見猶憐。眼淚就像開閘洩洪一樣，不僅來勢洶湧，還連綿不斷，一派誓要哭倒千里堤壩的架勢。

李綺節沒有躲閃，任小黃鸝跪在自己腳下裝委屈，暗暗翻了個白眼：大小姐啊，就不能換個套路嗎？這種刻意挑撥的手法已經爛大街了好嗎？妳的爭寵招數急需創新啊！

套路之所以會成為套路，就是因為它屢試不爽，能用最省力的法子取得最好的效果。比如此刻的楊天保，看到心愛的女子受辱，果然氣得雙目血紅，額角青筋暴跳，恨不得立刻把李綺節和招財、寶珠大卸八塊，好為小黃鸝出氣。

寶珠冷哼一聲，對著跪在地上哀哀低泣的小黃鸝狠啐了一口，「果然是學過唱戲的，慣會裝模作樣！」

小黃鸝的身子一顫，可憐兮兮地睨一眼楊天保，哭得越發傷心。

到底是從小一起長大的表兄妹，楊天保很快認出男裝打扮的李綺節，強忍著心緒，雙拳緊握，甕聲甕氣地道：「三娘，妳來這裡做什麼？怎麼穿成這樣出門？不男不女的，也不怕長輩們看了笑話，簡直胡鬧！」

李綺節起身，摺扇敲在小黃鸝的手背上，含笑道：「這衣裳料子稀罕，是杭州府出的，一丈半貫錢呢，比細綾還貴。你再不鬆手，抓壞了得照價賠我。你沒錢賠，我就找表哥討。」

小黃鸝臉色一僵，哭也不是，笑也不是，表情瞬間顯得有些猙獰，連忙放開她的衣袖。

楊天保冷笑一聲，扶起如弱柳扶風的小黃鸝，直視著李綺節的雙眼，一臉決然，「三娘，妳不該來這的，快些回家去，我的事輪不著妳來插手。」

小黃鸝像沒長骨頭似的，渾身無力，緊緊靠在楊天保懷裡，用粉色帕子掩住臉，低聲啜泣，嘴角卻微微一勾。

不知她是真的得意忘形呢，還是故意想故意刺激李綺節？

李綺節當然不會被小黃鸝的拙劣表演激怒，不過眼看楊天保愚蠢偏執，小黃鸝一肚子心機，想旁觀一下古代私奔鴛鴦的好奇心瞬間化為烏有，眼前沒有衝破身分束縛的可貴真情，只有讓她覺得啼笑皆非的狂妄和算計。

她搖搖頭，淡笑道：「行了，我不同表哥囉嗦，既然表哥心有所屬，你看，咱們兩家是不是該商量一下退親的事？」

她的話音剛落，猶如一石激起千層浪，房裡的眾人異口同聲，齊齊發出一聲驚呼。

小黃鸝的呼聲摻雜著羞惱和妒恨，她覺得李綺節在故意放狠話，想逼迫楊天保拋棄她。

而寶珠的聲音裡半是驚訝半是解氣。

招財則是茫然和驚恐。

旁觀的萬婆子也是驚懼居多。

唯有門角那個藍布長衫的少年，純粹是吃瓜群眾在聽到勁爆新聞時發出的讚嘆聲。

其中驚呼聲最為詫異的，竟然是楊天保。

他一臉不可置信，皺眉道：「什麼退婚？」

「表哥和這位黃……」李綺節故意一頓，看一眼小黃鸝，語帶輕蔑，「表哥和黃鸝鳥情比金堅，表妹雖然不是君子，也想效君子之風，成全表哥和黃鸝鳥姑娘，你們才是天造地設的一雙璧人。」

聽她說得認真，楊天保神情一變，臉上的怒意漸漸褪去，轉而浮起一絲猶豫和尷尬。

李綺節眉峰微微蹙起，這楊天保，既然有帶著小黃鸝私奔的勇氣，怎麼一說到退親，他反而忸怩起來了？

想到一個可能，李綺節的臉色霎時一冷，「我阿爺這邊，表哥不用擔心，表哥和黃鸝鳥真情感人，表妹十分感動，願意親自為表哥說項，保管阿爺不會動氣，絕不會有損我們兩家這些年來的親戚情分，以後見了面，大家說說笑笑，照舊是一家人！」

她雙眼微瞇，一字一句地道：「表哥和我自幼一起長大，知道我這人從來不扯謊，向來是有什麼說什麼。黃鸝鳥雖然出身上有失體統，但只要表哥和她情投意合，等你們兩人成婚那天，我一定歡歡喜喜為表嫂添妝。」

任誰都聽得出，她不是在說玩笑話。

一時靜得有些詭異，沒有人敢吱聲，連呼吸聲都是小心翼翼的，生怕打破尷尬的氣氛。

楊天保的臉色越來越難看，鬆開仍在瑟瑟發抖的小黃鸝，一揮袖子，「你們都出去！」

萬婆第一個躡手躡腳退出去。

李綺節對招財和寶珠點點頭，兩人不敢多問，也出去了。

那個藍衫少年向楊天保擠擠眼睛，似有意，又似無意，眼神在李綺節身上打了個轉，轉身大踏步跨過門檻。

小黃鸝挽住楊天保的手臂，哽咽道：「五郎，我……」

楊天保掙開她的手，神色有些不耐煩，「妳也先出去。」

小黃鸝臉色瞬間慘白如雪，雙瞳飽含幽怨，低泣一聲，潸然淚下，「五郎，你跟三小姐一起走吧，奴家只是個苦命人，不能耽擱你的大好前程……」

李綺節一口剪斷小黃鸝的話：「黃鸝鳥姊姊，表哥對妳情深似海，什麼勞什子的前程，哪有妳重要？妳別怕，我會在背後默默支持你們的！」

她粲然一笑，手執摺扇，輕敲楊天保的肩膀，哥倆好似的，促狹道：「表哥果然有福，黃鸝鳥姊姊為你掏心掏肺，寧願犧牲自己，也不想耽擱表哥的前途。表哥，黃鸝鳥姊姊如此情深義重，你可不能辜負她，不然連我都會替她不服。」

小黃鸝表情扭曲，剩下的話全被李綺節堵在喉嚨裡，接著說說不出來，不說又不甘心，就像吃飯的時候一不小心把頭髮吃進嘴裡，怎麼嚥都嚥不下去，想吐又吐不出來。灌水、用小夾子去勾，怎麼都找不到那根卡在喉嚨裡的頭髮，讓人噁心欲嘔，偏又什麼都嘔不出來。

小黃鸝覺得，李綺節就是那根討厭的頭髮。

偏偏李綺節還揚起一臉星光般燦爛明亮的笑容，故意對她眨眨眼睛，神情頗為俏皮，「黃鸝鳥姊姊，妳放心，表哥飽讀詩書，信守承諾，是個說到就會做到的大男子漢，他絕對不會失信於妳。」

看著李綺節滿溢笑意的雙瞳，小黃鸝忽然覺得心頭一陣無名火起，燒得她滿頭滿臉燥熱難耐，幾乎把一口銀牙咬碎：這個李三娘，到底是什麼路數？楊家僕人不是都說李三娘只是個沒纏腳的鄉下蠻丫頭嗎？

楊天保推開小黃鸝，「鸝兒，妳身子不好，先去院子裡坐坐，我和三娘有幾句話說。」

小黃鸝不想留下楊天保和李綺節兩人單獨在一塊兒說話，可她才把楊天保哄到手，不想在這個時候惹他不喜，哀怨地嘆口氣，蓮步輕移，連離開的姿勢和背影都那麼惹人憐愛。

房裡只剩下楊天保和李綺節兩人。

楊天保跨步向前，走到李綺節跟前，張口欲言。

李綺節連忙後退兩步，她深知這個時代規矩繁冗，即使她並不在乎，也得時時小心，當下緩步走到窗邊，支起窗戶，讓院子裡的幾人能看清房內情形，這才轉過身，冷聲道：「表哥不打算娶黃鸝鳥嗎？」

楊天保皺起眉頭，大概是多年寒窗苦讀的原因，他年紀不大，相貌和神態已經趨於老成，「三娘在說什麼胡話？我是個讀書人，怎麼會娶一個娼門女子為妻？那我的聖賢書豈不是白讀了？」

李綺節臉色一沉：她猜的沒錯，楊天保果然不想退親，他倒是打的一手好算盤，想坐擁齊人之福，一邊繼續維持和李家的親事，一邊和小黃鸝恩恩愛愛，雙宿雙飛。嬌柔溫順的美妾、出身體面的妻子，一個不能少。

對他來說，帶著小黃鸝私奔，只是個少年郎君年輕氣盛下做出的風流雅事，不會耽誤他以後遵守婚約，照常娶李綺節過門。

大概在楊天保心裡，他不僅是個為心愛女子英勇無畏的男子漢，還是個會老老實實遵守諾言的正人君子。不論是小黃鸝，還是李綺節，都應該被他的周到體貼感動。

多情文人嘛，多半如此，一邊在外面眠花臥柳，一邊標榜自己品行端正。他們處處留情，但絕不承認自己濫情，文人的情，每一分都比真金還真。就像文人逛青樓，也和尋常人不一樣，尋常人去樓裡尋歡，摟著妓女撒野，那叫嫖。文人逛青樓，照樣是和妓女大被同眠，卻是雅事一樁——文人的嫖，怎麼能算是嫖呢？

楊天保對小黃鸝，就是如此。他自覺對小黃鸝情深似海，願意為她和母親決裂，但要他娶小黃鸝過門，卻是萬萬不可能的。

楊天保看李綺節不吭聲，以為她認同自己的話，接著道：「鸝兒的事我自有主張。妳才多大，管這些事幹什麼？成天在外拋頭露面，讓我母親知道，又要數落妳不懂規矩……」

李綺節氣急反笑，一腳踹向楊天保：這門親事，本小姐退定了！

肆之章　拳打渣男遇郎君

對付楊天保這種酸腐書生，什麼大道理都沒有拳頭管用。

李綺節三拳兩腳，把楊天保揍了個滿頭包。

楊天保頭一次看李綺節亮出獠牙，一時沒反應過來，梗著脖子任她揍，完全被打懵了。

在楊天保的印象裡，李家表妹總是斯斯文文的，說話和聲和氣，做事大方爽利，乖巧嬌憨，秀外慧中，除了一雙大腳不堪入目，沒什麼其他毛病，將來會是很稱職的賢良妻子。

因為李家沒有主婦，兩人年紀又小，不必避諱，每次楊天保隨母親高大姐去李家串門，李綺節都會出面招待他。她總是頭挽小垂髻，黑油油的髮辮纏著碧色帛帶，頭戴一朵暈色堆紗絨花，穿著鮮亮的衣裳，站在門檻裡，眉眼微彎，笑嘻嘻問他累不累、渴不渴、餓不餓，然後讓丫頭把她自己的糖果匣子搬出來，請他吃各式各樣的鹹甜果子。

同樣是十一二歲的小娘子，李綺節和楊天保那些任性嬌縱的小表妹小堂妹一點都不像。大概是生母早逝的緣故，她身上既有缺乏長輩細心管教而養出的天真散漫，言談間有些過於不拘小節，又有種超出年齡的成熟穩重，摔倒後既不哭委屈，也不嚷疼，立刻利利索索爬起來，拍拍手，一笑而過，從不會使性子掉眼淚。

和她在一起玩耍，不必時刻提防說錯話，哪怕偶爾言語冒犯了她，她也不會放在心上。

楊天保一直以為小表妹不足為慮，沒有想到，懂事賢慧的小表妹，不僅脾性迥異，就連揍起人來，竟然也和普通小娘子不一樣。小堂妹楊天嬌是楊家頭一個混世魔王，生起氣也打人，可楊天嬌打人，頂多是粉拳一陣亂捶罷了。

可是，李綺節打人，專門朝那些楊天保自己都羞於說出口的下三路下腳，不僅出手快，還準；不僅準，力道還狠；不僅狠，還毒。

最毒婦人心，誠不欺我！

楊天保自忖是個頂天立地的男子漢，當然不敢，也不好意思還手，抱著腦袋狼狽躲閃，氣喘吁吁，滿面紫漲——半是氣的，半是疼的。

怕外邊人聽見聲音，他硬撐著不肯討饒，只能一邊躲，一邊試圖用凶惡的語氣去威懾李綺節：「三娘！」

李綺節恍若未聞，一腳踹在楊天保的小腹上。她身上穿的是男裝，腳上的鞋子自然也是長靴，剛巧是孟家五娘子親手做的，用料扎實，品質過硬，用來踢人，效果超群。

楊天保悶哼一聲，臉都疼綠了。

李綺節見好就收，拍拍手，整整衣襟，「表哥，我知道你的心思，你和表嬸一樣，都看不上我的大腳。你看，我這雙大腳已經長好了，絕不可能復纏。」

楊天保一臉屈辱，雙目含淚，仍舊痛得說不出話來。

李綺節拍拍楊天保的肩膀，摺扇勾起他的下巴，滿意地欣賞幾眼他紅腫了半邊的臉頰，笑道：「既然表哥耿耿於懷我的大腳，如今又找到喜歡的意中人，咱倆好聚好散，楊家送的定禮，我們李家會如數奉還。」說罷，丟下捂著肚子的楊天保，揚長而去。

小黃鸝挪著三寸小金蓮，顫巍巍衝進房裡，扶起楊天保，哭得哽咽難言，「李家三娘莫非是母大蟲托生的，怎麼能隨便打人？五郎，要不要請個大夫來看看？」

剛走到門口的李綺節聽到這句話，腳步一頓，正準備去請大夫的萬婆懾於她的氣勢，硬生生往後退了兩步，不敢再有動作。

李綺節回頭笑看小黃鸝一眼，搖著竹摺扇，意味深長道：「雞湯快熬好了，山藥、阿膠、枸杞都是好東西，表嫂記得趁熱喝，涼了的話，藥效就差了。」

小黃鸝聽懂李綺節話中未盡的意味，臉色頓時慘白一片，眼底滿是驚懼。

李綺節大搖大擺地踏出楊天保的小金屋，寶珠跟在她身旁，有些惴惴不安，「三娘，妳怎麼把楊五郎給打了？回去官人怪罪妳怎麼辦？」

李綺節一竹扇敲在寶珠的腦袋瓜兒上，「傻丫頭，我不打楊天保，楊家怎麼會退親？」

招財氣呼呼道：「為什麼是楊家退親，不是咱們家退親？」

李綺節臉上的笑容黯淡了幾分，雖然楊天保鬧出了和花娘私奔的事，但不論是楊家，還是李乙，都不會准許她貿然退親。

在楊家人和李乙看來，少年人愛風流，常有的事，一個小黃鸝，就像阿貓阿狗一樣，不值得大動干戈。

如果李綺節沒有私下來找楊天保和小黃鸝，楊家的長輩們只會把楊天保叫回家訓幾句，頂多抽他一巴掌，餓他幾頓，便算是懲罰，然後帶著他到李乙跟前說幾句誠心悔過的話，這事就算是揭過了。

而李綺節呢？作為一個不願纏腳、高攀楊家的鄉下丫頭，只能裝聾作啞，當作不知道小黃鸝的事，否則別人都會怪她不懂事、不本分、不大度，連李乙也會這麼想。

楊天保回頭是岸，李綺節不計前嫌，才符合所有人的期望，才算皆大歡喜。

李乙認定李綺節纏腳失敗，除了娃娃親楊天保之外，別無選擇，不會准許李綺節退親。即使李乙願意退親，楊家人也不會同意，到時候兩家爭執起來，請出兩家族人和里甲老人商議，事情拖得越久，退親的可能性就越小。

所以，李綺節只能另闢蹊徑，逼楊天保主動退親。

雖然這樣會妨害她的名聲，但只要能快刀斬亂麻，早日和楊天保劃清界限，犧牲點名聲，無關痛癢——名聲又不能當飯吃！

而且，名聲這東西，只要手裡有鈔，不愁日後掙不來。

楊天保是個讀書讀腐了的半大少年，正值中二年紀，李綺節當著他的家僕、小黃鸝和一個友人的面胖揍他一頓，依他的為人，這輩子大概寧願當個老光棍，也不會娶她過門。

寶珠聽完李綺節的一席話，吁了口氣，她還以為三娘是被楊天保給氣糊塗了呢！

招財在一旁摸摸後腦杓，憨憨地道：「三小姐，妳把楊家少爺打了一頓，楊家人就會願意退親了嗎？」

李綺節搖搖頭，「打楊天保是其一，不是還有那個黃鸝鳥嗎？讓她折騰去，不出三天，楊天保肯定會來咱們家退還婚書。」

寶珠和招財哦了一聲，胡亂地點點頭。

李綺節丟下兩個似懂非懂的家僕，不再解釋，反正她也沒打算照實說。

萬婆熬的雞湯裡全是安胎之物，爐子旁邊的竹籃裡有一把很少用在熬湯中的艾葉，是防治流產的。如果李綺節料的不錯，小黃鸝急著籠絡楊天保將她從樓裡贖身，多半是因為珠胎暗結，需要找個地方安心養胎。

楊家這幾年越發重規矩，絕不會允許一個花娘率先為沒有成親的楊天保生下長子，因此李綺節剛才故意暗示小黃鸝，自己已經知道她懷有身孕。小黃鸝如果想保住腹中胎兒，必定會使出渾身解數，攛掇楊天保退親。

胭脂街上的人親眼看到高大姐率人把小黃鸝教訓了一頓，直接導致楊天保離家出走，然而僅隔一天，小黃鸝臉上竟然一點傷口都沒有，嬌紅雪白，滿面含春。

李綺節可以確信，小黃鸝的心機絕不簡單，故意在她面前作嬌模嬌樣，只是一種藏拙的偽裝而已。

正自思量，身後傳來一陣急促的腳步聲，由遠及近。

「表妹留步！」

李綺節回頭，看到一張笑咪咪的臉。

卻是方才和楊天保一道進門的藍竹布窄袖長衫少年。他的五官平平，鼻樑挺直，雙唇纖薄，眼尾微微上挑，有些像書上說的狐狸眼。大概是眉骨生得極為挺拔端正的緣故，明明是平淡無奇的五官，硬比旁人多出幾分俊朗，眉宇之間英氣勃勃。

李綺節莫名覺得對方眼熟，彷彿在哪裡見過，一時又想不起來。

可能是這少年的五官過於平常，俊俏體面是有了，但難以給人留下深刻的印象，見過之後，忘了便是忘了。

不像那日驚鴻一瞥的小沙彌，似雲海翻騰間捧出的一輪明月，高居九霄之巔，光華流轉間迸射出萬丈銀輝，世間最美麗繁華的盛景，在他面前都黯然失色。

即使李綺節有一日垂垂老矣，忘記小沙彌的長相和眉眼，想不起他是高是矮，是胖還是瘦，依然會清楚地記得他清逸絕塵的容華和氣度。

美是不分性別的。

藍衫少年自以為長相不凡，以為李綺節看他看得入神，得意洋洋地一拱手，像模像樣地作了個揖，神情一絲不苟，動作卻有些散漫，於是英氣變成流裡流氣，「不知那日出城的是李家表哥和表妹，多有得罪，還望表妹見諒。」

李綺節仍在雲裡霧裡，寶珠已經認出少年來，上前兩步，手指差點戳到對方鼻尖上，怒道：「是你！」

少年摸摸鼻尖，笑道：「早知道李家表妹是家中親戚，當時真不該收你們那三兩銀子。」嘆口氣，接著道：「怪我怪我，把自家人當成外人了。」

李綺節恍然大悟，原來少年是楊家九郎，楊舉人的兒子楊天佑。

楊天佑不是楊舉人的嫡子，據說是江南一個有名的揚州瘦馬為楊舉人生的。

楊舉人少年時也愛風流，因仰慕江南文風昌盛，考中秀才後和幾個同窗一道從武昌府坐船南下遊歷，在揚州府逗留了一段時日。他們和當地名妓來往，詩歌唱酬，頗為自得，還為此合資刊印了一本詩集。

三個月後楊舉人回到家鄉，當時他早已迎娶楊夫人為妻，兩人自婚後一直琴瑟和鳴，恩愛和睦。楊舉人南下前，楊夫人已經懷有身孕，幾個月後，順利生下獨女楊天嬌。

就在楊天嬌周歲宴的那天，一個販茶商人趕著一頭毛驢，把一個裝在竹簍裡的男嬰和一條繡有楊舉人表字的大紅汗巾子送到楊府門前。

楊舉人曾和揚州府的一位瘦馬姘居過一個月，在他離開揚州府數月後，瘦馬為他生了個兒子，就是楊天佑。瘦馬半老徐娘，急著為後半生找靠山，才出了月子，就從良嫁人，出閣之前，她託人把還在襁褓之中的楊天佑和信物送到楊家，免得累贅。

楊家人對楊天佑的出身議論紛紛，楊舉人力排眾議，在族譜上添了他的名字。

楊夫人氣得七竅生煙，對楊天佑這個瘦馬之子很苛刻，總把他拘在家裡做粗活，從不允許他外出交際。

李綺節每每去楊家赴宴，都只聽人提起過楊九郎此人，從未當面見過。

為逃避選秀，倉促逃出瑤江縣城的那一晚，楊天佑找李子恆訛了三兩銀子，才把正確的路徑告訴他們。

當時李綺節並不知道那個穿一身短衣，作僕從打扮的落魄少年就是楊天佑。還是李子恆眼尖，一眼認出了楊天佑，之後在出城的路上，他的嘴巴幾乎沒停過，一直在咒罵楊天佑如何狡猾貪財，如何吝嗇小氣，如何刁鑽古怪……

不必說，李子恆肯定被楊天佑坑過。

就因為李子恆反反覆覆念叨楊天佑其人，李綺節才會把這個名字一直記到現在。

她直視著楊天佑微微上挑的狐狸眼，伸出巴掌，「銀子呢？」

楊天佑臉上的笑容一僵，「啊？」

李綺節眉眼微彎，「既然楊九哥覺得對不住表妹，那就把三兩銀子還來好了。」

楊天佑說的不是實話，那晚李子恆分明叫出他的名字，他如果真心覺得不該趁機勒索錢財，當時就該和李子恆相認，然後退還三兩銀子。這時候才假惺惺地來懺悔，當她李綺節是傻子嗎？

楊天佑眼珠一轉，臉上現出幾分慚色，真誠無比，「實在不巧，今日出門走得匆忙，身上沒有帶那麼多銀兩……」

李綺節手腕一翻，摺扇不偏不倚地敲在楊天佑的手背上，直接打斷他的話，「表哥不用發愁，寶鈔我也收的，我不嫌棄寶鈔。」

她說完，嘴角一勾，笑得純良無辜。

在古代，金銀、布帛、銅錢和穀物糧食都能充當流通手段，其中金銀和銅錢是最常見的交易方式。銀兩貴重，窮苦人可能一輩子都沒摸過銀子，而且銀兩攜帶不便，加之朝廷本身並不鼓勵老百姓使用銀兩，大部分老百姓平時都使用銅錢。

但對於商人來說，不論是銀兩，還是銅錢，都攜帶不便，不適合大規模交易。比如購買一座宅院，如果用銅錢交易，幾大車都拉不完，甚至還出現過一條船上滿載銅錢，只能換一小匣茶葉的情況。

宋、金、元時期，都曾經發行過紙幣，無一例外都在王朝末年時瀕臨崩潰。

明朝自洪武年間也開始發行紙幣鈔票，面值從小到大有一百文、二百文、三百文、五百文和一貫錢。官府規定，大明寶鈔只能流通交易，不可以兌換。寶鈔本身沒有任何價值，代表的是朝廷的威信和信譽。

換言之，老百姓能用金銀從官府換取寶鈔，可官府不會用金銀兌換老百姓手中的寶鈔。對於老百姓們來說，朝廷的信譽，還不如能摸得著的銀兩實在。大明寶鈔不能兌換，誰稀罕用？

寶鈔發行之後，難以獲得老百姓青睞，加上朝廷發行沒有嚴格規劃和把控，很快貶值。不管朝廷怎麼努力補救，甚至於一度下令禁止銀兩用於市場交易，違者重罰，都無力挽救紙幣大幅度貶值的現象。

民間老百姓們都不愛使寶鈔，貨棧掌櫃不敢收寶鈔，大明朝費心發行的寶鈔成了雞肋。朝廷只能眼睜睜看著寶鈔一貶再貶，都快憋屈死了。

李綺節知道，楊天佑懷裡肯定藏有大明寶鈔。

楊天保急急把楊天佑請到金屋藏嬌的小院子裡，是為了向他這個以攢私房錢出名的小堂弟借錢。而據李子恆說，楊天佑此人是出了名的吝嗇小氣，說起掙錢，他眼光賊亮，膽大包天，油鍋裡的錢他也敢伸手下去撈。輪到讓他掏錢，難如登天。

作為一個名聲在外的吝嗇鬼，楊天佑肯定捨不得把自己攢的銀子借給堂哥養花娘，多半會拿不值錢的寶鈔搪塞楊天保。

事實證明，李綺節猜的不錯，因為在她說出不嫌棄寶鈔之後，楊天佑的嘴角抽搐了兩下，臉色漸漸有些發青。

李綺節輕搖摺扇，繼續火上澆油，「如今寶鈔越發不值錢了，一貫寶鈔只能買幾升米，看在表哥是自家親戚的分上，不好讓你白忙活一場，三兩銀子就折算成三十貫寶鈔。剩下的，權當是表哥的辛苦錢。」

紙鈔剛發行的時候，一貫等同於白銀一兩，隨著寶鈔的一次次貶值，兌換比率早已不復當初，按此刻的市價算的話，一百貫寶鈔也換不了三兩銀子。

話都說到這個程度了，當著寶珠和招財兩個家僕的面，楊天佑這錢不掏也得掏。

楊天佑薄唇輕抿，看著李綺節不說話，黑白分明的狹長雙眼又清又亮，像在幽澗中洗過似的，柔潤的瞳孔中映出李綺節燦若桃花的笑臉。

李綺節落落大方，任楊天佑打量，反正她現在穿著男裝衣袍，巷子裡人來人往的，被人看幾眼又不會掉塊肉。

天生麗質難自棄，她生得漂亮周正，不怕別人看。

楊天佑對著李綺節英氣勃勃的臉蛋看了半晌，忽然眉眼微彎，輕聲笑了笑，狐狸眼便勾成了兩彎月牙兒。他低頭從懷中掏出一疊厚厚的青色寶鈔，看圖案，一百文、二百文、五百文到一貫錢的都有，應該是他平日裡積攢下來的。

李綺節朝招財使了個眼色，招財會意，走到楊天佑跟前，很不客氣地抽走他手上的全部寶鈔，憨笑道：「謝過楊家少爺。」

李綺節向楊天佑一拱手，轉身即走。

楊天佑嘴角含笑，從容道：「表妹想和五堂哥退親，恐怕得費些周折。」

李綺節回頭看一眼楊天佑，臉上平靜無波，「所以表哥想勸我去求楊縣令？」

楊天佑不防她一口道出自己接下來的話，霎時一愣，笑容凝結在臉上，眼神裡的戲謔之意瞬間褪得一乾二淨，神情有些尷尬。

李綺節笑了笑，楊天佑追上來，肯定不止是想為那晚訛錢道歉，他知道她打算和楊天保撇清關係，想以幫忙找楊縣令疏通為藉口，繼續訛她的銀子。

可惜，他打錯了如意算盤。

如果不是顧忌阿爺李乙，李綺節才不會這樣迂迴行事，照她的脾氣，早直接打上楊家門要求退親了。不管楊縣令站在哪一邊，都不會影響結果，如果楊縣令妄想仗著官家勢力干預她的親事，她保證會讓楊家人吃不了兜著走，反正光腳的不怕穿鞋的。

在名聲大過天的古代，如果一個人願意豁出名聲不要，便可以算是打遍天下無敵手。

李綺節剛好就是那個不太在乎名聲好與壞的人。

當然不是說名聲真的一點都不重要，古代對閨秀女子有許多苛刻的要求和束縛，小娘子們遵守傳統的約束，注重自己的名聲，在某種程度上也是一種完美的自我保護。

可李綺節本身並不是個土生土長的明朝閨秀，她的思想和觀念註定永遠無法融入這個時代，她這輩子不可能見到男女平等的那一天，只能在李家長輩們可以容忍的範圍內偶爾任性放肆，但這並不代表她的思想也被古代的種種限制給禁錮住了。

花花世界，萬種風流，此處不留爺，爺自有歸處。

她會努力適應規則，但不會永遠固守規則。

李綺節想通其中關節，心口一鬆，在楊天佑意味不明的目光中翩然離開，「多謝表哥提醒。不過楊表叔身為一方父母官，諸務纏身，我的親事就不必勞煩他老人家操心了。」

待李綺節走遠，一個穿粗布短打的小僮僕彎著腰溜到楊天佑身邊，「少爺，您怎麼把寶鈔全給李家小姐了？五少爺那頭怎麼辦？他還等著您替他銷掉胭脂街的賒帳呢！」

楊天佑兩手一攤，「跟他說，我沒錢。」

「那五少爺問起來我怎麼回呀？」

楊天佑走向巷口賣金銀酥和油蜜蒸餅的小食肆，「你就說爺的錢全給媳婦了。」

僮僕跺腳，「少爺，您還沒訂親呢，哪來的媳婦？」

楊天佑看著蒸籠中香酥鬆軟的甜果子，想起李綺節微帶薄紅的臉龐，猶如朝霞映雪，粉香微透，不知怎麼地，心裡總覺得有些隱隱發甜，像是剛喝了一大碗濃濃的桂花酒釀，醉意一點一點浮上來，燒得他滿頭滿腦都是煙霞烈火。

他伸手在金銀酥上輕輕按了一下，看一半色豔似金，一半雪白如銀的麵團裡凹出一個小巧的淺坑，嗤笑一聲，雙眼裡似沁出點點星光，彙聚成雪亮的笑意，「誰說我沒媳婦？」

他把金銀酥捧在掌心，輕咬一口，心中暗道：楊天保和李家三表妹的婚事退定了！

如果楊大伯和高氏不肯答應，他不介意回府找父親說道說道。

僮僕無意間對上自家少爺明顯不懷好意、精光閃爍的眼神，嚇得脊背一寒，忍不住打了個哆嗦：哎，少爺整天只知道到處鑽空子摟錢，竟然也有想娶媳婦的一天！也不知道少爺到底看上哪家小娘子了，但願他心儀的小娘子還沒定下人家，不然少爺肯定會禍害死那個無辜的小郎君！

此時此刻，在小黃鸝溫柔服侍下的楊天保，忽然覺得頭皮發麻，打了個響亮的噴嚏。

李綺節原以為，以楊天保磨磨唧唧的性子，事情不會那麼順利。

沒想到，第二天一大早，楊家人就上門來了。

來的是楊表叔本人，他面如鍋底，臉色陰沉，眼底一圈青黑，明顯是氣憤至極，一夜沒有合眼。才一進李家門，他就一巴掌甩在楊天保臉上，硬把他按在門檻外邊向李乙磕頭。

李乙和李子恆是昨夜歸家的，李家嫡支沒有派上什麼用場，他們收了李乙送去的布匹禮物，只閒閒地說了幾句場面話，勸李乙息事寧人，少年公子嘛，哪個不會尋花問柳呢？

李乙當時有些失望，不過看楊表叔親自押著楊天保上門向李家賠罪，他又覺得嫡支的幾位大官人說的沒錯，少年人意氣風發，青春得意，只要知錯能改，誰捨得多苛責他們？

可憐楊天保細皮嫩肉的，昨天已經被李綺節胖揍了一頓，這會兒又被楊表叔毫不留情地攥著脖子往泥地上磕，額頭上眨眼間就一片青紫紅腫。

李乙怕太快原諒楊天保，會讓楊家人看輕李綺節，故作矜持，態度始終不冷不熱。

李大伯和周氏更是端起架子，坐在堂屋裡喝茶吃月餅，一聲不吭，連個面都不肯露。

寶珠、進寶、招財、劉婆子、曹氏、寶鵲等人也和主子們同仇敵愾，垂手站在院子裡，冷冷地看著楊家父子。

至於李子恆，因為脾氣太過迂腐，李乙怕他壞事，把他關在裡屋，不許他出門。

楊家的僕人、腳伕躡手躡腳，抬著一擔擔箱籠進門。

隔壁幾戶人家在門外探頭探腦，想跟進李家看熱鬧。朱家幾個小娘子最是頑劣潑辣，硬推開楊家的長工，差點鑽進內院。

曹氏聽到外面的嘈雜人聲，板起臉孔，往大門前一站，冷笑一聲，「諸位在門口站著不嫌腿酸嗎？要不要進來坐坐？」

她生得苗條清瘦，年輕時應該是個綽約的標致人。現在年紀上來，臉上的肉瘦盡了，不笑的時候，完全是一副不好惹的尖酸刻薄相。

李家村的村人們討了個沒趣兒，立刻作鳥獸散。

朱家幾個小娘子還想往裡走，曹氏一手一個，揪起幾個小娘子的髮辮，往門外推去。

朱家小娘子們捂著腦袋，連聲唉喲，疼得齜牙咧嘴，一溜煙跑沒影了。

內院裡，楊表叔看楊天保已經被自己打得不成人形，到底是自己的親骨肉，難免有些心疼，終於吞吞吐吐，道明了來意。

坐在堂屋屏風後頭的李綺節暗暗鬆了口氣：楊家的親事，總算是退了。

李乙卻霍然變色，雙拳捏得格格作響：原來楊家父子不是來為了小黃鸝一事賠罪的，他們是上門退親來了。

楊表叔和楊天保父子被李乙趕出了院門。

楊表叔說盡好話，賠盡小心，李乙不為所動，因為顧忌李綺節的名聲，他忍著氣，沒有大聲吵嚷，只喝令楊家人速速滾出李家。

楊表叔滿面羞愧，恨鐵不成鋼地瞪一眼捂著腦袋嚷疼的楊天保，帶著楊家僕從，一行人狼狽地離去。

李大伯和周氏又是驚訝又是氣憤，茶也不吃了，月餅也不啃了，連聲說道：「楊家欺人太甚！我侄女一頂一的乖順伶俐，他們竟然要退親？」

李大伯一巴掌拍在八仙桌上，氣得吹鬍子瞪眼睛，「退就退！」

周氏橫了李大伯一眼，嗔怪道：「官人莫說氣話了，快去勸勸二叔，可別氣出病來。」

院子裡的李家家僕面面相覷，大氣不敢出一聲，悄悄散了。

唯有李綺節一人暗暗歡喜，「總算了卻一樁煩心事。」

李乙揣著一肚子火氣，踏進堂屋，一眼看見李綺節臉上還沒來得及藏起來的笑容，徐徐吐出一口濁氣。

知女莫若父，李乙當然曉得女兒李綺節不樂意嫁給楊天保。到底是年紀小，只知道意氣用事，不明白楊家的退親意味著什麼，也不知道她將來會面臨多少煩難和苦楚。

說起來都怪他這個做父親的當年一時心軟，放縱李綺節放腳，才會導致如今的局面。媒婆進門，看她一雙天足，還沒開口就先搖頭了，怎麼可能為她謀求到好親事？真論起來，縣裡不纏腳的小娘子比比皆是，並不是說大腳就不能嫁人了，可有名有姓的體面人家，都不屑於娶一個大腳媳婦進門，難道要把李綺節下嫁到鄉間人家去？

李乙搖了搖頭，他自己便是從鄉野之地走出來的，鄉下雖然清靜，不講究大腳或小腳，但大多是闔族而居，一大家子從祖輩到重孫輩，男女老少，幾十口人住在一個大院子裡。整天雞飛狗跳，吵吵鬧鬧，兩口子夜裡背著人說幾句私房話，都會被姑嬸妯娌們聽見。一天到晚，扯不清的雞毛蒜皮。

以李綺節的脾性，絕對不願嫁到那樣的人家去。

按李乙的打算，最好李綺節能夠嫁給縣裡一戶殷實之家，和自家連著親，知根知底的，彼此還住得近，方便時時照應，他才能安心。

楊家和李家是世交，祖祖輩輩姻親往來，家中富裕，楊天保不僅生得端正體面，還拜在秀才門下上學讀書，將來肯定能掙一份功名，再者，他只有一個姊姊，家中人口簡單，正是最完美的選擇。

可楊家卻退親了。

大概是打擊太大，李乙連中飯都沒心思吃，脫了外面穿的大衣裳，坐在房裡嘆氣。

李大伯進去勸了李乙幾句，豪氣道：「二弟不必發愁，咱們家三娘這樣的人品和相貌，多少人想求娶她，我都看不上！楊家身在福中不知福，三娘沒嫁到他們家，是他們家沒這個福氣！我看三娘那孩子主意大，比你這個阿爺有本事，要是她是個男兒身，我早幾年就把她搶到家裡做親兒子了！你呀，就是心思重，兒孫自有兒孫福，不管怎麼樣，三娘吃不了虧！」

李大伯還有一句話沒說出來，昨天大侄女非要去縣城，第二天楊家就上門來退親了，李大伯覺得事情有些蹊蹺，他隱隱約約有種感覺：大侄女似乎巴不得和楊天保撇清干係。

李乙面上應著，強打起精神和李大伯說笑了幾句。

寶珠把熱好的飯菜送到房裡，因李大伯在一旁殷殷相勸，李乙勉強吃了半碗蔥油拌麵，動了幾筷子糟鵝掌，喝了一盅甜米糟。

李綺節見李乙肯吃點東西了，心下稍寬。

要不是知道李乙是愛女心切，擔心她找不到好人家，才會如此傷懷鬱悶，李綺節都要懷疑李乙是不是有女婿狂熱症了。

別人家的岳丈，是女婿前世的死敵，怎麼看女婿怎麼不順眼，輕輕一個冰冷眼神，能把女婿嚇得屁滾尿流。

李乙倒好，恨不能把未來女婿捧在手心裡呵護。每回楊天保上門，他都堆著一臉笑，把楊天保從頭誇到腳，再從腳誇到頭，親爹都沒他這麼稀罕的。

現在楊天保這個未來女婿飛了，李綺節跟沒事人一樣照常吃吃喝喝，李乙卻如喪考妣，水米不進，大有以淚洗面的架勢。

李家家僕在私下裡說笑：「不知道的，還以為是咱們二老爺的親事沒談成咧！」

劉婆子啐了一口，「胡說什麼呢？那是因為三小姐心大，二老爺心重。」

大郎李子恆呢？

他心直，聽說楊家上門退親後，當即捲起袖子，抄起立在牆角的扁擔，鬧著要出門去找楊天保算帳。

李綺節三言兩語就把大哥給勸住了：「這事鬧得越大，對我的名聲越不利。現在我們和楊家悄悄的把親事了結，等再過一兩年，彼此都忘了這事，再各自說親，誰也礙不著誰。大哥你到楊家去鬧一鬧，惡氣是出了，滿城人也都知道妹妹被人退親了。」

李子恆跺跺腳，丟了扁擔，握拳咬牙道：「咱們就只能任楊家這麼欺負？」

李綺節讓寶珠給李子恆篩了一杯去燥的武夷茶，「誰讓縣太爺是他們楊家人呢！」

依據朝廷律法，本地舉子不可能獲封戶籍所在地的縣令，楊舉人卻當上了，不僅當上了，還當得風生水起。

如果說其中沒有貓膩，李綺節是不信的。

明朝官員的薪俸在歷朝歷代中屬於最低廉的水準。老朱家是窮苦人出身，痛恨一切貪官汙吏。一面小裡小氣，給官員的俸祿極低；一面鐵面無私，對貪汙抓得非常嚴。

朝堂上一批批被切瓜砍菜一樣摘了腦袋的大官就不說了，地方上的芝麻小官也處處受人監視。貪墨五十兩的，就可能被活活剝去人皮，再在裡頭填塞上稻草，做成人皮燈籠，擺在府衙裡，威懾官府裡的官員。

寶鈔發行以來，官員們的俸祿開始以紙鈔的形式發放。一個七品小官，明面上的薪資除了用來應付交際應酬，只能勉強養活一家幾口人。

在這種情況下，楊縣令還能年年攢下一筆不菲錢鈔，不僅接連蓋了好幾所庭院深深的幾進宅院，還出手闊綽，四處結交文人異士，不管誰有煩難，只要求到他面前，他都願意慷慨解囊，助人度過難關。

楊縣令不是那種仗義疏財，靠名聲吃飯的江湖中人，他用楊家的積蓄來餵養本地的仁人志士，肯定所圖不小。

對於楊縣令那種笑裡藏刀的老狐狸，李綺節認為，不到萬不得已，還是不要和他打交道，卻萬萬沒有想到，李綺節白天才和李子恆道明其中的利害關係，當天夜裡，老狐狸楊舉人就帶著兒子楊天佑找上李家門了。

「求親？」

周氏目瞪口呆，差點把桌角的茶杯掀翻在地。

「沒錯。」李大伯點點頭，也是一臉匪夷所思，「縣太爺是來為他家九郎求親的。」

「楊九郎？」

李大伯繼續點頭。

「向三娘提親？」

李大伯還是點頭。

周氏皺起眉頭，回想楊家九郎的人品和相貌，「就是楊家那個從江南送來的九郎？」

那可是庶子啊，雖是官家子弟，但出身不光彩，無法繼承楊家的產業，而且聽聞他吊兒郎當，不肯讀書上進，成天鬥雞走狗、不務正業，是縣裡數一數二的浪蕩公子哥兒。

最主要的是，楊家五郎前腳才來楊家退親，夜裡他家九郎就上門來求親，把他們楊家當成什麼人了？

他們家三娘哪怕一輩子不嫁人，也輪不著楊家人來挑挑揀揀！

周氏揪著一張湖色手絹，在房裡踱來踱去，越想越生氣，恨不得當面把楊家人罵一個狗血淋頭，當下幾步走到門前，揚聲叫招財的名字：「還不快把楊家人攆出去！」

「夫人息怒！」李大伯連忙攔住周氏，提醒她道：「這可不是街坊吵架，那是咱們縣的大老爺啊！」

在瑤江縣這種天高皇帝遠的偏僻小市鎮，什麼知府、知州，老百姓們聽都沒聽過，更別提見過，除了武昌府那個高高在上的藩王，縣太爺就是老百姓們知道的最大的官老爺。縣裡富戶人家養得起馬匹，出入能騎馬坐馬車。首富金大官人家的兒郎出門，騎著高頭大馬，豪奴家僕在一旁簇擁開道，吆五喝六，那是一頂一的氣派風流。

然而，誰都比不上縣太爺尊貴，他才是縣裡唯一能夠坐轎子出入府衙的縣令大老爺。

周氏畢竟是婦道人家，平日最忌諱招惹是非，想起楊縣令的身分，火氣頓時化為哀怨：「難道就任由他們楊家這麼輕賤三娘？」

李大伯嘆口氣，鬍鬚一抖一抖，臉色有些難言的落寞。他們李家子息單薄，竹山那頭的李家嫡支沒有血緣關係，硬攀上親戚也靠不上，獨有的男嗣大郎剛直憨厚，註定是個白身，沒本事讀書進舉考功名。

人丁單薄，在家大業大又供出一個縣太爺的楊家面前，李家只有忍氣吞聲的份。

三娘自小聰慧異常，在鄉學裡讀書時，把一眾男娃娃們都比下去了，甚至連那個窮秀才先生都常常被她辯駁得連聲討饒。如果三娘是個男兒身，必定能夠為李家光宗耀祖，哪會像現在，只因為是女兒家，就不能拋頭露面，不能科舉讀書，處處矮了別人一頭不說，凡事都要瞻前顧後，連被楊家如此折辱，都只能打落牙齒喝血吞。

在李大伯看來，三娘比大郎更適合挑起壯大李家家業的重任，可是她註定會受婦德所束縛，無法扛下這份重擔。

越想越覺得索然無味，向來優哉游哉的李大伯臉上難得露出幾絲頹喪之色，「明天讓丫頭們收拾鋪蓋行李，妳帶著三娘回娘家去住幾天，等風頭過去了再說。」

夫婦倆此刻把楊家當成洪水猛獸，巴不得李綺節離他們家的兒郎越遠越好。

另一頭，李乙也是和大哥大嫂一樣的想法。

李乙少年時在店鋪裡當過夥計跑腿，早就練出一副軟和脾氣。楊家不知禮數，先後兩次折辱李綺節，他心裡早就一把火燒上來，兩眼燒得血紅血紅，幾乎能擇人而噬，但架子還端得住，臉上甚至還帶著笑，客客氣氣地婉拒了楊縣令的求親，順口誇讚了楊天佑幾句，才將父子倆送出門。

楊縣令剛跨出李家門檻，便聽身後發出「哐噹」一聲巨響，黑油大門被狠狠甩上。只差那麼一點點，就能把楊天佑的衣襬給夾個正著。

朱漆銅環打在門上，邋鞦韆似的，噹噹響個不停。

楊天佑在李家擺了半天笑臉，一出門，臉色當即垮下，拍拍長衫袖子上的褶皺，冷聲道：「得了，要您老人家先緩緩，等找準時機再開口，您非得今天來，看吧，李家伯伯肯定把我當成登徒子了。以後我娶不到李家三表妹，都是您老人家的錯。」

哪有一家兄弟同天登門的，而且還是一個退親，一個求親。如果是別人家，早把他們父子亂棍打出來了。李家伯伯還算是有涵養，沒有當場和他們撕破臉皮。

楊縣令伸手把頭上歪了半邊的蟬翼羅方巾扶正，搖著灑金摺扇，笑道：「我兒放心，你老子我是十里八鄉出了名的青天大老爺，我親自出山替你求親，還有說不來的媳婦？」

楊天佑嘴角一抽，懶得看楊縣令耍寶，轉身即走，「阿爺，您沒聽到李家伯伯剛剛說的話嗎？他們家三娘，不嫁咱們楊家。」

楊縣令幾步跟上臉色陰沉的楊天佑，向兒子眨眨眼。他天生一雙小綠豆眼，這麼一眨，幾乎只能看到眼皮在上下翻動，「傻小子，你世伯說的都是氣話，明天我派幾個皂隸上門幫忙說合，他們家肯定歡歡喜喜接下帖子。」

楊天佑翻了個白眼，「您這是打算搶親？」

楊縣令一邊搖著摺扇，一邊搖頭晃腦，作高深狀，「看你說的，我不過是派幾個心腹體己人和你世伯說道說道罷了，怎麼能叫搶親呢？」

「行了，既然阿爺已經替我向李家伯伯表明心跡，後面的事就不勞煩您老操心了。」楊天佑搖手把伴當阿滿叫到跟前，「那邊的事怎麼樣了？」

阿滿低聲道：「少爺，那家人不服氣，像是要告到里甲老人那裡去。」

楊天佑輕笑一聲，「看來他們家胃口不小。」

「他們在召集族中子弟，等著重陽登高那天鬧事，咱們要不要去縣衙裡找幾個幫手？」

楊天佑沉吟半刻，「先不管他們，看緊點就行。」

主僕倆說話的聲音越來越低，人也走得越來越遠。

楊縣令眼巴巴看著兒子走遠，想追上去，又怕兒子厭煩，把一柄摺扇搖得嘩啦直響。

家僕在一旁道：「官人，是回縣裡還是回大宅？要是回縣裡，得趕快去渡口坐船。」

楊縣令想了想，道：「回縣裡吧，夫人和天嬌丫頭還在家裡等著呢！」

他指著不遠處和伴當低聲交談的楊天佑，「問問你們少爺，他今晚在哪兒歇宿。」

家僕應了一聲，跑到楊天佑身邊，「少爺，官人問您今天家去不？」

楊天佑面色微微一冷，想也不想道：「不了，我在大宅那邊睡。」

家僕原話回了楊縣令，楊縣令嘆了口氣，想起夫人和兒子之間劍拔弩張的敵對之勢，不敢強求，帶著家僕，徑直回城。

在這個年代，小娘子們不能當眾談論自己的親事，哪怕是當著親近人的面，也得矜持含蓄。如果聽到別人談論自己的婚事，必須馬上找藉口離開，或者當作聽不懂，不然會被人嘲笑恨嫁或是不知羞。唯有當著親父母、親姊妹兄弟的面，才能大膽吐露心思。

同樣的，除非兩家的親事談到一定程度了，家人一般也不會把沒有影兒的婚事透露給小娘子聽，免得閨中兒女們敏感多思，徒惹是非。

所以，楊縣令和楊天佑上門求親，被李乙客客氣氣送出門的事，沒人告訴李綺節。

不過，偏偏叫李子恆無意間聽到風聲，於是李綺節很快也曉得了。

她幾乎想仰天狂笑：那個專門趁火打劫、賺黑心錢的楊九郎想娶她？做夢去吧！

周氏性子急，前一晚李大伯和她商量要把李綺節送回她娘家周家村避風頭，第二天卯時正，灶上的粥飯才剛蒸上，她便連聲催促劉婆子和寶鵲趕緊收拾行李鋪蓋。

李綺節洗漱畢，對著南窗下的鏡臺自己動手，梳了個簡單的小抓髻。麻花辮子盤成對稱的髮髻，拿天水碧色綢帶細細纏繞，一邊紮一個小小的鼓包。這種髮型是未滿十歲的女童們常梳的，看去天真可愛，極度幼稚。

李綺節年歲漸長，加上沒有纏腳，發育良好，越見高瘦，再梳小抓髻有些不合時宜。寶珠怕別人看見笑話，早就不給她梳小髻了。

偏偏李綺節就愛這個髮型，因為簡單利索，方便她調皮搗蛋，而且她手笨，暫時也只會盤這一種髮髻。

新世紀的摩登女郎想要換個漂亮大方的髮型，必須去理髮店花錢消費。古代的閨秀小姐想梳一個端莊正式的髮髻呢，則只能靠梳頭娘子和家中丫頭。

平民百姓家的女眷一來沒有條件，二來忙於家中雜務，從來不梳高髻，大多是梳低髻，戴裹布包頭，髮髻梳好了，能夠保持好幾天，輕便省事。

未出閣的小娘子們呢，還是有閒暇愛俏爭風頭的。縣裡誰家丫頭梳頭的手藝好，往往會引得另外幾家閨秀暗地裡嫉恨。

寶珠頭一個爭強好勝，為了給李綺節爭臉面，曾經找一個走街串巷的梳頭娘子拜師學藝。雖然目前她還不算出師，但梳頭的手藝已經是李家一眾僕婦丫頭中的第一人了。

李綺節當初看著手癢，跟著寶珠這個半吊子學了一個月，始終沒學會自己給自己梳頭髮的技巧，光是學會一個紮小抓髻，她就費了不少功夫呢！

梳好一對抓髻，李綺節穿了一件茶綠色琵琶袖寧綢薄夾襖和細布百褶裙，袖子捲得高高的，在院子裡的桂花樹下拍皮球。

拍了幾十下，一抬眼，正巧看到曹氏牽著哈欠連天的李昭節和李九冬出來，立馬把皮球往寶珠懷裡一塞，領著兩個妹妹做廣播體操。

她教的是第二套廣播體操。

李昭節和李九冬覺得很好玩，跟著李綺節的動作伸胳膊伸腿，嘻嘻哈哈笑成一團，瞌睡立時就清醒了。

曹氏臉上帶笑，眉頭卻微微皺著，在一旁小心翼翼道：「小心些，莫要扯壞衣裳。」

李綺節教到需要踢腿的動作時，動作一滯，想起底下穿的是百褶裙，沒法抬腿，一時有些興味索然，又看到曹氏一臉不贊成的神色，歇了把廣播體操普及給妹妹們的心思，仍舊領著兩個妹妹拍皮球。

吃早飯間，周氏說要帶李綺節和李昭節姊妹倆回周家村小住幾日。

李昭節和李九冬不知道周家村是哪兒，聽說能出門玩，便喜得眉開眼笑，歡呼一聲，嘰嘰喳喳吵著要帶這件衣裳、那件裙子，連裝果子糕點的糖果匣子都不能落下，全然一副即將要遠行的架勢。

李大伯、李乙和李子恆在另一張圓桌子吃飯，三人默契地互望一眼，沒有吭聲。

看李乙和李子恆父子二人異常的平靜，李綺節心中有數，這周家村，她是非去不可的。

吃完飯，李大伯和李乙兄弟在書房清算酒坊的帳目，周氏在後廚打點家務，而李子恆生怕李綺節盤問他，早已經一溜煙跑得無影無蹤。

因為要出門，李綺節的小抓髻必須重新梳，寶珠把她頭上的辮子拆散，刻壽桃紋的桃木梳子在扁罐子裡蘸了些桂花油，把烏黑柔亮的頭髮重新一一梳通，給她挽了個雙螺髻。

李綺節的頭髮又黑又亮，厚密豐澤，一雙手幾乎攥不下，梳好髮髻，還能留出幾束髮絲纏裹，完全不需要填充假髮或是棉花絨繩製成的假髻。

寶珠替李綺節梳好頭髮，把固定髮髻的素釵簪子全部攏在髮絲底下，只在她鬢邊簪了一朵雪青色堆紗絨花，戴兩枝方勝形梅花紋頭簪，便算是好了。

年輕嬌美的小娘子，好似蓓蕾初綻，正是最青春爛漫的時候，任何精心雕飾的美麗，在她面前都流於豔俗。她美得自然而然，原本就無須過多金銀玉飾裝飾。

寶珠站在李綺節背後，左右端詳了幾遍，覺得甚為滿意。目光不經意間落在李綺節百褶裙底下的一雙撒花繡鞋上，心中微微一嘆：只可惜三娘未曾纏足，就算出落得如花似玉，始終還是比別家小娘子少了些底氣，不知會錯過多少門當戶對的好兒郎，也不知以後是哪個有福氣的能把三娘娶進門。

她一邊回想著縣裡哪些年紀正好的兒郎沒有婚配，一邊收起桃木梳、插梳和菱花形小銅鏡，把多層妝盒包好，這是出門時必須隨身攜帶的。

李綺節在一旁提醒道：「別忘了戴梳篦！」

聲音一如既往的輕快，像是帶著隱隱的笑意，任何煩憂都抹不掉她眼瞳裡的光亮。

寶珠抿嘴一笑，彷彿暑熱天時清風徐來，頓時燥熱盡褪，心裡的沉悶立刻消失得一乾二淨，「曉得了，忘了什麼都不會忘了它。」

梳篦的細齒比一般梳子密，它的主要功能是清除頭髮裡的髒汙，甚至還能刮出藏在頭髮裡的蝨子。在衛生條件一言難盡的古代，男男女女都用它來清理頭髮裡的汙屑，以達到不洗頭，也能清理頭皮的目的。

李綺節估摸著借住周家村期間肯定不方便洗頭沐浴，如果不帶上梳篦，她夜裡都睡不安穩。在不能隨便洗頭的日子裡，能夠派上大用場的梳篦已經成了她最喜愛的用物之一。

寶珠仔細清點行李包袱，除了貼身衣物、鋪蓋衾枕，還有幾種清涼敗火的藥膏，另外，松木馬桶、驅蚊的香囊香球、碗筷用具……也一樣都不能少。

尤其是馬桶，是這個時代士大夫們遠行必須攜帶的必備用品。

李綺節講究，從不和別人共用一個馬桶，茅房更是敬謝不敏。

直到大幾百年後，老百姓家的茅房依然和豬圈共用一個處處漏風的草棚屋頂，坑上隨便搭幾塊木板就成了。髒、亂、差、臭，老鼠蟲蟻神出鬼沒，還沒解開褲腰帶，蚊蟲已經跟龍捲風似的颳到眼前，說句讓人作嘔也不為過。

據史書記載，春秋眾諸侯國並立時期，曾有一位倒楣的晉國國君，不幸溺死在茅房裡。

雖然說人固有一死，但身為一方諸侯王，沒死在奸臣手上，也沒死在叛將手裡，更沒死在諸侯國的爭戰之中，而是如廁時死在一個糞坑裡，委實不得不讓人掬一把同情淚。

一來為了自己的人身安全，二來實在不敢考驗自己的忍耐力，李綺節謝絕所有親戚家的茅房，每回去親戚家小住，都會讓丫頭帶上自己的馬桶。

這回自然也不會例外。

主僕倆剛把行李收拾妥當，一時聽得外面有人和周氏說笑，聽聲音，像是張家大少奶奶的貼身丫鬟。

丫鬟沒有在李家待多久，說了幾句話便匆匆走了。

周氏從外頭走進來，手裡托著一只枯葉色蘆心布小褡褳，笑容滿面，很是歡喜，從不吃齋念佛的人，嘴裡一直念佛不已，感嘆道：「阿彌陀佛，好人有好報啊！」

李綺節不由奇道：「咱家有什麼喜事，伯娘這麼高興？」

周氏把褡褳平放在條桌上，從裡頭翻出一個用麻繩纏裹得緊緊的布包，解開麻繩，布包露出半形黃澄澄的顏色，原來布包裡竟是一串串銅錢，裡頭還夾雜些許碎銀子。

「三娘還記得張家十八娘嗎？」

李綺節一愣，點點頭，「在木李庵修行的十八姨？」

山上的庵堂是縣裡的富戶們捐資修建的，原先請本地的舉人老爺擬了個很風雅的名號，但縣裡的人更習慣管庵堂叫木李庵。

因為庵裡栽植了許多木李樹。每到春暖花開時節，木李花競相綻放，含芳吐蕊，好似雲蒸霞蔚，極為絢麗，襯著白牆綠瓦的小小庵堂，幽麗馥郁中又多了一絲清雅出塵，是山中一景。而到初夏木李成熟時，庵裡的師傅們會摘下青白酸甜的木李果子，盡數送給前去敬香拜佛的香客，分文不收。縣裡的孩童們都曉得，天氣熱起來，荷葉舒展開尖尖小角，青蛙一夜比一夜叫得響亮時，去山上的木李庵打個轉，肯定能吃到又脆又甜的木李果子。

長此以往，庵堂原先的名字早就被人淡忘了。

丈夫楊小郎死在大江後，張十八娘回到娘家，被張家人送到木李庵靜養。她與人私通，以寡婦之身生下生父不明的小沙彌，雖然算是德行有虧，但因她曾對周氏有恩，周氏每每提及她，沒有一絲鄙夷，語氣裡全是憐惜同情，所以李綺節稱呼張十八娘為十八姨。

周氏眉梢眼角都是藏不住的喜氣，「我想著好久沒去山上看十八娘，正好張大少奶奶要去山上還願，便託張家的大丫頭幫我給十八娘送些鈔銀嚼用，免得她在庵裡吃苦頭，誰知十八娘卻不在庵裡了。」

李綺節心中一動，「張家人把十八姨接回去了？」

周氏搖搖頭，「張家人早搬走啦，據說是搬到南邊長沙府去了。現在在潭州府，十八娘最親近的親人，就是她的堂兄弟張老太爺。」

張老太爺是村子裡頭一號的迂腐老頑固。他把最小的閨女張桂花當成眼珠子一樣疼愛。張桂花的吃穿用度，樣樣都比照著官家小姐的來，連長子張大爺都給比下去了。然而張老太爺再疼閨女，為著規矩，硬是不許張桂花出門。張桂花長到十一二歲，始終在張家的內院裡兜兜轉轉，從沒踏出過張家一步。除了張家的丫頭婆子，外人連她到底生得是高是矮，是胖是瘦都不曉得。

張大少奶奶更是可憐，早逝的婆婆性情爽朗，對她很寬和，從不挑理，偏偏攤上一個小氣吝嗇、古怪偏執的公公。張老太爺的規矩比大江水底長的水草還多還糾結，張大少奶奶每天必須晨昏定省，按時給祖宗們燒香供祭，所有茶果點心都要她親手熬煮。一家人吃飯，所有人圍著大八仙桌團團圍坐。男女分開兩桌，家中人口少，女眷唯有張桂花一人，姑嫂本可以同桌吃飯的，張老太爺硬是不肯鬆口。於是張大少奶奶不僅要親自下廚整治湯水，吃飯時還只能等所有人吃完了，再匆匆扒幾口飯。

張桂花和張大少奶奶偶爾犯點小錯，張老太爺能從年頭的大年初一，一直念叨到年尾的大年三十。張十八娘的種種出格行為，在張老太爺看來，更是離經叛道，不可原諒的了。

張十八娘拒絕為楊小郎守寡的那一年，張老太爺已經在族裡人前面放過話，說他沒有十八娘這個堂妹。他說到做到，和張十八娘家徹底斷絕關係，誰在他面前提起張十八娘，他能一口唾沫吐到對方臉上去。

李綺節可以確信，張老太爺絕不可能主動把張十八娘接到家中贍養，哪怕張十八娘身患重病，命不久矣，張老太爺都不會心軟，說不定還會罵一句自作孽。

果然，聽周氏接著道：「張老太爺至今聽到十八兩個字就來氣，怎麼可能關照十八娘呢？接走十八娘的，是她屋裡人。」

本地方言中，屋裡人是丈夫的意思。

周氏曾對李綺節說過，張十八娘和小沙彌的生父並不是無媒苟合，他二人是正正經經拜過堂成過親的，但是兩家人都不承認。

即使兩人情投意合，婚書禮聘樣樣不缺，只因雙方長輩都不承認這樁婚事，十八娘和情郎的結合，還是成了私情。

張家人羞於承認十八娘私自另嫁他人，小沙彌的生父家人得知他擅自娶了個寡婦，更加暴怒，直接派人強行把小沙彌的生父抓回祖宅，一關就是十幾年。

周氏把布包收進屜桌裡，「聽說那家的掌事是騎著高頭大馬，趕著馬車，領著十幾個僕人去接十八娘和她兒子的。能養好幾匹馬的人家，肯定非富即貴，十八娘總算是苦盡甘來熬到頭了，那家人總算肯認他們母子了。」

李綺節眉頭輕輕一皺，如果張十八娘的情郎果真獲得家人的許可，接她和小沙彌回府，理應敲鑼打鼓、風風光光迎接張十八娘母子，才對得起他數年的堅持和十八娘這些年來受的苦楚，怎麼會悄無聲息地接走張十八娘？

而且，直到現在，還沒人知道那家人到底姓誰名誰，是哪戶望族，說明他們還是恥於承認張十八娘和小沙彌的身分地位。

張十八娘此去，吉凶未知啊！

李綺節想起小沙彌俊秀的眉眼，心中一嘆。

生來被迫離開慈母，寄養寺廟，十幾年不曾和生身父母相聚，孤苦伶仃，嘗盡冷暖。如今雖然被家人尋回，卻似暗藏玄機，前途叵測，對他來說，也不知是幸，還是不幸。

中秋夜那晚，正是闔家團圓的時候，所有人陪伴在家人身邊，賞月論詩，言笑晏晏，說不盡的喜樂快意。他卻流離在外，挨家挨戶討一頓齋飯。

無房無舍，無親無故，孤零零一個人，一身單薄僧衣，一頂斗笠，一雙草鞋，一只破碗，在圍場的草堆裡淋了半夜的雨。

燈火萬家人團圓，星辰漫漫月伶仃。

棲身在稻草堆裡瑟瑟發抖時，他會想到有這一天嗎？

「三娘？」

周氏收拾好屜子裡的銅錢，見李綺節垂頭不語，愁眉不展，神情罕見的沉鬱，伸手在她臉上輕輕掐了一下，打斷她的沉思，「想什麼呢？」

想著周氏方才歡歡喜喜的模樣，李綺節不忍多說什麼，岔開話道：「伯娘，我去看看昭節和九冬的行李收拾好了沒有。」

不等周氏細問，李綺節走出正房，拐過長廊，走到兩個小堂妹的房間前。

姊妹倆睡一間房。李昭節雖然稍微年長一些，但性子比妹妹李九冬要嬌氣多了，發起脾氣誰也管不住，連周氏的話她都敢頂嘴。然而，有時候她的膽子又小得可憐，不管白天還是夜裡，只要睏覺時旁邊沒人守著，她就會嚎啕大哭，直到把所有人吵醒為止。李九冬乾脆自告奮勇，和李昭節睡一間房，幫她壯膽。

兩姊妹每天一張床睏覺，一個桌子吃飯，一塊說笑玩鬧，幾乎是寸步不離。一時吵嚷起來，打架毫不手軟；一時又親親熱熱好得跟連體人似的，分都分不開。

此刻姊妹倆頭梳小抓髻，穿著八成新的綢襖棉裙，各自踩在一張方凳上，趴在窗戶沿邊看後院的一棵柿子樹。

樹幹清瘦，不過拳頭粗而已，卻也掛滿了碩大的果實。掩映在青綠色枝葉間的柿子果半青半黃，一看便知還未到成熟時候。

「一個、兩個、三個……」

姊妹倆正瞇縫著雙眼，一顆接一顆地數著柿子的數目，從東數到西，再從上數到下，數到一半發現忘了前面數到幾了，於是又從來再來。

數來數去，誰也不肯服誰，一個說另一個數雜了，一個說對方數少了，吵來吵去，眼看要打起來，不知怎麼，忽然又手把手，一起商量到時候怎麼分柿子。

曹氏早把兩人的包袱收拾好了，正坐在門口繡打絡子，看到李綺節，忙堆起滿臉笑，招呼她道：「三小姐進來坐坐。」

李綺節朝曹氏笑了笑，走進屋，倚在敞開的窗前，和李昭節姊妹倆閒閒地說些家常話，答應她們等柿子成熟時，一定把最大最紅的那一顆柿子留給她們。

正低聲說著話，忽然聽得外面一陣吵嚷，有人把大門狠狠摔上，發出一聲巨響。

李昭節和李九冬嚇了一跳，立即噤聲。

李綺節把姊妹倆抱下方凳，曹氏走過來牽走二人，悄聲道：「像是大少爺的聲音。」

不必曹氏說，李綺節也聽到李子恆的怒吼聲了。

她循著聲音，找到李子恆的房門前，木門已經從裡頭拴上，不知道裡頭情形，只能聽到李子恆摔東西的聲響。

進寶縮在牆角左顧右盼，李綺節回身叫住他，「怎麼回事？」

進寶支支吾吾道：「大郎碰見孟舉人了。」

孟春芳的父親孟舉人，原是住在縣裡李家隔壁的，因為最近孟家老宅要辦喜事，在外的孟家子弟陸陸續續趕回鄉下大宅，孟舉人一家人也回來了。

李綺節愣了一下，「是不是親事有什麼不妥？」

她和楊天保的娃娃親作廢也就算了，那是喜事一樁。可李子恆和孟春芳的親事談得好好的，孟家的老太太們一口一個孫女婿地喊李子恆，料想應該是板上釘釘，怎麼也出岔子？

進寶偷偷看一眼李子恆的房間，嘆口氣，「大郎和孟舉人說話的時候，沒人在跟前，不曉得他們說了什麼，然後大郎忽然就氣狠地跑回來，接著就成這樣了。」

似乎是回應進寶的話，屋裡一聲脆響，是茶杯被丟在牆上的聲音。

李綺節嘖嘖兩聲，幸好她大哥不講究，房裡的擺設用具全是便宜貨，不然素來勤儉的周氏聽到他在屋裡摔摔打打，還不得心疼死。

正鬧著，李大伯、李乙和周氏聽到動靜，都找了過來。

幾人圍在李子恆的房門外，想開口問李子恆，又怕刺激他，正是為難的時候，劉婆子走進來道：「孟家四哥兒來了。」

周氏兩眼一亮，連忙道：「四郎來了？快請他進來！」

孟雲暉依舊是一身雪白細布襴衫，腰間束帶，文質彬彬，通身的書卷氣。一進門，便先向李大伯等人行禮問安，然後和李綺節見禮，才不慌不忙道：「子恆表哥呢？」

周氏朝裡屋努努嘴，「在裡頭呢！」

孟雲暉臉色一黯，張嘴想說什麼，似乎是顧忌著李綺節在場，又把快出口的話吞回去。

李綺節心領神會，順口道：「我去後廚尋些大哥愛吃的果子。」

她頭也不回地走出院子，聽到裡頭孟雲暉說話的聲音，又悄悄躡手躡腳後退幾步，挨到月洞門邊，偷聽了半天，只聽到窸窸窣窣說話的聲音和周氏偶爾拔高的一聲怒罵，其他的，什麼都聽不見。

李綺節拍拍手，算了，反正有八卦雷達曹氏在，什麼消息都瞞不了她。

孟雲暉很快告辭走了，走的時候他舉止有些怪異，始終舉著襴衫袖子，把他那張濃眉大眼的圓臉給擋得密不透風，比張大少奶奶出門遮得還嚴實。

寶珠悄悄和李綺節說，孟家四少爺左邊的眼角有些發青，是李子恆打青的。

李綺節不由咋舌：她這大哥竟然出息了，敢對秀才公揮拳頭！

不過，孟雲暉到底做了什麼事情，怎麼會惹怒李子恆呢？

按理說，他是李子恆的未來舅子，兩人不該有矛盾的啊？

因為李子恆忽然鬧脾氣的緣故，周氏只得推遲回娘家省親的行程。

李九冬無可無不可，沒人催她出發，她就安安靜靜地趴在羅漢床上玩七巧板。

而李昭節一心盼著出去玩，聽說不能去周家村，很不高興。夜裡吃飯的時候，氣鼓鼓的，專門挑醬瓜炒雞片裡的醬瓜吃，還故意把醬瓜咬得嘎吱響，以此表達她的不滿。

曹氏又氣又笑，收走李昭節面前的菜碟子，另給她舀了一碗魚頭豆腐湯。

李昭節不肯輕易放棄，又把魚頭咬得滋滋響。

周氏根本沒注意到李昭節咀嚼飯菜時發出的噪音。

她一面憂心楊縣令和楊天佑忽然上門求親，生怕楊家仗勢強娶李綺節。雖然李家不怕楊家的財勢，可惹上縣令家的公子，以後誰還敢向李家求親？一面因為李子恆和孟春芳的婚事受阻礙而急躁，疑心家裡最近是不是風水不大好，想託人去尋個風水師傅；一面卻還惦記著寶鵲的事。

李大伯再三言明不會收用寶鵲，寶鵲日日找周氏哭訴，說她不敢再到李大伯跟前去伺候了，李大伯一見她就開罵，她已經被嚇破膽子了。

周氏心裡覺得很對不住這個忠心聽話的丫頭，想為她找一門妥當的婚事。

不管李大伯有沒有和寶鵲發生什麼，因為周氏的一意孤行，寶鵲的名聲已經壞了。家裡的長工、短工們懷疑她想爬李大伯的床，肯定不樂意娶她，那願意的呢，多半是靠不住的酒色之徒。

周氏愧疚萬分，想給寶鵲找一個門第上既對得上，對方性子又好相處的人家，才能把寶鵲嫁過去，不然她這一輩子都難以安心。

事情堆疊到一塊兒，樁樁件件都麻煩。

周氏夾起一塊粉糯的菱角米，漫不經心地往李昭節碗裡一放。

李昭節以為周氏在警告她，嚇得渾身一顫，握著湯匙老老實實喝湯，不敢再發出異響。

周氏渾然不覺，不動聲色地瞥一眼燈燭照耀下越顯美貌的李綺節，一邊往嘴裡扒飯，一邊暗暗道：別的先不談，當務之急是先把三娘送到周家村去。大郎是男兒，婚事磋磨點不妨事，可三娘已經被楊家退親了，不能再出一點差錯。聽說楊家九郎最近時常帶著僕從在鄉里走動，他那樣的官家子弟，最愛熱鬧風流，成天吃喝玩樂，不務正業。之前只會在縣城裡晃蕩，從不到鄉下來的，近來卻總在李家周圍冒影兒，若說只是巧合，她頭一個不信。

周氏不曉得，她真的冤枉楊天佑了。

和李家相隔不遠的渡口處，船伕把船篙往岸邊一撐，烏篷船像枝離弦的箭，刺破重重水波，在水面上留下一圈圈蕩開的漣漪。漁火明明滅滅，兩岸黑黢黢的山影間，偶爾劃過數道暈黃流光，那是山谷裡的人家村落。

一個頭戴斗笠，身披蓑衣，腳踏枹木屐的半大少年，一腳踏空，身子一個踉蹌，差點摔下船頭，旁邊一個穿寶藍色直身的少年伸手在他跟前微微一攔。

半大少年勉強穩住身子，轉身往船尾走去。

槳聲欸乃，夜色黑沉，看不清少年的眉眼，只聽到他輕輕說了一聲：「勞駕了。」聲音又清又亮，像冬日暖陽底下的冰層在一點一點融化，偶爾冰面裂開一條細縫，能聽到裡頭汩汩的水聲。

楊天佑愣愣片刻，少年已經走遠，阿滿走到他身旁，縮著腦袋，「少爺，這麼晚了，咱們回去是直接回府嗎？」

回縣衙？府裡的下人都只聽金氏的話，誰知道他們會不會給他開門？老爹在金氏面前，只有挨訓的份，也靠不上。

夜裡江風大，楊天佑忽然覺得寒涼入骨，忍不住把領口攏緊了些，「找家客店歇一晚，明早兒再看。」

原本是不必連夜趕回城的，可這事關係到李家和楊家，他不得不謹慎一點，甚至可能還要借助阿爺的名號去威懾那些人。

如果不能妥當料理爭地的事兒，楊天佑有種預感，他這輩子，多半是不能把李家三表妹娶回家了。

在楊天佑暗暗發愁的時候，李乙也在房中著急上火。

李子恆站在他跟前，甕聲甕氣地道：「這門親事，不談也罷！」

李乙嘆口氣，「就為了一時意氣，你連親事都不要了？」

「他們家狗眼看人低，我憑啥就得做小伏低任他們奚落？」李子恆梗著脖子，粗聲粗氣道：「我聽三娘說過，天涯何處無芳草，不必強求一枝花。既然他們家看不上我，咱們也不必巴著他們家不放，免得他們說咱們不知進退，沒有自知之明。」

「那孟家七娘呢，你不想娶她了？」

李子恆驀然一愣，神色有些猶豫。

李乙不說話，等著李子恆下決心。

燭火搖晃了兩下，屋裡漸漸變暗，李子恆掙扎片刻，垂下頭，「說到底還是我莽撞了，害得阿爺白白為我忙活一場。」

燭芯滋滋燃燒的聲音忽然變得異常刺耳，李乙拿起銀剪子，剪掉燭芯，桌前頓時亮堂了幾分，「我曉得了，回去睏覺吧，凡事有阿爺呢。」

李子恆沒有立刻走，呆呆站了半晌，終究說不出別的話來，關上房門，靜靜離開。

翌日，吃過早飯，李綺節踮腳取下一個掛在廊前的簍子，把一捧曬乾的金銀花放進去。

金銀花是留著泡茶喝的，盛夏時家裡曬了幾大簍子，夠喝很久了。前幾天周氏無意間發現有一簍金銀花有些發霉，趁著日頭好，讓丫頭們拿出去再在太陽底下曬一遍。

李綺節把金銀花一撮一撮擺放完畢，回頭間看到寶珠和進寶姊弟倆站在美人蕉花叢前竊竊私語，當下兩手一拍，問道：「嘀咕什麼呢，過來說話。」

進寶嘿嘿一笑，一溜煙跑遠了。

寶珠走到長廊前，說道：「三娘，大郎和孟家的婚事完了。」

「完了？」

「嗯，五娘子今早也上門來了，官人留她吃茶說話，把庚帖要回來了。」

李綺節真想為阿爺李乙掬一把辛酸淚，女兒前腳讓人退親，兒子後頭就婚事告吹，屋漏偏逢連夜雨，阿爺肯定要懷疑人生了。

「知道婚事為什麼沒談攏嗎？」

寶珠搖搖頭，「不曉得，官人沒明說，孟家似乎不樂意，大郎也不肯再上孟家門了。」

既然是李子恆自己不願意，李綺節便沒接著問。

李大伯和周氏連道可惜，在他們看起來，李子恆和孟春芳，一個勇武憨直，一個蕙質蘭心，雙方知根知底，正是天造地設的一雙璧人，沒想到竟然臨時出了變故。

劉婆子、曹氏她們也驚詫萬分，頗為惋惜。

唯有李綺節覺得並沒什麼大不了的。孟春芳確實賢良淑德，會是一個完美的好媳婦、好嫂子，但李子恆年紀還小，完全憑一時的喜歡和愛慕便上門求親，原本就不大妥當。現在他被孟舉人當面奚落，脾氣上來，就放棄繼續努力的機會，可見他對孟春芳的愛慕沒有多深。反正他年紀還小呢，等再過幾年談親事也不遲。

伍之章 ● 女兒心事不忍宣

李子恆的親事暫告一段落，周氏擔心楊家人再上門，立刻著手張羅回娘家的事。吃了午飯，便催促家下人套上牛車，領著李昭節，讓李綺節牽著李九冬，叫寶鵲和曹氏跟著，劉婆子她家裡人趕車，小廝進寶看守行李。

一行人先坐牛車到江邊渡口，坐船渡江，然後順著市鎮大路走了一個時辰，到得鄉鎮，拐上山間土路，又走了半個時辰，周家村便近在眼前了。

周家大郎周大海和妹妹周英蓮早在村口的歪脖子大棗樹底下蹲著等候多時，一見李家牛車進村，忙趕著迎上來。

寶鵲掀開簾子笑道：「表少爺、表小姐先回家去，太太進了門才好下車。」

周大海誒了一聲，連忙牽著周英蓮領頭跑回家。

一路上走過來不少農婦孩童，圍著李家的牛車指指點點，議論紛紛。

劉婆子的男人趕著牛車進了周家用竹竿、蘆草圍起來的柵欄院子，周娘子陸氏攙著周老爹站在堂院當中等著。

周氏看見周娘子和周老爹微紅的眼圈，嘆了口氣。

周娘子看女兒穿金戴銀，通身的富貴氣派，又一眼瞥到她身旁典妾生的兩個女兒，想起女兒至今無所出，背過身去悄悄擦眼淚，這才回過頭來，拉著李綺節的手，親親熱熱道：「這就是三娘吧？長得真好，瞧這眉眼身段，又靈醒又體面。」

鄉下人說話向來直白，李綺節也沒忸怩，眉梢帶笑，脆生生叫了一句：「阿婆！」

阿婆是按著孫女的叫法喊的，周娘子一聽，便知李綺節和周氏關係親密，越發笑得合不攏嘴，「誒誒，到阿婆家來住兩天，阿婆蒸花糕給妳吃。」

曹氏生怕李昭節和李九冬受冷落，推著姊妹倆上前，周娘子又細細看了一回李昭節和李九冬，誇獎幾句。

周老爹神情有些拘謹，搓搓枯瘦的雙手，在懷裡摸摸索索半天，掏出三枚乾巴巴的柿子餅，一個孩子塞了一枚，連李綺節也有。

李綺節不敢推辭，接了柿子餅，揣在手上。

李昭節和李九冬回頭看了一眼曹氏，向著周老爹草草鞠了個躬，嘴裡含含糊糊叫了一句：「多謝阿公。」

周老爹咧咧嘴，似乎想笑，皺紋擠在一處，黧黑的臉皺成一張剝落的枯樹皮。

一行人寒暄一陣，相攜走進堂屋。

劉婆子的男人每個月都要按著李大伯的吩咐往周家送些柴米油鹽、丹藥布匹，路徑已經熟爛於心，一進院子就卸下牛車，直接牽著老牛去後院的棚子裡飲水吃草料。

曹氏是頭一次來周家村，剛下牛車時，她匆匆環顧一圈，不動聲色地估摸了一下周家的家境門第，吃了一驚，沒料到周家竟然如此窮困，住的是泥土草棚屋子，只有西邊有兩間像樣的瓦房，看年頭應該是周氏出嫁的時候，李家特意派人來幫著修的，專門預備給周氏省親回家時住宿。

曹氏心裡暗道，難怪周氏急著為李老爺納妾，周氏娘家如此貧窘，全家都要靠李家接濟過活，周氏在李家自然硬氣不起來，這麼多年又不能為李老爺開枝散葉，更是犯了七出中的「無子」一條，如果是大戶人家，說不定要鬧休妻的。

同樣跟著曹氏頭一次來周家的進寶則暗暗咋舌：怪道這一趟差事那幾個長工油條子推三阻四的，招財更是溜得飛快，原來都知道太太娘家沒油水，才使壞讓他頂了這趟差！

李昭節和李九冬同樣沒到過周家，姊妹倆看著眼前草屑斑駁的土牆、房裡泛著濕氣的黑泥地，都覺得有些稀罕。李家村雖然也是鄉下，但臨著渡口，坐船去鎮上、縣城都很方便，修的都是瓦房院落，住的大多是鄉紳人家。而周家村在山溝裡，交通不便，村裡人大多住著茅草棚子，甚至有直接在山邊挖出一個大洞，搭個草窩子過活的。

李九冬在曹氏懷裡咿咿呀呀鬧著要下地，曹氏連忙把她放在一張竹木凳子上，她在木凳子上歪歪扭扭，肉嘟嘟的手指頭悄悄在屁股底下的竹木凳子上摸來摸去的。

李昭節倚著曹氏，臉上有幾分嫌棄，似乎不願進屋。

周娘子煮了一鍋糖心雞蛋，加了白糖米酒糟，一個碗裡浮著四五個荷包蛋，撒一層細密白糖。雖然出發前都吃了一頓飽飯，但因為雞蛋茶是待客的禮數，寶鵲、曹氏、進寶和劉婆子男人都不敢推辭，坐著一人吃了一碗。

周娘子看李九冬玉雪可愛，心裡稀罕，看她拿不穩湯匙子，想親自抱著餵她吃，周氏趕忙攔了。她不敢給兩個小人吃家裡的東西，免得他們腸胃受不住。牛車上帶了幾袋細糧、乾果、點心，都是預備著給兩個孩子單獨吃的。

進寶飯量大，頭一個吃完一大碗糖心荷包蛋，抹了把嘴巴道：「太太原先住著的屋子是哪間？勞煩親家表少爺帶我過去，也好替幾位主子安置床鋪行李。」

周大海連忙放下碗筷，引著進寶往外走。

周氏出嫁前，李家派人來周家村給她家新蓋了兩間磚瓦房，說好是給她回家歸省預備下的。平時她不在家，周老爹便叫孫子在新房門前掛了新鎖。新房裡頭的家具都是新打的，周老爹和周娘子捨不得拿出來用，一是怕磕碰壞了，二是怕女兒在李家沒有臉面。一晃二十年，兩間新瓦房還是乾乾淨淨，一塵不染。

進寶和劉婆子男人把牛車上的行李包裹都一一取下，送到院子裡。

寶鵲和曹氏洗過手，進去鋪設床被，整理包袱，周娘子也在一旁搶著幫忙。

周娘子先前已經打掃過房間，窗戶也都開了一日散過濁氣，寶鵲和曹氏只需將李家帶來的物事歸置清楚便可。

李綺節和曹氏陪著周氏在房裡說話。

李昭節和李九冬牽著小手，到處看稀奇。

周娘子拿出一把繡線繡綳和絲繩，要教李昭節和李九冬玩翻花繩。她的雙手長滿繭子，又粗又黑，但動作很靈活，一會兒翻出一隻大雁的形狀，一會兒又變成一隻蝴蝶。

李九冬圍在周娘子身邊，看得目不轉睛，時不時拍掌叫好。

李昭節面無表情，勉強看了片刻，丟下妹妹，跑去院子裡逗家裡養的大公雞玩。

周英蓮怕公雞啄她的眼睛，亦步亦趨在旁邊緊緊跟著。

因知道周氏難得回一趟娘家，雖然有很多人圍在周家外邊看熱鬧，倒是沒人貿然上門。夜裡吃飯前，不少村人往周家送來自家新鮮的菜蔬江鮮，都是給周氏幾人添菜的。

劉婆子預備了銅錢串子，送給來送菜的幾家主婦。婦人們不肯收，推推讓讓半天，跟潑婦罵街似的。李昭節和李九冬聽不懂村裡的粗話，還以為她們要打起來了。

李綺節胃口好，跟著周氏一起吃的周家的飯菜。李昭節和李九冬只吃了一碗周娘子親手蒸的雞蛋羹，主食粟米粥是從李家帶過來的。

待到夜裡時，周氏看李綺節和李昭節姊妹幾個都睡熟了，便把寶鵲叫到跟前，拉著她的雙手，語重心長道：「寶鵲，妳是怎麼想的？」

寶鵲咬著櫻唇，心裡明白，太太想把她配給娘家侄子周大海。

寶鵲和典妾大姑娘命運相似，父母為了替家中兄弟籌錢娶親，把她賣給一個路過的人牙子。二兩一錢銀，折算成銅錢，沉甸甸的，他們家從來沒有見過那麼多銀錢，足夠她兄弟娶親蓋新房了。

周氏將寶鵲從人牙子手裡買下，讓她在家裡幫著做漿洗衣裳、灑掃房屋的輕省活兒。

寶鵲以前時常陪周氏回娘家省親，和周家上下都已熟稔，直接稱呼周娘子為「周大娘」，喚周大海為「周大郎」。

周大郎和周英蓮的父親多年前徵徭役，和其他幾十人一起去南方幹運輸漕糧的活兒，從那以後杳無音信，家裡人已經死心，為他立了個衣冠塚。

周家村民風淳樸，家裡就算再揭不開鍋，也絕不會把女兒賣到腌臢地去受苦。寶鵲小小年紀就成了別人家的奴才，周家人都頗為憐惜，周娘子也不把她當下人看，平常趁著幫女兒周氏和孫女周英蓮做鞋襪衣裳的功夫，也順帶著幫她紮了鞋墊，做了幾雙布鞋。

寶鵲知道周家人都是好人，嫁給周大海，就成了太太的侄兒媳婦，以後肯定不用吃苦受累，可是她總覺得有些不甘心，在被自家阿爹賣掉的那一刻，她曾經對自己發過誓：這輩子寧可做富人家的奴才，也絕不嫁給平頭老百姓！

周家只是太太的娘家，太太不會拿李家的錢鈔無止境地填補娘家侄兒，嫁給周大海，未必比當富人家的奴才輕鬆自在。

寶鵲曾經在人牙子手裡調教過一段時日，聽人說起過大戶人家的富貴奢華，心裡頭又是羨慕又是嚮往。如果能在那樣的大戶人家當丫頭，哪怕讓她夜夜倒馬桶她也樂意。

剛到李家的時候，寶鵲看到李宅的寬敞院落，還以為李家也是個財主，當時還慶幸自己運氣好，沒有被賣到山旮旯裡去。等做了幾天工，她才知道原來李家老爺、太太都是農人出身，日子過得十分簡樸，掙得的錢銀寶鈔全都攢起來買地買田，不捨得花用。周氏常常親自下廚做飯，甚至特地在後院開一塊地當作菜園。外邊行市的柴米、油鹽和菜蔬要價幾何，李老爺和周氏比廚房採買的劉婆子還要清楚。

李家幾位小娘子，比如三小姐李綺節，家中不缺吃穿，可她竟然不肯纏小腳。二老爺也縱著她，讓三小姐天天邁著一雙大腳東奔西走，跟個鄉下丫頭一樣粗蠻，沒有一點財主老爺家小姐的嫻靜尊貴。

要不是和楊家是娃娃親，縣裡哪戶人家看得上三小姐？

村裡另一戶大姓孟家就比李家強多了，他家孟七娘也是在縣裡住的，一身濃郁書香氣，通身的嫻靜閨秀氣派，平時行動坐臥，都離不得書卷，而且恥於談錢，生怕汙穢她的嘴巴和耳朵，那才是書香世家的做派呢！

村裡的大財主張家，寶鵲平日裡聽的婦人們私下議論，都誇張家規矩森嚴：小廝年過七歲便不許出入女眷後院。丫頭婆子見著主子，必須躬身請安，平時服侍張大少奶奶梳洗時，一定要跪著端盆子，小妾姨娘們則日日需到張大少奶奶房裡請安，伺候張大少奶奶的日常起居。吃飯喝茶時絕不能言語出聲，飯菜不精美不能上桌，朝一道菜伸筷子不能超過三次。

張大少奶奶和張小姐從不見外男，哪怕是娘家還留著分頭的表兄弟來家中探望，也必須要隔著一道坐地屏風避諱，才能說話。

寶鵲當時聽得目瞪口呆，又隱隱有些羨慕。

潭州府雖然近著運河碼頭，人煙阜盛，但南北運河疏浚連接才不過幾年，瑤江縣也是這些年漸漸昌盛起來的，縣城從前不過是一片荒蕪的小漁村，絕非繁華之地。

整座瑤江縣最富裕的人家，當屬做豆腐起家的金家。金家當家太太韓氏當年挑著擔子走街串巷賣豆腐，含辛茹苦撫養家中兒女長大。現在金家發達了，韓氏在家無事可做，索性整日帶著家中的媳婦、小孫女、小孫子們逛縣城，去碼頭看熱鬧，和街上討生活的苦力、店家都熟稔得很，瑤江縣從無人批評金家太太沒有規矩。

金家財大勢大，沒人說韓氏的不是，張家的規矩如此講究，村裡的人背後時常閒話。可在寶鵲看來，張家才是書香世家、大戶人家的行事規矩。金家雖然有錢，在張家面前，不過是一戶土財主罷了。

無規矩不成方圓，金家再富裕，在瑤江縣人看來，始終不過是外來的暴發戶，上不得檯面，孟家再落魄，那也是高人一等的書香世家。

看看三小姐的下場吧，拖了這麼些年，還是被楊家退親了！

三小姐任性妄為，不懂得珍惜，寶鵲想過那樣的日子，卻只能幹伺候人的活兒。

如果……她也是和三小姐一樣的出身，一定也會像孟七娘和張小姐一樣，做一個最完美無缺的大家閨秀，給大官人和太太爭光。

寶鵲浮想聯翩，心思越飛越遠，從周家到李家，從李家到楊家，從楊家到孟家，再從孟家到金家……

她心裡的不甘心一點一點積聚在一起，彙聚成一腔說不清道不明的抱負和野心，「太太，我情願一直跟著您，給您當牛做馬，不想嫁人。」

寶鵲這句話的意思，就是不願意嫁給周大海了。

周氏眼神一黯，嘆了口氣。

油碗裡的燈芯發出一聲極輕極細的爆響，昏黃的光芒映在周氏臉上，不見一絲怒色。

然而，寶鵲還是嚇得微微一顫，生怕周氏會責罰她。

周氏察覺到寶鵲的懼意，心中不由有些後悔。當初一意孤行選定寶鵲做李大伯的屋裡人時，實在草率，才會弄成如今這副不上不下的局面，「罷了，是我大侄子沒這個福氣。」

寶鵲悄悄地鬆了口氣。

她明白拒絕這樁婚事意味著什麼，如果是李家其他傭人，這會兒早就跪在地上向太太磕頭謝恩了，她卻想也不想就一口斷然拒絕，劉婆子她們曉得的話，肯定會罵她不知好歹。

俗話說，過了這個村就沒這個店，太太完全是在為她打算。寶鵲明白太太的苦心，也感激太太為她著想，但是為了以後不必吃苦受累，她願意冒這個險。

周氏是個爽利人，寶鵲不肯嫁周大海，她雖然覺得失望，還不至於生氣憤懣，過後待寶鵲依舊和先前一樣。

寶鵲卻心有餘悸，接下來的幾天低聲下氣，做小伏低，一天十二個時辰，像剛出殼的雛鳥離不開母親一般，悶不吭聲地圍著周氏打轉。

什麼差事她都不嫌棄，什麼活兒她都搶著幹。

周氏才一坐下，她立刻去烹茶。周娘子和周老爹才一站起來，她馬上搶過去扶著。剛吃完飯，她二話不說端起碗筷就去灶房洗刷。

幹完所有的活計，寶鵲還不肯閒著，穿起罩衣，攏著髮辮，把周家幾間茅草房子從房頂到犄角旮旯收拾得乾乾淨淨。又讓進寶擔了一擔子乾土，鋪在周家的濕泥地面上，用竹板子一一踩踏壓實。

她還嫌自己不夠賣力，天氣晴好時，把周家人的衣裳全部收攏到一起，洗乾淨後重新用米湯漿洗一遍，件件漿得筆挺整闊，像新的一樣。

劉婆子看寶鵲整天拚命幹活，夜裡不肯休息，熬燈費油，非要給周娘子做幾條抹額，怕時日長了她身子受不住，私下裡央求李綺節：「寶鵲那丫頭天天這樣也不是一回事，我估摸著她肯定是犯了什麼錯，惹太太生氣，才會這樣，求三小姐在太太跟前替她說幾句好話。」

李綺節也奇怪寶鵲的種種異常舉動，私下裡去問周氏。

周氏把寶鵲拒絕嫁給周大海的事說了，苦笑著道：「她既然不願意，我也不會怎麼樣，誰知她心思重，怕我作踐她，天天變著法兒來討好我。我再三和她說過，讓她放寬心，話說輕了，她不肯信，話說重了，她就眼淚汪汪哭哭啼啼的。我也沒法子，只能隨她去。」

李綺節微覺詫異，寶鵲身為一個賣身為奴的侍婢，周氏肯把她放出去嫁人，讓她擺脫奴僕之身，成為一個堂堂正正的平頭百姓，她不是應該喜極而泣嗎？

細細一想，又覺得情有可原。做丫頭固然身分低賤，但寶鵲在李家吃得飽穿得暖，蓋的是棉花被子，戴的是鑲銀鐲子，比原來在家裡忍飢挨餓、天天挨打要強多了。她曾被生身父母賣過一次，肯定不想再回到鄉間過清寒生活。

就像《紅樓夢》裡的丫頭們，吃香喝辣，穿金戴銀，每個月能拿一份豐厚月例不說，還有攀上高枝的可能，一般民間的小戶千金，過得還不如她們尊貴，所以榮國府的丫頭們一旦被人威脅放回家去，個個都嚇得猶如三魂掉了二魂，哭著喊著不肯走。

看周氏似乎也在發愁，李綺節道：「不如讓寶鵲先回家去，免得她整天胡思亂想。」

周氏點點頭，道：「也只能這樣了，她這幾天看到大海就躲得遠遠的，劉婆子她們嘴上沒說什麼，心裡肯定都嘀咕呢！」

第二天，周氏便讓劉婆子的男人先把寶鵲送回李家村，「我那衣箱子裡的幾件大衣裳得拿出來曬曬，寶鵲把開箱子的鑰匙拿回去給寶珠，讓她仔細些，別碰壞了。攏共一件素絨、一件剪絨，還有兩件麻葉皮、一件耳絨、一件青鼠。」

寶鵲逐一記下，接過周氏遞過去的鑰匙，輕輕吁了口氣，感覺心中終於去了一塊大石。

劉婆子的男人吃過早飯，把寶鵲送走。

下午日落西山，一輪勾月悄悄爬上碧藍高空，晚霞把遠處連綿起伏的柔和山脈映照得恍如雲中仙境。

劉婆子的男人身披萬丈霞光，趕著牛車回到周家小院。

劉婆子拿剖開曬乾的葫蘆舀了一瓢水，遞到他跟前。

男人幾口咕嘟喝完，一抹嘴，道：「孟家七娘病了，孟家人上門來，說是想請三小姐過去看看。」

劉婆子奇道：「咱們家三小姐又不是大夫，孟小姐病了，請三小姐過去做什麼？」

男人嗐了一聲，「我哪裡曉得？妳進去問問太太，孟娘子昨天親自來請的，官人的意思是讓三小姐過去瞧瞧，到底是鄰里街坊。不是我回去剛好碰上，官人也會派人來接三小姐。」

劉婆子進房原話回了周氏。

因為孟舉人當面羞辱李子恆的事，周氏對孟家很有意見，加上不願讓李綺節在這個時候拋頭露面，想要斷然拒絕孟家，不過孟七娘卻是個可人疼的好姑娘，想了想，把在院子裡摘喇叭花玩兒的李綺節叫到跟前，問她的意思。

李綺節想都沒想，直接道：「既然孟娘子都親自上門了，我還是走一趟吧。」

孟娘子向來看不上她，兩家又尷尬，她竟然肯捨下臉皮親自上門求她去看孟春芳，那孟春芳肯定病得不輕。

周氏也怕孟春芳真的患了什麼大症候，道：「住了這麼些天，乾脆一塊兒家去，免得牛車來來回回地折騰。」

當下打點了行李包袱，把跟著周英蓮在後山撒野的李昭節和李九冬姊妹倆叫回家，一行人匆匆吃了一頓飯，各自歇下，預備第二天天一亮就啟程回李家村。

知道周氏要走，周老爹和周娘子眼圈有些泛紅。

周娘子和周英蓮一夜未睡，連夜蒸了幾籠菊花糕，讓李綺節姊妹幾人帶回家去吃。

第二天，夫妻倆把周氏幾人送到村口外的岔路上。還想接著送，劉婆子幾人再三勸阻，老夫婦倆才停住腳步，站在路邊竹林旁，一眼不錯地盯著李家的牛車拐過山道才轉身回去。

一重山路，一重水路，回到李家村時，日頭已經升到半空。家下人忙著卸下板車，整理行李，亂成一團。

李綺節回到內院，看到在院子裡晾曬小毛衣裳的寶珠，問道：「孟姊姊怎麼樣了？」

寶珠放下拍灰塵的細竹棍，跟著李綺節進房，替她脫下外邊穿的繭綢襖子，「聽說不大好，連湯藥都喝不下。孟娘子急得不行，嫌鄉下沒有好大夫，連夜把孟七娘接回縣裡去了。」

正說著話，李乙那邊傳過話來：「官人問三小姐收拾好了沒有？孟家四少爺在外邊等著，這就接三小姐去縣裡，官人也一道回去。」

李綺節匆匆洗了個臉，在頰邊撲一層潤膚的玉簪粉，換上一身乾淨衣裙，「這麼急？」

來人道：「三小姐不曉得，孟娘子前天上門的時候哭得眼睛都腫了，官人不好推卻。孟家人從昨天起就守在咱們家門外，看到三小姐回來，已經幾次上門來催請了。」

李綺節眉頭微微一蹙，難怪牛車進村的時候，她彷彿看到有幾個探頭探腦的鬼祟身影，其中一個少年看到她撒腿就跑，原來是給孟家人報信去的。

「大哥呢？」

寶珠悄悄道：「大郎心裡不痛快，前幾天和花家小相公一塊兒坐船去武昌府了。重陽節那天藩王府要在大江邊的黃鶴樓置辦什麼詩會，宴請湖廣一百零八縣聞名的大才子、大詩人，贏了頭名的人能得足足一百兩金子呢，大郎他們想去瞧瞧熱鬧。」

李綺節點點頭，李子恆不在家也好，免得他著急上火，衝動之下和孟家人起爭執。

孟家人見李乙和李綺節遲遲不出門，再次上門催請。

周氏聽孟家人說話不太客氣，冷笑一聲，「三娘才回李家村，立馬又得坐船去縣城，她又不是神仙，能一口氣飛到縣裡去，怎麼也得容她歇口氣吧？我們李家的姑娘，也是嬌生慣養的，不是你們使喚的粗丫頭。你們家七娘精貴，我們家三娘也不是泥巴隨便捏的！」

孟家人臉色一僵，梗著脖子不說話。

孟雲暉和李乙、李綺節從長廊那邊走出來，看到周氏滿面怒容，連忙揮退族弟，「十郎不會說話，伯娘莫要同他計較。」說著話，淡淡地瞥了孟十郎一眼。

孟十郎原本一臉倔強，被孟雲暉輕輕一瞥，立刻收起了驕矜之色，袖手給周氏作了個揖，「小子脾氣急，求嬸娘勿怪。」

周氏冷哼一聲，甩手走了。

孟雲暉又朝李乙賠禮，「十郎他們憂心七娘的病症，行事莽撞，讓七叔見笑了。」

李乙微笑道：「不妨事，病人要緊。」

待李乙和李大伯說了幾句話，孟家人簇擁著李乙和李綺節父女倆出門，把他們幾人一直送到渡口。

船伕一聲響亮的呼哨，渡船猶如一尾黑背銀魚，一頭扎進江面上的重重濃霧當中。

臨行前，孟雲暉站在船頭，和岸邊的幾個少年交代著一些瑣事。一群十五六歲的半大兒郎，老老實實聽他一句一句吩咐，顯然把孟雲暉當成主事人。

李綺節坐在船艙裡，聽岸邊的孟家兒郎們連聲保證會照應好家中其他人，心下詫異：孟雲暉看起來一臉憨厚老實相，在族兄族弟們面前竟然如此威嚴。他自己年紀不大，能把一幫天不怕地不怕的半大小子管得如此服服貼貼的，不僅得有智商，還得有情商。秀才公的功名，果然不是白來的。

往來於縣城村鎮之間的渡船輕巧便捷，速度卻算不得快。一來一去的兩船在江心迎面遇見，船槳慢悠悠地在水面起伏，等兩隻小船錯開的功夫，船上的客人能夠從從容容地互相見禮問好，寒暄一陣。

孟雲暉小小年紀得中秀才，十里八鄉的人都聽說過他，於是，一路上總有其他船上的船客向他打招呼。

潺潺的水聲中，時不時便響起孟雲暉和人應答的聲音。

船行到一半時，李綺節讓寶珠掀開船艙前的藍布簾子。一大早就趕路，彎彎繞繞從周家村到李家村，先坐牛車再坐船，然後坐牛車，晃晃蕩蕩走了一個多時辰，又從李家村匆匆坐船出發，她這會兒只覺頭暈目眩，心口悶悶的，大概是暈船了。

潭州府雖然不是江南水鄉，但水網密布，河流湖泊星羅棋布，加上山路崎嶇不好走，密林山匪又多，這個時代的人們出行都是走水路，不管遠近，去哪兒都得坐船。

李綺節原以為自己坐了這麼多年的船，應該練出來了，沒想到還是會犯噁心。

寶珠在褡褳裡摸了半天，懊惱道：「孟家人催得太急，走的時候忘帶清涼膏了！」只得打開水壺，讓李綺節喝幾口香花熟水。

甘甜清冽的香花熟水下肚，李綺節覺得略微好受了一些，慢慢吐了口氣，捂著胸口道：

「我去外頭吹吹風。」

李乙不放心，讓寶珠跟出去摻著李綺節，免得她不小心跌下船。

才到船尾，寶珠便忍不住打了個哆嗦。

江面上風大，風裡挾裹著一股刺骨的涼意，冷得人手腳直發顫。

李綺節身上裹了兩層厚實的棉綢襖子，都覺寒意入骨，寶珠只穿著青花布比甲和薄襖，更是冷得瑟瑟發抖。

李綺節伸手在寶珠臉上一握，觸手冰涼，連忙道：「妳進去吧，別吹出毛病來。」

寶珠攏著衣襟袖口，說話的聲音都在打顫，「我、我不冷。」

李綺節不由失笑，伸手把寶珠往船艙裡推搡，「妳進去添件衣裳，蕉布皮包袱裡頭有件糙米色的細氈裹衫，是我穿過的。」

寶珠只得進去。

噠噠噠幾聲，是長靴踩在船板上的聲音，孟雲暉從船頭走到船尾，一手提著細布襴衫衣襬，防著被濺起的江水淋濕，一手托著一個小瓷罐，往李綺節跟前一遞，柔聲道：「七娘病得厲害，非要見妳不可，倒是難為妳了。」

李綺節不語，接過圓口小瓷罐，揭開來，撲面便是一股濃烈的刺鼻氣味，熏得她眼鼻發酸，淚水漣漣。

她這副臉頰薄紅，淚眼汪汪的模樣，嬌憨之餘，又有些可憐可愛，讓孟雲暉不由得想起幼時兩人在一處玩鬧的情景。

那時候，她走路還不大穩當，搖搖擺擺，像隻蹣跚學步的水鴨子，緊緊跟在他身後，一口一個「孟哥哥」，聲音像夏日裡遙遠悠長的蟬鳴。

等他終於捨得停下腳步，她就攥著肉嘟嘟的手指頭，仰起小臉蛋，滿含期冀地望著他，「孟哥哥，你帶我去湖邊摘荷花吧！」

孟雲暉當時還小，整天只惦記著四處調皮搗蛋，渾身上下使不完的精力，偏偏就是不耐煩和嬌滴滴、軟糯糯的小娘子們一起玩。

他嫌李綺節累贅，不耐煩搭理她，總是隨便扯個謊敷衍她，然後答應下次一定會帶她去湖邊摘荷花，卻一次都沒有兌現過。

可是，李綺節每次都信了，還拍著小手，笑得眉眼彎彎，「好，我等著孟哥哥。」

直到離開潭州府，孟雲暉都沒能履行自己的承諾。

恍惚記得走的那天是個大晴天，江面上波光粼粼，和風陣陣，因為臨著水，並不覺得燥熱。他頭戴笠帽，竹杖芒鞋，背著簡單的行囊，懷裡揣著母親四處求告借來的幾十個銅板，跟在先生背後，在渡口登上烏篷船。

小船行到荷池附近，他不顧先生責備的目光，伸手摘下一朵含苞待放的淺粉色荷花，想著李家三妹妹肯定會喜歡，可惜他走得匆忙，沒來得及和她說一聲，也不曉得她會不會哭哭啼啼地到處尋他。

他把荷花拋入水中，看花瓣浮浮沉沉，一朵一朵飄散開來，心裡暗暗道：等回來的時候再帶三娘來摘荷花好了，自己是個男子漢大丈夫，一定會說話算話，答應小娘子的事情，絕對不能食言。

匆匆數載過去，眨眼不過幾回春秋。

孟雲暉學有所成，回到瑤江縣城，頭一件事就是向母親五娘子打聽李綺節。

五娘子說三娘出落得越發可人疼，性情也好，然後細細看他一眼，特意加上一句：「三娘也大了，李家大嫂子已在為她預備成親要用的新被子，棉花是他們家大官人親自挑著收的，被面都是用杭州府和應天府那邊的新鮮綢面料子，一匹得幾吊錢呢！花樣呢，也是費鈔請蘇州府的師傅描的，真真闊氣！也難怪，他們家不差這個錢，三娘要嫁的又是楊家少爺，楊家的高大姐愛挑理，三娘的嫁妝要是簡薄了，高大姐八成得甩臉子！」

不論是家大業大的楊家，還是殷實富裕的李家，都不差錢鈔，而他們孟家，一年到頭總是入不敷出，捉襟見肘，好不容易攢下一點錢鈔，全都用在為孟雲暉置辦筆墨文具上了。

孟雲暉身著體面的紵絲衣袍，在武昌府和同窗們吟詩對句、高談闊論的時候，他的弟妹們在家中忍飢挨餓，五六歲就天天下地勞作，一身粗布衣裳縫縫補補，補丁疊了一層又一層的，連一套齊整的衣褲鞋襪都湊不齊。

他們家是地裡刨食的窮苦人，哪裡比得上楊家風光得意，人丁興旺。

孟雲暉把母親的提醒聽在耳朵裡，但並沒往心裡去。楊天保那個人，不過是個唯唯諾諾的假正經罷了，怎麼可能配得上三娘？

不過，姻親已定，父母之命，媒妁之言，天經地義，輪不著他這個外人說三道四。

他沒想過要對楊天保做什麼，可每次看到一本正經的楊天保坐在先生家的書房裡搖頭晃腦背誦文章時，總覺得他的聲音難聽至極，像尖利的瓦礫刮擦在牆上，異常刺耳，非常想把他拖到牆角，按在地上胖揍一頓。

尤其是聽到同窗們私下裡說起楊天保和胭脂街的小黃鸝勾連之事時，他憤慨之餘，心底竟有種難言的竊喜和慶幸。就像初春抽芽的柳樹，一旦冒出一點綠意，很快就綠滿枝頭，那一絲幸災樂禍就像在心底最深處發了芽、生了根，怎麼都抑制不住。

思量過後，他先託人把事情悄悄透露給李乙知道，然後觀察李乙的反應。接著找到了楊家，以關心同窗為藉口，直接把楊天保流連胭脂街的事情捅到高大姐面前。高大姐為人暴躁，最是個不肯忍氣吞聲的主兒。

孟雲暉相信，高大姐不僅不能幫楊天保掩飾流連風月的事兒，說不定還會把事情鬧得沸沸揚揚，難以收場。

果然就像他猜測的那樣，高大姐怒不可遏，帶著十數個家僕，浩浩蕩蕩去胭脂街教訓小黃鸝，而他只需要適時地楊天保面前說幾句似是而非的話，就能刺激這個血氣方剛的少年衝動之下，犯下更大的錯誤。

他以為楊天保激憤之下，會和高大姐當面起爭執，沒想到楊天保沒有那個膽量，在高大姐面前吱都不敢吱一聲，可他到底還是有幾分骨氣，連夜帶著小黃鸝私逃。

孟雲暉的目的算是達成了。

楊家人的種種反應，李家世叔的消極應對，全都在他的意料之中，一切都像他預料好的一樣發展著。

卻沒想到，唯一的變數，竟是李綺節。

孟雲暉記得年幼時未曾踐行的諾言，想彌補當年的三妹妹。

然而，李綺節已經不認得他了。

闊別重逢，她看著他的目光，不再是小時候的信任和依賴，不僅全然陌生，還隱隱帶了幾絲防備，彷彿他只是個尋常的陌生人。

幼時的耳鬢廝磨，言笑晏晏，她盡數忘了個乾乾淨淨。

他從親暱的孟哥哥，成了生疏的「雲暉表哥」。

如果離開的那一天，他信守承諾，帶了三娘去湖邊摘荷花，三娘是不是就不會忘記他這個孟哥哥了？

又或者，她其實並沒有忘，只是因為惱怒他一次次敷衍她，才會故意如此？

孟雲暉眼眸低垂，雙眼專注地盯著水面一圈圈相互追逐的波紋，「這是船家備的舒心膏，清涼散熱，暈船的時候抹一點，聞聞味道，心裡能好受些。」

李綺節道了句謝，拔下掩在髮鬢裡的一根蓮花紋銀質耳挖簪子，挑起綠豆大小的一星藥膏，在指間揉開。

還沒細細嗅聞，忽然聽得「哐噹」一聲，小船忽然一陣晃蕩，打著飄兒向江心滑去。

李綺節正是頭暈目眩的時候，小船猛烈一晃，不禁腳下發軟，一下子沒站穩，直接往深得看不見底的水裡栽去。

手腕忽地一緊，卻是孟雲暉怕她落水，情急之下顧不上避諱，伸手將她攥住了。

好在孟雲暉反應快，李綺節才沒掉下船，她抬眼看向去往瑤江縣的方向，眉頭緊蹙，因為有些暈船的緣故，她此刻正滿心煩躁，脾氣不比尋常溫和。

等看清小船對面是什麼東西在作怪時，李綺節冷笑一聲，幾乎是騰地一下，心裡燃起一團無名火，燒得劈啪作響。

船伕來往渡口幾十年，撐船的手藝爐火純青，大浪天也能來去自如，今天風平浪緩，小船根本不會無故搖晃得這麼厲害。烏篷船之所以會忽然傾斜，是因為迎面駛來一條裝飾華麗的畫舫，不偏不倚的，故意撞在烏篷船上。

對方明顯有意作弄人，看李綺節將將站穩，又故技重施，吩咐船工再度逼近。

小船搖晃得越發劇烈，李綺節四肢痠軟無力，搖搖晃晃間，根本沒法站穩。

孟雲暉看她臉色發白、站立不穩，一咬牙，一手拉著她的右邊手腕，另一隻手隔著厚厚的襖子，挽住她的胳膊。

頃刻間，兩人挨得極近，孟雲暉覺得自己可能也暈船了，因為他的腦子一團漿糊一般，昏昏沉沉，找不到重心。

李綺節不會鳧水，生怕跌進水裡，注意力放在穩住小船上，沒留心到孟雲暉的異樣。

船伕連聲咒罵，小船終於穩當下來。

李綺節察覺到自己和孟雲暉近乎摟抱，連忙抽身後退一步。

孟雲暉讀書應當很刻苦，因為她方才可以感覺到他指節間帶有一層厚厚的繭子，奇怪的是，不止握筆執書的幾根手指，他的手掌關節處也有老繭。

長年練習持弓、拉弦、射箭的人，左手掌關節和右手的食指、中指上才會長滿老繭。

秀才老爺不是應該四體不勤、五穀不分的嗎？

正自疑惑，對面大船上傳出一陣窸窸窣窣的竊笑耳語，繼而響起一聲冷冽的戲謔：「喲，大白天的，孟大才子這是在跟哪家小娘子扁舟相會？摟得可真緊！」

孟雲暉臉上一陣燒熱，不知怎麼竟覺得有些心虛，平時的機靈沉穩不知道跑到哪裡去，幾步擋在李綺節身前，不讓畫舫上的人窺見她的容貌，壓低聲道：「是我的幾個同窗，他們和我鬧著玩兒呢，妳先進船艙去。」

李綺節抬頭望向畫舫，朱漆欄杆，雕花艙壁，船上四面掛了柳綠色銀絲紗，影影綽綽，華麗別致。

紗帳輕揚間，依稀可以看到船尾幾個十七八歲的少年公子，個個頭戴絹布網巾，身著翠藍、嬌綠色大袖春羅直身，體面端莊，好不風流。

眾人簇擁著一個著錦衣華服的少年公子，顯然少年才是那個發號施令的正主。

少年清瘦挺拔，卻生了一張肉嘟嘟的圓臉，無形間添了幾分稚氣，粗看會以為是個憨厚可親的鄰家弟弟，細看之下，才會發現他目光陰冷，一臉凶悍。

李綺節這會兒腦發沉，頭發暈，一肚子火氣，正愁沒處撒，看到滿身煞氣的少年，那就是針尖對麥芒，絲毫不想退讓，當即冷哼一聲，朗聲道：「表哥別瞞我，那幾個人和你有過節吧？堂堂士子學生，飽讀詩書，熟知聖人教誨，理應比別人更懂得禮義廉恥才對。他們倒好，專以取笑別人為樂，連沒上過學堂的稚子小兒都不如，也配得上他們身上那套衣裳？」

大明朝的男人，大概是中國歷史上最明騷的一代漢子。

往往一朝一代，女人們的衣裳、髮型、妝容會隨著潮流而不斷改變，男人們的服飾則基本不會發生太大的變化，無非是衫袍外衣而已。

明朝的男人與眾不同，他們對服飾的嚴格劃分詳細得讓平民百姓無所適從。他們的服飾風格華麗，變化極多，短短十幾年間就可能翻出個新花樣，是歷朝歷代中唯一男子服飾變化能和女人們媲美的。

時下奉行萬般皆下品，唯有讀書高，誰能認得幾個字，旁人都要高看他一眼。雖然縣學的學子們也照常吃喝拉撒，但就是比其他人尊貴些，彷彿只要沾上了讀書二字，說話就像是帶了仙氣。

讀書人自持身分，除了非常注重名聲之外，對穿衣打扮、衣食住行的要求也非常之高，讀書人的衣裳，自然也要和普通老百姓徹底區分開，才能昭顯他們的高人一等。

士子們的穿衣打扮，是有嚴格規定和詳細制度的，只有考功名的士子能穿直裰戴方巾，襴衫是秀才標配，還有關於紗帽、頭巾的種種忌諱，一點都不能馬虎。

當下的讀書人把衣裳看得非常重要，衣裳就是名片，穿什麼衣裳，代表著穿衣人的身分和地位。這和後代穿名牌和穿地攤貨的分別不同。穿名牌的人偶爾心血來潮，也能穿穿地攤貨，穿地攤貨的人攢夠錢了，名牌大衣名牌包包不過是唾手可得。

可是，在古代，一個跑江湖、做生意的市儈商人，如果敢穿一身襴衫出門，絕對會被打得頭破血流。而一個讀書人如果沒有一兩身體面的細布衣裳，穿一身短打衣褲出門，不用別人提醒，他自己便羞得頭頂冒煙了。

李綺節不想和讀書人對罵，讀書人總能從書中的斷篇殘句中找到可以佐證自己觀點的聖人金句，然後引經據典，喋喋不休，她肚子裡的存貨少，罵不過他們。

所以，她專挑讀書人的衣裳說事。

因為她不得不承認士子們的衣裳確實好看，樣式風騷，顏色大膽，花花綠綠纏金繡線，方寸大的地方都滿繡了精緻的紋樣。

可惜穿在了一群狂妄自大的蠢貨身上。

李綺節一字一句，說得鏗鏘響亮，擲地有聲，話音裡滿懷鄙視和厭惡。

畫舫上的士子們見她一個女兒家竟然敢諷刺他們這幫高高在上的讀書人，簡直是是可忍孰不可忍，個個勃然變色，憤憤不平。

幾人走到船頭，張開血盆大口，正想開口譏諷李綺節不守規矩，大白天和孟雲暉拉拉扯扯，忽然聽到一陣啜泣聲。

卻是李綺節說完一通話後，眼圈倏地一紅，捂著臉頰，嚶嚶哭泣：「阿爺，對面那條船上的人欺負孩兒！」

她的聲音裡滿蘊委屈，分明是個年紀還小的女娃娃，哪裡還像剛才那個出言諷刺他們的俐落小娘子？仔細一看，女娃娃確實年紀不大，頭上還梳著小抓髻呢！

士子們驚疑不定，面面相覷：畫舫行到小船附近時，有人看見孟雲暉站在船頭和一個苗條清秀的小娘子講話，態度十分親近，以為對方和孟雲暉關係匪淺，連忙報與和孟雲暉有間隙的金大少爺聽了。

金大少爺一聽，立刻盤算著要給孟雲暉一點厲害瞧瞧。他們也沒真想把孟雲暉怎麼樣，不過打量著李綺節身形高瘦，以為她是個已經及笄的少女，多半臉皮薄，忌諱多，所以故意撞上小船，想害她和孟雲暉一起跌進大江裡，然後他們就能拿這個要脅孟雲暉，讓孟雲暉乖乖向金大少爺服軟。

至於一個及笄的小娘子當眾落水的後果會是什麼，這幫士子們根本沒想過。

李乙在船艙裡聽見李綺節竟然出聲指責一幫讀書人的時候，又氣又怒，氣的是讀書人不安好心，故意撞上他們的小船，想看他們出醜；怒的是李綺節果然年紀越長，脾氣越強，一點分寸禮儀都不顧，貿然和外人爭吵。

長此以往，她遲早會闖下大禍，把頭頂的青天捅出個大窟窿！

可怒氣之下，又隱隱有些快意，他李乙的女兒，頂天立地，在讀書人面前也不會怯場，如果三娘是個男兒身，必定能把那幫讀書人駁斥一通，罵得抬不起頭。

一時之間，擔心憂慮和欣慰驕傲輪番湧上李乙的心頭，其中又夾雜有幾絲沉痛和惋惜，滋味難明。等聽李綺節在外假哭，李乙知道該到自己出面收場了，當下理一理衣襟，掀開藍布簾子，沉聲道：「誰人欺負我兒？」

李乙甫一露面，畫舫上的一眾學子們頓時啞然失聲。

原因無他，只因李乙是已近不惑之年的長者，而且著一身苧麻道袍，氣度不凡，看上去不似那些卑微膽怯的普通老百姓，能夠容他們隨意譏笑取樂。

儒家學者奉行仁、義、禮、智、信，其中禮治的根本基礎是貴賤尊卑、長幼有序，學子們整日之乎者也，自然不敢不敬尊長。

有幾人連忙後退兩步，躲到其他人身後，免得李乙認出他們。

李乙一出聲，李綺節立刻以袖掩面，躲進船艙。她不怕和學子們起爭執，但也明白適可而止的道理，現在不是她強出頭的時候。

寶珠是丫頭，不怕拋頭露面，扒在船舷邊大聲道：「官人，那些人都是縣裡的學生！」

寶珠不懂學生的涵義，以為所有戴頭巾、穿長衫的讀書人都能被稱作學生，其實船上的一眾公子中只有兩三名是貨真價實的縣學學生，其他人還未能考取功名。

李乙冷笑一聲，「不知船上的小相公們師從何人？小老想請諸位的先生評評理。」

自古以來，告狀都是威脅別人的最佳武器。

學生們互望一眼，心中叫苦不迭，不由對撞船的莽撞行為感到追悔莫及。

只是孟雲暉和一個未出閣的小娘子，他們當然不怕，別說是故意撞上小舟，就是公然調戲李綺節，他們也不會怯懦，因為李綺節顧忌自己的名聲，不能把他們怎麼樣。

多了一個長輩，事情就棘手了。

如果他們敢對李乙不敬，萬一李乙不依不饒，把事情告到縣學裡去，雖然不至於讓他們傷筋動骨，但若是被先生知曉，也是一樁頭疼事。

封建時代對女性太過苛刻，礙於禮教，女人們不得不委曲求全，束縛本性，嚴格遵守三從四德，以此在男尊女卑的大前提下保全自己。

小娘子們愛惜名聲，學子們亦然，他們對自己名聲的重視程度，不在小娘子們之下。

名聲這東西，虛無縹緲，想謀得一個好名聲，必須瞻前顧後，兢兢業業。然而，毀掉一個好名聲卻易如反掌，不必費吹灰之力。

頭上一旦被扣上一頂目無尊長的大帽子，想再摘掉，可不是那麼輕鬆的。先生向來注重才學之外的禮儀品德，名聲有汙點的學子，不論才學有多傑出，他老人家都不屑一顧，態度非常冷淡。

學子們不想被先生冷落，更不想在年終考評時被先生列為差等。

有人認出李乙，依稀記得他是縣令老爺家的座上賓，彷彿還是親家，越發悔恨了，「了不得，是李相公，他們家和縣老爺是世交，孟四什麼時候又攀上一門好親了？」

接二連三的人認出李乙，眾人譁然，「要是李相公告到縣老爺跟前，可怎麼收場？」

去年有個童生酒醉誤事，在貨棧裡採買氈襪、皮靴時，順口說了幾句不中聽的話。夥計不服氣，據理力爭，兩廂一言不合，吵嚷起來，當街廝打，被差役拿到縣裡問罪。楊縣令惱怒異常，直接以言語無狀、品行不端為由，剝奪了童生的考試資格，連童生的老師都被叫到縣衙裡挨了一頓罵。

對讀書人來說，剝奪應試資格，不啻晴天霹靂，他們以讀書為生，如果不能考試應舉，怎麼可能出人頭地？

有人嚇得臉色發白，連聲催促船家道：「快划船！快划船！」

船工們見包下整條遊船的金大少爺始終沒發話，期期艾艾答應著，手上卻不敢動作。

眾人恨不得立馬棄舟登岸，紛紛勸面色陰沉的錦衣少年：「賢弟，孟四那廝逃得過初一，逃不過十五，以後有的是出氣的機會，不必急於一時。」

「今日本是為秋遊而來，乘興出發，也該盡興而歸，何必為孟四攪擾咱們的好心情？」

其中一個學子湊到錦衣少年身邊，「賢弟知不知孟四為什麼會突然回瑤江縣？」

錦衣少年陰冷地瞥學子一眼，不耐煩道：「賣什麼關子？有屁快放！」

學子不敢生氣，強笑了一下，「我前幾日聽到一個關於孟四的傳言，如果傳言屬實的話，先生肯定會把他逐出師門，到那時，賢弟再痛打落水狗，那才解氣呢！」

錦衣少年望著對面船上的孟雲暉，隔著起伏搖曳的綠水碧波，挑眉冷笑。

那名學子知道金大少爺這算是默許了，悄悄鬆了口氣，連忙吩咐船工：「傻愣著幹什麼？還不去划船？」

畫舫就像色彩斑斕的大魚，拍起一陣細小的浪花，載著一群心虛的學子，一溜煙飄遠。

孟雲暉看著畫舫遠去，緊皺的眉頭並沒有舒展，仍是一臉心事重重，一邊默默記下船上眾人的名姓，一邊轉身向李乙道：「船上之人是小侄的幾個同窗，性情頑劣，喜歡捉弄人，他們是衝著小侄來的，不想卻連累世叔和表妹受驚……」

李乙擺擺手，「他們那種富家公子向來如此，和你不相干，四郎不必自責。」

趴在船艙裡偷偷觀察外邊情形的李綺節聽到這句話，暗暗翻了個白眼。看李乙滿臉慈愛、兩眼放光的親和模樣，她可以確定，老爹這是看上孟雲暉了。

李綺節所料不錯，李乙確實在暗中觀察孟雲暉的言行舉止。

李大伯和李乙兄弟倆一直有個遺憾，那就是李家這一輩唯一的子嗣李子恆不是個讀書的料，會讀書的李綺節偏偏是個女娃娃。兄弟倆對讀書人頗為嚮往，每回看到親戚家會讀書、懂上進的出息子弟，總會在家唉聲嘆氣，恨不得把別人家的兒郎搶回家裡當兒子。

直到有一天，李乙忽然發現，兒子沒指望，還有女婿啊！

從此李乙的女婿狂熱症越發嚴重，他對楊天保的荒唐風流無限容忍，除了李綺節沒有纏腳、選擇的餘地不多以外，另外一個重要原因，就是楊天保很有可能考中秀才。

數日前，楊家上門退親，可能成為秀才的女婿沒了，李乙在家以淚洗面，獨自悲憤了很多天，等李綺節從周家村返回家中時，卻發現老爹不藥而癒，笑呵呵的，彷彿年輕了幾歲。

不必說，解開李乙心結的人，就是孟雲暉。

失去楊家這門姻親確實可惜，李乙為之鬱結心中，茶飯不思，短短幾日，人都消瘦了許多，而孟雲暉天天在他跟前打轉，賺足了存在感，終於讓李乙靈機一動：孟家四郎小小年紀，已經是秀才老爺啦！

他還沒有婚配！

至於孟家窮困，有什麼要緊？三娘的嫁妝足夠她一輩子吃穿不愁。

李乙越想越覺得孟雲暉是李綺節的良配，看孟雲暉的眼光，就像餓急了的人盯著一塊香噴噴的紅燒肉。

孟雲暉有沒有發現李乙的異樣，李綺節不知道，她只知道自己又要頭疼了：好不容易才擺脫了一個懦弱虛偽的楊天保，拒絕了一個莫名其妙的楊天佑，又來了一個深不可測的孟雲暉，怎麼就不能讓她清靜兩天？

接下來一路平靜，小船到達渡口時，早有孟家人等在岸邊。

來人是孟春芳的弟弟孟雲皓，和孟家一個上了年紀的下僕。

孟雲皓才七八歲，年紀小，脾氣卻不小，沒等李乙和李綺節下船，先對著堂哥孟雲暉發了一頓脾氣。

孟雲暉似乎是習慣了，好聲好氣撫慰孟雲皓幾句，輕輕岔開話道：「李家表妹有些暈船，十二弟先回去，讓嬸娘熬一壺理氣和胃的廣橘熱茶，煎濃些，別擱蜜餞。」

孟雲皓滿不在乎道：「我姊姊還等著見她呢！暈船怕什麼，下了船不就好了？」

下船的李乙聽見孟雲皓說的話，立刻面露不悅之色。

寶珠攙著李綺節下船，憤憤道：「孟家人怎麼這麼不客氣？」

李綺節的臉色也有點不好看，她這會兒還暈乎著呢！

來不及多說什麼，幾人雇了兩輛獨輪手推車，穿過人流熙攘的西大街，回到僻靜幽深的葫蘆巷。

此時的孟娘子兩眼腫得像一雙爛熟的桃子，正捂著心口垂淚，看到李綺節，淚珠更是洶湧澎湃，滾滾而下，一把扣住她的手腕，小腳健步如飛，噔噔蹬幾步爬到二樓，「三娘，妳快去瞧瞧妳孟姊姊……」

李綺節暗暗搖頭，孟春芳是孟娘子的寶貝疙瘩，從前她想和緊鄰的孟春芳說句話，孟娘子的眉頭皺得比瑤江對面的大山還高。一年到頭，孟娘子幾乎像防備登徒子一樣防著她，不許她和孟春芳一起玩笑逗趣。現在卻一口一個「妳孟姊姊」，不知道的，還以為她和孟春芳是一對情真意切的好姊妹呢！

事實上，李綺節和孟春芳並沒有什麼來往，唯一的一次交集，大概就是連夜逃出瑤江縣城的那一晚，她幫了孟春芳一次。自那以後，兩人就沒見過面了。兩家商討親事期間，也只有李乙和李子恆去過鄉下的孟家老宅。

李綺節心裡有些納悶，孟春芳怎麼會突然病重，又為什麼非要見她？

孟春芳的閨房顯然是費了不少錢鈔布置的，家具齊全，擺設精巧，點綴簡雅，南窗下設有黑漆鑲嵌螺鈿的琴桌琴椅。

李綺節只匆匆瞥了一眼，來不及細看，便被孟娘子拎小雞仔似的強行按在架子床邊的一個腰鼓式繡墩上。

孟娘子掀開繡花鳥蟲草的淺色蚊帳，把李綺節往床帳裡一推，焦急道：「七娘，三娘來了，妳快睜眼看看！妳不是從早到晚念叨著要她來見妳嗎？娘把她帶來了！」

說著話，淚珠像落雨似的，嘩啦啦往下淌。

本應該是一副傷感悲戚的場面，李綺節卻在一旁悄悄腹誹：孟家嬸嬸，瞧您說的，我都不好意思了，咱可不是孟姊姊的意中人啊！

待剔花牡丹紋瓷枕上的孟春芳低吟一聲，緩緩睜開眼睛，孟娘子連忙放開李綺節，小心翼翼地將孟春芳扶起來，讓她靠坐在幾個合青團花大軟枕上。

孟春芳朝李綺節笑了笑，寬大的襖衫衣袖底下，露出一截枯瘦的手腕。

李綺節驀地一驚，臉上的玩笑之色立刻褪得乾乾淨淨：孟家人一點都沒有誇張，孟春芳果然是一副病勢沉重的模樣。才不過數日不見，她身上的肉幾乎瘦盡了，臉色暗沉，目光渾濁，甚至隱隱露出幾分謝世的光景。

原本是一朵鮮妍嬌嫩的三月春花，轉眼枯萎敗落，彷彿隨時會跌落枝頭，落成春泥。

孟春芳強打起精神，扯起乾裂的嘴角，朝李綺節笑了笑，兩眼直直看向孟娘子，顫聲道：「娘，您、您先出去……」

憔悴不堪，氣若游絲，讓房裡的人不由跟著提心吊膽，生怕她隨時會一口氣提不上來，徹底頹敗下去。

孟娘子雙手揪著一只湖色綢手絹，揉來揉去，把上好的料子揉成皺巴巴的一團，猶豫了片刻，哽咽道：「好，娘出去，妳們姊妹倆自自在在地說會兒話。」

她回過身，看向李綺節，目光中隱含乞求。

李綺節不動聲色地點點頭，孟娘子面露感激之色，躡手躡腳走出閨房，關上房門。

牆角的爐子上有個陶銚子，水燒開了，水花上下翻騰，發出歡快的咕嘟咕嘟聲響。

李綺節起身走到小爐子前，在銚子手柄上覆一張帕子，從案桌上一套藍地白花蓮瓣細瓷杯子裡挑出一個乾淨的，將開水倒入杯中，沏了杯滾茶，「孟姊姊怎麼病了？」

孟春芳眼眸低垂，沉默不語，神情裡現出幾絲掙扎和猶豫。

李綺節沒有追問，慢悠悠地燙洗細瓷茶杯，打開一個小掐絲茶葉罐子，用小匙子挑出一撮茶葉沫，撒在杯底，罩上細篩，重新沏茶。

病中不宜喝濃茶，這杯茶是李綺節為自己篩的。茶葉薄短平闊，屬於雨前茶。雨前茶不及明前茶色翠香幽、鮮嫩香醇，但非常耐泡，而且價格相對低廉一些，是瑤江縣富裕人家常備的一種茶葉。

等茶水溫度適宜，李綺節坐在架子床前，一小口一小口品著鮮濃微苦的茶水，彷彿杏花微雨時節，閒坐在自家南窗前的羅漢床上，品茶賞花，悠然自得。

孟春芳默默看著李綺節在她的閨房裡來回走動，有些疑惑不解，等到李綺節慢條斯理飲完一杯茶，她忽然展眉微笑，雖然笑得有氣無力，但神采卻比剛才精神了許多，「三娘，妳該猜出來了，我的病，大夫是醫不好的。」

李綺節放下細瓷茶杯，盯著孟春芳蒼白的臉頰，「孟姊姊得的……是心病。」

孟春芳輕輕撇過臉，面向裡，幽幽地道：「我的心事，就是對著我娘也說不出口，可我曉得，我能和三娘妳講，也只有妳，不會笑話我……」

孟娘子嫌棄李綺節沒有纏足，性子又古怪，一直不允許孟春芳和李綺節一塊兒玩耍。孟春芳每回嘴上答應得好好的，私底下卻總忍不住去注意隔壁李家三妹妹的一舉一動。

多少個晴朗夏日，熾熱的陽光透過窗戶紙，一點一點篩進房間裡，午後的時光就像斜斜灑在地面的斑影，幽靜綿長。孟春芳坐在窗前的陰影中，低頭繡花，繡線在指間繞來繞去，眼神卻一直圍著隔壁的李宅晃悠。

她躲在格子窗裡，看李家三妹妹在院子裡拍皮球、踢毽子。多年前，李家三妹妹拒絕纏腳，讓縣裡的閨秀們側目。她大概也知道自己的與眾不同，到了外面總是沉靜少言，乖巧貞順，儘量不引起別人的注意，引得不少太太夫人們嘆息不已：好好一個小娘子，偏偏讓她父親給耽誤了！這要是纏了腳，誰家不爭著搶著去提親？

縣裡的閨秀們私底下都說，李家三娘自慚形愧，怕別人笑話她，才會故意裝乖賣巧。只有孟春芳曉得，李家三妹妹根本不在意縣裡的流言，私底下的她，快活自在，比她們這些大門不出，二門不邁的小娘子們過得舒心多了。

她去鄉里的學堂念書，學聖人道理，她能讀書寫字，會打算盤、記帳目，知道怎麼看天象，明白為什麼春夏秋冬四季輪換，東南西北風從何而來，記得歷朝歷代的變遷更替，懂得許許多多縣裡的小娘子們不曾聽說的東西。

孟春芳曾不止一次看到李家三妹妹在樹下抄寫帳目，清算錢款，李家的下人在一旁殷勤服侍，儼然把她視作正兒八經的當家人。

縣裡的閨秀們顧忌著名聲，很少和李家三妹妹往來，三妹妹根本不在乎。她很少呼朋引伴，一個人也能自得其樂，玩得熱火朝天。有時候李家大郎使壞心眼，趁她踢毽子時，故意把毽子扔到桂花樹上去，她也不生氣，自顧自搬來一張方凳，踩在凳子上，挽起袖子，自己去搆高處的枝枒，找到毽子，俐俐落落往地下一蹦，繼續玩她的。

有時候，她會頭包布巾、穿上罩衣，和丫頭一起打掃屋子、整理宅院。她常常和丫頭、僕役們說說笑笑、關係親密，但等到她站在院子當中指揮僕從時，李家的下人個個都乖巧恭順，一點都不敢輕慢她。

李家伯伯從外面回來，她會笑嘻嘻迎上去，端茶倒水，問東問西，父女倆有說有笑。每一次都會讓孟春芳心生羨慕：孟舉人不苟言笑，從不會和她閒話家常，偶爾主動找她說話，不過是教導她要本分規矩，不能丟了孟家人的臉面。父女不像父女，更像是嚴師和學生。

孟春芳總是在想，如果李家三妹妹是自己的親妹妹就好了，那她就可以和三妹妹一塊兒說笑玩耍，形影不離，白天一張桌子吃飯，夜裡一張床上睏覺，兩人可以躲在被子裡，說上一夜的悄悄話。

她會把三妹妹當成眼珠子一樣疼愛，每天看她歡笑，自己就像是喝了一大盅蜜水兒，心裡甜絲絲的。

可如果李家三妹妹真的是自己的妹妹，母親怎麼可能容忍她不纏小腳？堅信女子無才便是德的父親，又怎麼可能鬆口讓她去鄉里的學堂念書？

她只會和自己一樣，在日復一日的幽居中漸漸磨平稜角，從一個鮮活灑脫的三妹妹，變成一個畏手畏腳的李三娘。

從此規規矩矩，本本分分，言行舉止，一顰一笑，都像是用最精細的尺子一寸一寸丈量出來的，絲毫不錯。

每次想到這裡，就像兜頭一盆雪水淋下來，頃刻間，便把孟春芳的滿腔希冀凍成一叢叢鋒利的冰淩，刺得她鮮血淋漓。

她羨慕李綺節的一切，但心裡也明白，李綺節的自由並不是白來的。

不是縣裡的閨秀們容不下李綺節，而是她主動捨棄了融入的機會。

她把自己置於一個不容於世的位置，才能自自在在、隨心所欲，才能笑看他人的指指點點，始終傲然屹立，不為所動。

想成為和李綺節一樣的人，就必須放棄許多東西，有捨才有得。

代價實在太大了，孟春芳付不起。

索性老天待她不算太差，她不敢做的，李家三妹妹能夠做到，她不敢想的，李家三妹妹也做到了。雖然實現心中所願的人不是她自己，但能看到一個活得像夏日繁花一樣蓊鬱燦爛的李家三妹妹，讓她知道天下之大，不是所有小娘子都像自己一樣懦弱，總有小娘子敢於活出自我，就足夠了。

所以，孟春芳對李綺節有一種說不清道不明的信任，她篤定李綺節不會出賣自己。

望著孟春芳滿溢著希望和信賴的雙瞳，李綺節有些受寵若驚，她不明白孟春芳對自己的信任到底從何而來，莫非是因為選秀太監進城那晚，自己美人救美了？

她掩下心頭疑惑，輕輕點了點頭，柔聲道：「孟姊姊寬心，有什麼話，妳照實說便是，我不會對外人說的。」

李綺節說完，心裡卻暗暗道：孟姊姊都病入膏肓了，先聽聽她的心病到底是什麼，至於能不能對外人說，還得看孟姊姊的心病到底是什麼。如果是必須和孟娘子他們商量的大事，她可不會乖乖遵守諾言，反正孟娘子也不算是外人嘛！

孟春芳徐徐舒了口氣，「大郎他……在不在縣裡？」

李綺節悚然一驚，愣了片刻，才愣愣道：「大哥？大哥他去武昌府了。」

孟春芳別開頭，貝齒在青白的雙唇上咬出淡淡的痕跡，「我有一樣東西在大郎那裡。」

閨房裡還殘留著一股幽淡的茶香，一滴青綠茶水從細瓷杯沿緩緩滑落，在杯壁上流下一道淺色印跡。李綺節望著陶銚子裡冒著細小水泡的茶湯，久久無言。

她原以為，大哥李子恆之所以突然向孟家求親，是因為那日在船上對孟春芳一見鍾情。少年兒郎，乍一下怦然心動，就像盛夏的暴雨，突如其來，勢不可擋，前一刻還是晴空萬里，驕陽似火，眨眼間便是黑雲滾滾，滂沱大雨。所以，他才會火急火燎，一刻都不想耽擱，恨不得立馬抱得美人歸。

直到此刻，李綺節才知道，原來李子恆的喜歡並不是一時的心血來潮，也不是傻乎乎的剃頭擔子一頭熱，而是和孟春芳郎有情，妾有意。正因為他明白孟春芳也對他抱有同樣的心思，才會急著向孟家提出求娶孟春芳的請求。

李綺節不敢相信，像孟春芳這樣端莊貞靜，渾身上下挑不出一絲錯兒的完美淑女，竟然會冒著身敗名裂的風險，和李子恆有了私情。

而大哥李子恆，向來憨直，從來瞞不住什麼祕密，竟能把這件事瞞得密不透風，從頭到尾，她都沒看出一點異樣。

李綺節掩下心中的詫異，打破沉靜：「孟姊姊是因為大哥病的？」

看到李綺節臉上並無鄙夷之色，孟春芳悄悄鬆口氣，點了點頭，又搖了搖頭。她多日未曾進食，渾身虛弱無力，單單一個搖頭的動作，就費了不少氣力，挨在枕上微微低喘。

李綺節的心一沉，仍然試著道：「如果我知道大哥和孟姊姊彼此同心，一定不會乾看著大哥忙活。孟姊姊如果是為了孟家拒親的事病的，大可不必。雖然孟叔叔不大看得起我們家的門第，但皇天不負有心人，只要讓孟叔叔和孟嬸嬸看到我們家的誠意，孟姊姊和大哥還是能夠得償所願的。」

孟春芳抬起眼簾，瞥了李綺節一眼，抿著唇，沒說話。

李綺節幽幽地嘆口氣，「我明白了，孟姊姊的心病，確實是因為我大哥而起，但是卻和孟家拒親無關。」

她停頓片刻，直視著孟春芳秀麗明淨的雙眼，「孟姊姊後悔了。」

因為後悔，才會鬱積心中，悶悶不舒，飲食不進。後悔之後，就是恐懼和後怕，孟春芳擔心李子恆會把兩人之間的私情公之於眾，那她的名聲便算是徹底完了。她太過害怕，又不敢把心事說給孟娘子他們聽，整日整夜憂鬱驚恐，以致於一病不起，藥石罔效。

簡單地說，孟春芳的病，純粹是她自己嚇自己，活生生嚇出來的。

李綺節沒有嘲笑孟春芳，因為她明白，恐懼真的能嚇死人。

據說嘉靖帝被殿中宮女刺殺時曾一度彌留，險些喪命。太醫們為了救醒他，搜腸刮肚，急中生智，想出一道妙方，終於救醒嘉靖帝。嘉靖帝大難不死，逃得生天，自然要論功行賞，然而為他診治的太醫卻無福享受嘉靖帝的賞賜，因為他當晚就死在宮中——被嚇死的。

嘉靖帝性命垂危，太醫們若是不能救活嘉靖帝，也會腦袋搬家。太醫在為嘉靖帝診治時，始終提心吊膽，驚嚇了一整夜，雖然他最後成功醫治好嘉靖帝，可驚懼已經徹底傷了他的肺腑，無藥可救。他能救回嘉靖帝，卻救不了自己。

大大咧咧如李綺節，也明白謹言慎行的重要性，何況孟春芳這樣的古代閨秀？

她一時衝動，向李子恆暗示了情意，之後便一直積鬱心中，無法抒懷。

如果不找李綺節傾訴緣由，她可能會把自己活活熬死。

陸之章

九郎討好使巧計

孟春芳就像一隻敏感怯弱的小獸，每天在父母圈定的範圍裡不停打轉，盼著能看一看外邊的世界。有一天，她終於鼓起勇氣，顫巍巍伸出一隻腳丫子，在圈外留下了一個淺淺的印跡，然後不等孟娘子等人發現，又趕緊縮回腳。

不必孟舉人和孟娘子責怪懲罰孟春芳，衝破束縛的壓力已經把她擊垮了，從此她將心有餘悸，再不敢踏出圈子一步。

李綺節嘆口氣，輕聲道：「孟姊姊放心，你們之間的事，我大哥沒對任何人提起過，連阿爺和我也被他瞞得死死的。」

孟春芳神色微動，蒼白的臉頰上浮起清淺的笑容，「我曉得，大郎他……是個好人。」

偏偏這個好人，入不了她父親的眼。

李綺節握住孟春芳擱在綢面被子上的雙手，觸手冰涼，「孟姊姊，我可以替妳把那件要緊的東西取回來，可我還是要再問孟姊姊一句，妳真的下定決心了嗎？」

信物取回來，就代表不止孟舉人，連孟春芳自己，也要放棄李子恆。

孟春芳垂下眼眸，久久無言，片刻後，下巴輕輕一點。

李綺節長嘆一口氣，「我明白了。」

雖然對孟春芳的選擇感到有些失望，但她能夠體會孟春芳現在的心境。

強者打破舊有規則，創立新規則；聰明人適應規則，利用規則；而芸芸眾生，只能被迫服從規則。又有一等人，想打破規則而不得，又不願受規則所束縛，選擇游離於規則之外。

李綺節自己屬於游離在規則之外的人，因為她沒有打破時代規則的勇氣和能力，而又不甘心受規則驅使，是以，只能選擇獨善其身。

孟春芳想縮回圈子，依舊做她的幽靜淑女，她的最終選擇是繼續聽從於規則。

誰都不能說服誰，誰也不必看不起誰，不過是各自取捨罷了。

訴說完心事，得到李綺節的允諾，孟春芳的臉色好看了些。

不多時，始終放心不下的孟娘子在外邊敲門，「七娘，該喝藥了。」

李綺節替孟春芳答應了一句，問清信物是一個繡蝴蝶蘭草的茄子形荷包後，這才起身為孟娘子開門。

孟娘子看到孟春芳容色依然憔悴，但說話間帶了幾絲笑影，顯見著是心病已去，頓時喜笑顏開，念佛不已：「阿彌陀佛，我兒可算是想通了！」

說著話，目光偷偷在李綺節身上溜了一圈，除了感激之外，還有些畏縮和心虛。

李綺節眉頭輕輕一蹙，孟娘子得意於自己的舉人娘子身分，自覺高人一等，在她面前，向來驕矜自負，怎麼忽然態度大變，像欠她一筆鉅款似的？

她暫且不動聲色，朝孟春芳笑了笑，輕斂衣裙，獨自下樓。

孟雲暉和孟十二都在堂屋等候。

孟舉人不在家，出門訪友去了。據說孟舉人的友人住在瑤江縣城外，來往不便，出入須得頗費一番周折。原本只是一場普通的文會，孟舉人不必親自去的，但他認為君子一諾，重於千金，明明知道孟春芳奄奄一息，還是丟下妻兒愛女，出門赴約。

孟娘子一心撲在孟春芳身上，無心料理其他事務，孟雲皓年紀太小，一團孩子氣，不能理事，家裡的僕人更不中用，現今孟家的迎來送往、為孟春芳延醫用藥等諸多雜務，都是孟雲暉在幫著打理。

孟雲暉讓一個梳辮子的小丫頭給李綺節篩茶吃，朝她作揖，「勞動表妹了。」

小丫頭忙著給孟十二剝花生，沒敢挪步。

孟十二目帶挑釁，斜睨孟雲暉一眼，嘴裡叼著去了紅衣的花生，含糊道：「茶罐在灶房的臺磯子上，四哥自己去篩茶吧，順便幫我也篩一杯，要滾熱的，記得擱一勺枇杷絲。」

孟雲暉臉色一沉，藏在襴衫衣袖中的雙拳捏得格格作響，總是帶著一抹溫潤笑意的雙眼裡有寒光閃過。

李綺節朝寶珠投去一個疑問的眼神，寶珠滿臉無辜，搖了搖頭。

李綺揚眉笑了笑。算了，管他孟家堂兄弟話裡的機鋒是什麼，反正和她不相干，遂笑道：「表哥不必客氣，我先回家去，就不吃茶了，等夜裡再來瞧瞧孟姊姊。」

孟雲暉沒說話，沉默著把李綺節和寶珠送到隔壁李家門口。

主僕兩個剛一進門，寶珠立即脆生生地道：「孟十二哪裡是把孟秀才當哥哥，分明是拿他當僕人看！」

李綺節連忙去捂寶珠的嘴巴，然而門外的孟雲暉似乎還是聽到了寶珠的話，腳步聲頓了片刻，才漸漸遠去。

寶珠縮頭縮腦，心虛道：「我是為五娘子生氣……孟四少爺可是秀才老爺，咱們家官人稀罕他都來不及呢，孟十二怎麼能那麼對他？」

李綺節一邊往裡走，一邊道：「家家有本難念的經。以孟四哥的才學，孟十二以後肯定會後悔今天這麼對他。」

原以為孟雲暉年紀輕輕便能順利考取秀才，就連縣太爺都高看他一眼，孟家人肯定會把他當成寶貝疙瘩一樣，舉全族之力培養他科舉入仕，沒想到孟十二竟然能夠當面支使年長的孟雲暉去幹下人的活計。

看屋裡幾個孟家僕人神色如常，一點都不驚訝，可以想見，孟十二肯定不是頭一回當面給孟雲暉難堪。

想來是因為五娘子常常到孟家打秋風，每次來葫蘆巷她都會做小伏低，刻意討好奉承孟娘子。孟十二在一旁見多了，覺得五娘子家是個靠自己家過活的窮親戚，自然看不起五娘子，連帶著也看不上孟雲暉。

而孟雲暉呢？縱然有一身讀書人的傲骨，不願低聲下氣，但一來功名和見識都比不上族叔孟舉人，以後還有很多需要倚仗孟舉人的地方；二來家境窮困，長年靠親戚們接濟過活，確實欠下不少恩情，在孟家人面前先就矮了一頭，所以只能聽任孟十二欺壓譏諷。

寶珠為孟雲暉惋惜，「咱們家要是有個秀才少爺，大官人他們肯定得歡喜瘋了！」

李綺節想起李乙看孟雲暉的眼神，心裡冷哼一聲，暗暗地道：可不是，阿爺恨不得把孟雲暉搶回李家供起來呢！

被李綺節腹誹的李乙正坐在院子當中的一張雕花圈椅上，支使夥計們打掃房屋。屋子雖有門房時時看顧整理，但數日不曾住人，灰塵都積了厚厚一層，得趕在天黑前打理乾淨。

看到李綺節進門，李乙問道：「孟家七娘可好些了？」

李綺節徑直走到灶房裡，給自己倒了杯滾白水，噓幾口氣吹涼，一氣飲盡，隔著敞開的門窗道：「阿爺不必掛心，孟姊姊沒有大礙，過幾日應該就能痊癒。」

李乙放下心來，點點頭，繼續盯著夥計們忙活。

寶珠跟進灶房，在襖子外面加了一件灰布罩衣，挽起髮辮，扣上包頭的布扣子，抄起火鉗，撥了撥爐子裡燒得劈啪作響的炭火，「咱們家夜裡吃藕湯，我看廚屋西角還掛著半枝鮮藕，能炒一大碗，三娘要吃粉的，還是脆的？」

灶臺上的沙銚子嗚嗚嗚噴著細小的氣流，裡面燉了一大鍋藕湯，是他們剛回葫蘆巷時門房熬上的。沙銚子是用了多年的舊物，黑漆漆的，外面是一層層堆疊的積年油汙，油星順著看不見的縫隙往外流，被火氣一烤，燒得滋滋作響。

沙銚子受熱均勻，帶有天然的孔縫，熬湯的時候，肥膩的油花會慢慢滲出銚子，熬好的湯汁濃釅鮮甜，一點都不膩。沙銚子外面越髒，說明用的時日長久，熬出的藕湯越醇厚。

李綺節挽起衣袖，小心翼翼掀開蓋子，輕輕嗅了一口，濃烈的骨香和藕香撲面而來，舟車勞頓的疲憊頓時一掃而空，暈船的眩暈感也去了一大半，「別炒了，留著做藕夾吃。」

寶珠答應一聲，拿起木升子，舀了大半升米，預備炊米造飯。

李綺節提著裙角，緩步上樓，走到李子恆的房間前。

李子恆大大咧咧，房間從來不上鎖，她輕輕推開房門，躡手躡腳走到架子床邊，隨手在枕頭底下一摸，果然找到一個包在帕子裡的小荷包。

李綺節：……

定情信物隨便放，大哥也太不講究了，難怪孟春芳會疑神疑鬼，擔心兩人的私情暴露。

李綺節哭笑不得，把荷包塞進袖子裡的暗兜裡，暗嘆一聲：李子恆和孟春芳，一個年輕衝動，一個瞻前顧後。前者被孟舉人羞辱了一頓，就不願再到孟家受氣。後者只是送了個荷包，險些把自己活活嚇死。

真不知他們倆當初是怎麼看對眼的。

說不定就像戲文上演過的，兩人可能根本沒有說過話，只一個眼神，一個荷包，就認定對方和自己心意相通，然後各自攛掇著長輩許下親事。

一受挫後，又立馬偃旗息鼓。簡直和扮家家酒一樣，算得上哪門子的有私情啊？

當晚，李綺節再次登門孟家，當著孟春芳的面，把茄子形的荷包扔在火盆裡，一把火燒得乾乾淨淨。至於大哥李子恆回來後會不會生氣，暫時不在李綺節的考慮之內。

孟春芳只是個懵裡懵懂的小姑娘，和一發脾氣就跑得無影無蹤的李子恆相比，她理應擁有優先處置荷包的權利和自由。

親眼看著曾讓自己夜夜夢魘的荷包化為灰燼，孟春芳輕輕吁了口氣。

李綺節把火盆移到牆角的面盆架子底下，拍拍手，重新坐到架子床邊，「好了，荷包已經燒了。我們李家手裡沒有能夠威脅到孟姊姊的東西，孟姊姊現在可以對我說實話了吧？」

孟春芳像忽然被閃電擊中似的，渾身一顫，笑容凝結在眼角眉梢，眼底浮起一絲驚惶和難堪，「三娘……是我對不住妳。」

李綺節連連擺手，「孟姊姊很不必如此，婚姻嫁娶之事，各隨其意，楊家和孟家議親，礙不著我什麼。」

她早該猜到了，楊天保的母親高大姐一直非常喜歡孟春芳，曾多次拿孟春芳和她比較，嫌她不如孟春芳貞順穩重。出了小黃鸝的事，高大姐急著給楊天保再訂下一門親事，及早成家，好讓他收一收心。看遍整座瑤江縣城，孟春芳無疑是高大姐最滿意的兒媳婦人選。

說不定此刻高大姐正在家中沾沾自喜，覺得自家完全是因禍得福，雖然小黃鸝那個小妖精不好打發，可卻藉機把面上和氣乖巧，內裡則剛強、不服管束的李三娘換成了言行舉止處處招人疼的孟春芳，她夜裡做夢都能笑醒好幾次。

楊家和孟家在商談親事，所以孟娘子會在李綺節面前心虛。

而孟十二有底氣對孟雲暉頤指氣使，多半是因為他自覺家裡攀上了一門好親，有個當官的親戚，自然就不把窮秀才孟雲暉放在眼裡。

至於孟春芳，她急著銷毀送給李子恆的荷包，一來是後悔當時太過衝動，壞了規矩。二來，是怕楊孟兩家聯姻的消息傳出去，李子恆惱怒之下會報復她。

孟春芳手指揉搓著綢面上淡紫色的海棠花，神色黯然：「三娘，妳真的不怪我？」

李綺節淡然一笑，「親事是孟嬸嬸他們答應的，父母之命，媒妁之言，和姊姊不相干。就算是姊姊自己點的頭，那也無妨。我和五表哥的婚事已經作廢，他願意娶誰是他的事。同樣的，孟姊姊願意嫁給誰，是孟姊姊的自由。」

孟春芳眼裡沁出了星星點點的淚光，苦笑道：「三娘，我和妳說句心裡話，我不怕大郎生氣，我、我只怕妳瞧不起我……」

李綺節一口打斷孟春芳：「孟姊姊，妳曉得我家和楊家為什麼會退親嗎？」

孟春芳滿腔的愧疚還沒來得及說出口，便被李綺節的話全部堵了回去，愣了半晌，心裡一時滋味難明。

從父親和母親前幾日和她說已經應下楊家的求親開始，她茶飯不思，輾轉反側，不知道該拿什麼面目去面對曾對自己有恩的李綺節，然而李綺節根本不想聽她的解釋，不是因為惱恨，而是她真的一丁點都不在意。

孟春芳望著神色坦然、落落大方的李綺節，柳葉眉漸漸舒展開來，把在腦海裡顛來倒去默念了一遍又一遍的歉意嚥進肚子裡，悵然一笑：是她著相了，三娘這樣的人品風格，楊天保既然是她主動放棄的，她自然不會因為楊家選擇孟家而對自己懷恨於心。

她並不隱瞞，如實道：「我曉得，我爹娘也知道。」

她娘是怎麼說的？少年公子都愛風流，在外拈花惹草是常事，等成親之後就好了。一個出身低賤的花娘，能大得過明媒正娶的正室夫人？

李綺節眉頭緊蹙，「孟姊姊既然知道，還願意嫁給楊天保？我哥哥腦子笨，性子直，這輩子確實不能讓姊姊戴上貴夫人的珠冠，但他知道踏踏實實過日子，我們家人口也簡單，姊姊進了我家門，就能自己當家過日子，最重要的是，姊姊和哥哥彼此又投契。」

孟春芳眼神一黯，「三娘知道我爹是怎麼斥責大郎的嗎？」

李綺節當然知道。

孟舉人是讀書人，罵人也是文雅的罵法，他罵李子恆的話並不算很難聽，說來說去，大概的意思不過「愚昧無知，難成大器」八個字。

用字都不算惡毒，比起「癩蛤蟆想吃天鵝肉」來說已經柔和多了，但對一個興沖沖上門求親的半大少年來說，孟舉人的八個字，無異於把他踩在腳底下肆意辱罵。

孟春芳嗚咽一聲，眼淚簌簌而下，「不是我看不起大郎，我爹絕不會讓我嫁給他的！」她還有一句話沒有說出口，李子恆被父親當眾斥責了一頓，半大少年，最為敏感要強，心裡只怕已經存了疙瘩，他負氣離去，連句口信都不曾留下，是不是放棄了求親的打算？

李綺節從袖子中翻出一條乾淨的綢手絹，替孟春芳拭淚，心裡明白，李子恆和孟春芳註定不可能在一起了。

這是個「萬般皆下品，唯有讀書高」的時代，孟舉人自己又是讀書人，自然越發推崇有功名的士子。

如果孟家只是愛錢，李綺節可以幫助李子恆掙他個十萬八千的銅鈔，再來向孟家求親。然而讀書一事，錢是買不來的。讀書講求天分和氣運，多少人從垂髫稚齡，讀到白髮蒼蒼，依然只是個童生。三年一次鄉試，舉人大約不過千，三年一次會試，考中者只有兩三百。瑤江縣城從南到北，三十年來，攏共也只有一個孟舉人，一個楊舉人。

李子恆不是讀書的材料，他自己也厭惡讀書。就算他願意為孟春芳寒窗苦讀，沒有個七八年的功夫，估計讀不出什麼正經名堂，而那時孟春芳多半早被父母逼著披上蓋頭嫁人了。

孟春芳漸漸止住淚水，沉聲道：「三娘，我爹和我娘辛辛苦苦把我撫養長大，我沒有什麼能報答他們的。」

她蒼白的臉頰上綻放出一種堅定的神采，「為了我爹和我娘，我願意嫁給楊天保。」

李綺節幽幽地嘆口氣，沒有說什麼。

一番長談，加上哭了一場，孟春芳的精神有些支持不住。

李綺節看她神色疲累，怕她太過勞神，又添病症，勸她早些歇息，走到方桌前，吹滅燈燭，告辭出來。

寶珠等在樓下，看她臉色不大好看，小聲道：「孟小姐看著不大好？」

李綺節笑了笑，搖搖頭。

說開了所有的事，孟春芳的病，該不藥而癒了。

孟娘子讓丫頭送李綺節和寶珠出門。

孟雲暉仍然住在孟家，因為是夜裡，他沒出來送李綺節。

李綺節經過院子時，依稀看到東邊窗前映下一道身影，顯然孟雲暉還在燈下用功苦讀。

孟娘子躡手躡腳，走到院牆底下，聽到李家的院門打開又關上的聲音，立刻端著油燈，爬上二樓，推開孟春芳的房間，「七娘，隔壁三娘和妳說什麼了？」

孟春芳躺在枕上，面向裡，沒有吭聲。

孟娘子輕撫著孟春芳露在被子外面的一縷長髮，語重心長道：「我兒千萬不能把楊家向咱們家求親的事說出去，讓那李三娘聽見風聲，還不知道會鬧出什麼么蛾子。她性子烈，不像妳，知道輕重規矩。七娘，聽見沒有？」

孟春芳仍然朝著床欄而睡，一動未動。

孟娘子只當孟春芳是羞怯，絮絮叨叨道：「等妳把病養好了，娘帶妳去木李庵求個好籤。那庵裡師傅的鞋底紮得好，娘替妳討幾雙，妳照著樣子做幾雙鞋，留著給楊家回禮……」

楊李兩家退親的事只有幾戶親近人家知道，據高大姐說，因為他們家要顧及李綺節的名聲，所以暫時不會把事情傳揚出去，和孟家的訂親事宜會辦得低調些，免得縣裡人議論。

女兒攀上了做官人家，卻不能說出去風光風光，孟娘子很有些不高興，但想著畢竟是鄰里街坊，隔壁的李三娘被退親，自家撿了個大便宜，確實是要小心一點，免得李家人惱羞成怒，暗地裡使壞。

渾身的得意無處炫耀，孟娘子只能把全部注意力投諸到操辦回禮、嫁妝這些瑣碎事上。她現在已經攢足了勁兒，只盼著下定的那一天，讓縣裡人好好瞧瞧，他們家的寶貝閨女結了一門好親。

孟春芳的病大半是心病，焚毀了荷包，又知道李綺節不會怪罪她和楊天保訂親之後，她的病很快一日好過一日，不出五天，就能下地走動。再兩天，孟娘子帶著她去了一趟木李庵，到晚上才回縣裡。

這天，寶珠在灶房裡忙活，蒸籠裡的重陽糕已經半熟，她掀開蓋子，吹去蒸汽，在薄片狀的糕面上撒一層紅、綠果脯細絲，復又蓋上蓋子，氣鼓鼓地道：「孟七娘的病一好，孟娘子就翻臉不認人。」

李綺節頭挽雙螺髻，穿一件丁香色罩衣，坐在門檻邊剝栗子，聞言微微一笑。寶珠說的不錯，孟春芳的病才好，孟娘子就不樂意讓她上門，而且因為心虛，比以前更防備她。

孟春芳自病癒後，時不時讓丫頭給她送吃的玩的，有時候是一盒滴酥鮑螺，有時候是一副九連環，有時候只是一枝含苞待放的芙蓉花。

李綺節只要收了孟春芳的禮物，就會備一份回禮。一來一往的，關係比以前密切。孟娘子氣得臉色鐵青，每次都一眼不錯地盯著丫頭拆開李家送過去的回禮，親自仔仔細細檢查一遍，生怕裡頭暗藏古怪。

寶珠去孟家送回禮時，在孟家受了幾回氣。

李綺節便乾脆不回禮了，她是禮尚往來，又不是送上門給孟娘子消遣。下次孟春芳的丫頭再送禮物到李家，她再三婉言謝絕。幾次過後，孟春芳那邊便沒再堅持給她送禮物，孟娘子也終於消停了。

李綺節用一把小銀剪子剝栗子，動作很利索，很快攢了一大碗新鮮栗子，端到灶臺前。寶珠接過瓷碗，把栗子倒進小石臼裡，用鐵杵搗成粉粒，預備待會兒蒸桂花糖新栗粉糕。

李綺節幹不來細緻活兒，粗活兒又輪不著她做，百無聊賴之下，在灶房裡轉來轉去，只等重陽糕出鍋，好嘗第一口。

忽然聽得砰砰聲，有人在外邊拍門，門房在院子裡應答，聽聲音，敲門的像是少年人。

李綺節走到門口，探頭探腦，往外張望：莫非是李子恆回來了？

門房卸下門栓，把黑油木門打開半扇，院外果真是一個身形消瘦的半大少年，頭上戴一頂白孝帽，穿一身粗麻布大領孝衣，腳下一雙白鞋，手裡提著一個麻布口袋。

旁邊有個十五六歲梳辮子的大丫頭，也是一身麻衣，頭戴孝布擰成的麻花包頭。

大丫頭看到門房開門，連忙推一推少年。

少年眼眸低垂，朝門房鞠了一躬。

這是家裡有老人去世，孝子或是孝孫出來討百家米的。

門房不敢怠慢，連忙回頭找李綺節討主意：「小姐，這是咱們這邊的規矩，討百家米的來敲門，主人家得親自給人家舀一升米，不然就是不敬那地底下的人。」

李綺節答應一聲，親自找出木升子，從木桶裡舀了滿滿一升米。

寶珠在一旁揉麵，提醒道：「三娘，別裝滿，要是家家都給滿滿一升米，孝子提不動的，他們得走一整天呢！」

李綺節手一抖，倒出一小半米，端著木升子出門。

孝子穿著一身孝服，不能進別人家門，少年和大丫頭都規規矩矩站在李家屋簷底下，一步也不多走。

李綺節端著沉甸甸的半升米走到大門口，看清少年的相貌，腳步一頓，一陣愕然。

少年姿貌端華，眉目如畫，赫然正是月前曾讓李綺節驚鴻一瞥的小沙彌。

數日不見，他形容消瘦了許多，看去越顯風骨凜然。

李綺節下意識地低頭看一眼身上的衣裳，幾步跑回房，脫下為遮擋灰塵汙跡才穿上的罩衣，露出裡頭一件天縹色刺繡卷荷滿池嬌寧綢長夾襖，對著水缸理理頭髮，拍拍衣襟，還隨手拿起銀剪子，從條桌上供著的一瓶垂絲菊花裡絞下一朵淺色花苞，簪在髮鬢旁。

寶珠頭一次看自家小姐如此注重儀錶容貌，不由奇道：「誰在外頭？」

放下麵團，舉著兩隻沾滿漿粉、白乎乎的手，走到窗前，踮起腳跟往外探看。

等在院子裡的門房一臉茫然：小姐的米還沒給孝孫呢，怎麼又跑回去了？

寶珠看清門外孝孫的相貌，認出是張家那個從小養在寺廟裡的外孫，眉頭輕輕一皺，不知道該哭還是該笑：哪有這樣把人撂在門口不管的？

李綺節推開房門，自己出來了。

寶珠用罩衣擦乾雙手，朝李綺節擠擠眼睛。

李綺節假裝沒看見寶珠眼裡的促狹和詼諧，緩步走到門前。

少年長身鶴立，眼眸低垂，濃密的眼睫覆下一層淡淡的陰影，不流露出一絲思緒。

聽到腳步聲，他身子微微一側，眼角餘光瞥見細褶裙的一角，裙上繡了翠荷、秋蟲、湖石、水鳥的池塘小景，團團簇簇，一派盎然生氣。想必穿衣裳的人也該是面若桃花，眉眼帶笑，才不辜負繁密繡線繪出的富麗風光。

他沒抬頭，纖長的十指攥著麻布口袋，往前輕輕一遞。

饒是大大咧咧如李綺節，也不好意思盯著小沙彌多看，哆嗦著手把半升米倒入麻布口袋裡，便退回門檻內。

頭戴麻花包頭的大丫頭上前，輕輕推一下少年的胳膊。

少年把麻布口袋遞到大丫頭手裡，退後一步，跪在地上，向李家正門叩首。

李綺節嚇了一跳，正想躲開，寶珠在她身後輕聲道：「三娘，這是規矩呢！」

李綺節只好僵立不動，硬著頭皮看小沙彌磕完頭，待他要起身離去時，忍不住道：「十八姨可還好？」

看小沙彌身上穿的孝服，他家中去世的應當是一位祖輩親戚。這讓李綺節替他慶幸，他的父母分別十幾年才守得雲開見月明，終於盼到了一家團聚，若是這時候突然撒手走了，未免也太不幸了。

小沙彌腳步一頓，回頭看了李綺節一眼，長眉入鬢，神光內斂，眼神理應威嚴凌厲，但他的目光卻似摻了揉碎的水光，清淡如水，彷彿清晨時分縈繞在江面上的薄霧，瀰漫著終年化不開的疏冷之意。

他沒回答李綺節的話，只微微頷首，輕聲道：「勞妳記掛。」

嗓音還是一如往昔的清亮鏗鏘。

直到小沙彌走遠，李綺節還站在門檻裡，愣愣地出神。

穿孝服的大丫頭不住回頭打量李綺節，偷偷瞥一眼沉默不語的小沙彌，試探著道：「少爺，您認得剛才那家人嗎？是不是太太家裡的親戚？」

小沙彌神情淡然，乾脆道：「不認得。」

大丫頭將信將疑地哦了一聲，沒再接著問。

李家門房合上大門，支起門栓，嘴裡嘀咕道：「真是怪了，城裡沒誰家辦喜喪啊？」

李綺節和寶珠仍舊回灶房忙活，才剛穿上罩衣，繫上帶子，又聽得門外幾聲叩響。

寶珠把蒸好的重陽糕擺在一個白瓷花口盤子裡，淋上一層褐色桂花蜜，插上彩旗，隨口道：「是來討花糕的吧？」

正值重陽節，除了秋遊登高之外，家家戶戶要為自家的老人們預備新衣裳、新鞋襪，小孩子則可以成群結隊，去親近人家討要花糕糖果子吃。誰家敢怠慢上門討果子的孩子，轉眼就會被編進兒歌裡去，讓縣裡的孩童們一直嘲笑到年底。

「我去看看。」

李綺節從矮櫃裡找出備好的八寶什錦攢心盒子，裡頭盛滿各色果子點心：栗子、大棗、醃梅、飴糖，還有甜口的雲片糕、菊花餅，鹹口的椒鹽肉脯、金華酥餅……

零零總總十幾樣，足夠打發十幾、二十個熊孩子。

門房已經打開門，正和外邊的人低聲說著什麼。

李綺節堆起一臉笑，手裡抓一把飴糖瓜片，正準備朝外頭撒，看到來人，立時愣住。

門口立著一個才五六歲大的男娃娃，披麻戴孝，一身孝孫打扮，他身後跟著兩個頭戴白紗、穿麻布背心的老僕，手裡拎著個布口袋。

也是討百家米的。

門房咦了一聲，「剛剛……」

李綺節一口打斷門房的話，吩咐道：「吳爹，去舀米。」

門房哦了一聲，小跑去灶房舀了半升米，遞到李綺節跟前。

李綺節接過木升子，把半升米倒進老僕手中的布口袋裡。

老僕領著五六歲的男娃娃朝李家磕頭，男娃娃規規矩矩行完禮，抓住老僕的手，一顫一顫走遠，麻布孝服太過寬大，在地上拖出一道淡淡的印跡。

李綺節嘆口氣，張十八娘的丈夫雖然接回了他們母子倆，但那家人，終究還是不承認小沙彌的身分，所以才會先後派出兩個孫子出來討百家米，顯然那一家認為五六歲的男娃娃才是正正經經的長子長孫。

她望著男娃娃和老僕走遠的背影，憂心忡忡，「吳爹，你去前面巷子找剛才討百家米的小哥和大丫頭，找到人，提醒他們一聲。」

如果兩廂面對面遇上，那就不好了。

門房已經覺出味兒來，答應一聲，披上一件藍布夾衣，出門去尋人。

不多時，門房回到家裡，「我找到那個俊小哥了，他家大丫頭罵罵咧咧的，說是立馬就拐道去城北那頭討米。」

城北那邊魚龍混雜，一般討百家米是不會往那邊去的。

李綺節點點頭，思緒還留在小沙彌那雙秀麗的眉眼上，半開的大門忽然被一群七八歲的孩童撞開，看到她還抓在手裡的糖瓜片，小孩子們一擁而上，吵著鬧著要糖果吃。

被熊孩子們磋磨了半天，愁緒頓時煙消雲散。一直等到夜裡，一家人圍坐在四方桌前吃重陽糕，李綺節才想起問李乙：「阿爺，最近縣裡誰家辦喪事了？」

李乙拔掉重陽糕上的小彩旗，搖搖頭，「辦喪事的？沒聽說。」

李綺節夾起一枚桂花糖新栗粉糕，咬下一角，滿口香甜，一邊和寶珠說笑，一邊想著心事：那小沙彌的生父，應該就不是瑤江縣人了。

重陽過後，天氣冷了下來。

按規矩，每年重陽前後，是換下紗衫，開始穿錦襖羅衣的時節。

直到庭前桂花落盡，李子恆一行人仍未返家。

孟家按著約定，一步一步把和李家退親的事透露給幾戶親近人家知道，很快一傳十，十傳百，縣裡但凡是知道縣太爺的人家，都知道楊家和李家的婚事吹了。

因為楊縣令的吩咐，楊表叔和高大姐統一口徑，對外只敢說婚事是因為八字不合才沒談攏。縣裡人自然不信，真八字不合的話，當初就不會議親了，但不信也沒法子，因為明眼人都看得出來李家三娘天天吃得香睡得足，眼看著臉蛋越發紅潤，比以前顯福相，說話間總帶著笑影兒，一雙水汪汪的杏圓眼像摻了蜜糖，笑得甜絲絲的，哪裡像是被退親的樣子？

也有人私下裡議論，說李家三娘肯定是怕丟人，才會強顏歡笑。

每次都會被旁人一句話堵回去：「李家三娘一天三頓飯，每頓扎扎實實吃三碗，妳說她強顏歡笑？妳強顏給我看看！」

等到楊家和孟家訂親的事傳揚開，笑話李綺節的人就更少了。雖然還是有很多人覺得她不纏小腳，被嫌棄是活該，但當著人的面可不敢這麼說。在一個民風淳樸的小縣城裡，楊家毀親另娶是很不受人待見的。現在李綺節已經從不纏腳的異類，搖身一變成為被始亂終棄的小可憐，熱心的鄰里街坊還排隊給她家送菜送米，想方設法勸慰開導她，生怕她想不開。

誰敢幫著楊家或孟家說話，義憤填膺的老太太、大媳婦們立刻插腰橫眉，以勢不可擋的凜然架勢，把那人罵得抬不起頭。

至於孟家，孟娘子期望中的威風沒能抖起來，巷子裡的媳婦婆子們對她們家深惡痛絕，不肯上門看她炫耀孟春芳即將嫁入官家，連沿街售賣胭脂水粉、彩綢絲線的貨郎都不敢在她家門外招攬生意，孟家門前為此冷落了好一陣。

李綺節不由慶幸，幸好當初沒有一時衝動打上楊家，果然不管哪一朝哪一代，老百姓們始終會不分青紅皂白地站在弱者那一邊。

入冬前，李綺節託人往武昌府送了幾次信，催李子恆回家，李子恆只匆匆回了句口信：「一切安好，不必掛心。」

隨著連日的幾場暴雨，江水明顯上漲，水浪一次次越過朝廷修築的堤壩，漫延至臨江幾戶民房腳下。李乙也跟著憂心起來，想託人去武昌府尋李子恆，「大郎走的時候還穿著夾衣，眼看越來越冷，還總是貪戀外邊風景，總不是事兒。要是在外頭生病，一群半大小子，誰肯耐心照拂他？」

李子恆脾氣憨直，倔起來的時候也倔得徹底，被孟舉人一通臭罵後，沒個三五年，多半是捨不下臉皮回瑤江縣的。

李綺節估摸著必須親自去一趟武昌府，才能把大哥領回家，可李乙根本不可能允許她一個十一二歲的小娘子單獨遠行。

李乙自己去呢，又抽不出空來。

如此躊躇了三五日，這一天楊家人忽然登門。來的是個頗有臉面的老婆子，穿著一身乾淨挺闊的藍布襖子，頭上戴著包頭，簪一枝福字紋銀簪，滿臉堆笑，「我家老爺要帶大小姐去武昌府採買綢料，大小姐想問三小姐有沒有空閒，路上好做個伴哩！」

楊家的大小姐，不是楊天保的姊姊楊慶娥，而是楊縣令和金氏的長女楊天嬌。整個楊家天字輩中，楊天嬌並不是排行最長的，但因為她是金氏和楊縣令的獨女，自小備受長輩們寵愛，為了討她喜歡，楊家下人們都管叫她大小姐。

李綺節自來和楊天嬌沒有交情，非但沒有交情，還頗有些彼此看不順眼。

楊天嬌霸道蠻狠，不肯讓人，身邊都是楊慶娥那樣的綿軟人，任性慣了，第一次在親戚家看到李綺節時，也想在她跟前逞大小姐威風。

李綺節也不是肯受氣的主兒，自然不願意哄著楊天嬌，兩廂幾次見面都是話不投機半句多。後來隨著年紀漸長，楊天嬌不大出門，李綺節也不便往楊家去，兩人幾年沒見過了。

楊天嬌怎麼會這麼好心，偏偏在李家人發愁的時候來邀請李綺節去武昌府？

李乙摸不著頭腦，李綺節更加雲裡霧裡，直接讓李乙婉拒楊家的邀請：「和楊天嬌一塊兒去武昌府，還不如我自個兒去踏實呢！」

李乙想了想，也是這個道理，雖然親事退了之後，楊家依舊是李家的親戚，但近幾年還是得遠著楊家些，免得雙方尷尬，便隨便找了個藉口，回絕楊家。

楊家婆子笑嘻嘻道：「想必是三小姐頭一次出遠門，李相公捨不得了。相公不必擔心，縣衙裡的差役親自護送我們老爺和大小姐北上，整條船都包下了，一路打尖、吃飯的地方也找好了，鋪蓋行李都乾乾淨淨的，一個外人都沒有，全是自家人，又親香又便宜。」

李綺節見李乙有些鬆動，連忙道：「多謝表叔和表姊的美意，只是如今天色漸涼，我有些犯咳嗽，近日不便出門。表叔幾時出門？正好可以託表叔給我哥哥帶些厚實衣裳。」

楊家婆子頓了一下，笑呵呵道：「武昌府那邊人煙稠密，南邊北邊、東邊西邊，哪裡的人都有。大江邊停泊的貨船，密密麻麻，少說就有幾千艘，一眼根本望不到邊，三小姐不想去瞧瞧熱鬧嗎？」

李綺節心中暗笑。得了，以為她愛熱鬧，就拿武昌府的繁華來誘惑她？她再愛熱鬧，也曉得什麼地方能去，該和誰一起去。她手無寸鐵，又不會飛簷走壁，貿然和楊天嬌一道出遠門，要是楊天嬌不安好心，她能怎麼辦？

她搖搖頭，目帶嚮往，「媽媽可是去過武昌府？說起來頭頭是道的。」

楊家婆子臉上訕訕，「我哪兒去過，我都是聽府裡去過的人講的。」

李綺節露出一個乖巧的笑容，挽住楊家婆子的胳膊，細聲細氣道：「那等媽媽從武昌府回來，可要再給我講一遍。」

她本就生了一副讓人覺得親近的杏眼圓臉，笑起來越發招年長的人喜歡，楊家婆子被她這麼一繞，腦袋有些暈乎乎的，差點忘了楊天嬌交代的任務。

總之，不論楊家婆子怎麼勸說，李綺節始終咬定牙關不答應。

楊家婆子灰頭土臉回到楊家，見到楊天嬌，小心翼翼道：「大小姐，可是不巧，李三娘她病了，到年底前都不能出門呢！」

楊天嬌柳眉一豎，「她不是急著去武昌府找李大郎？我請她坐官船，她竟然不動心？」

婆子低眉順眼，極力撇清自己，「李三娘倒是想去的，我一開口，她就心思活絡了，可前幾日她起夜時著了風寒，說不了幾句話就一陣咳嗽，李相公不放心讓她出遠門。」

楊天嬌把細瓷茶杯往桌上一拍，「她倒嬌弱起來了？我記得小時候她力氣大，又能吃，穿一身薄紗夾衣站在風口裡，不嫌冷，還淨嚷著涼快，吹一點冷風，就病了？」

婆子笑道：「那是以前，如今李三娘也秀氣起來了，面皮白皙，說話和軟，嬌模嬌樣的，瞧著可人疼呢！」

楊天嬌臉色一沉。

婆子察覺失言，強笑一聲，見楊天嬌沒有別的話說，連忙悄悄退下。

丫頭玉嬋取走茶杯，給楊天嬌重新斟了一盞明前茶，「小姐不是向來看不上那個李三娘？怎麼巴巴的非要請她一起去武昌府？」

楊天嬌冷哼一聲，「妳們以為我是聾了還是瞎了？楊九看上李三娘的事，家裡人哪個不曉得，怎麼就單單瞞著我一個？」

玉嬋脆生生道：「那李家已拒親了。咱們這樣的人家，如果被人拒親一次，是不能再上門求親的，不然就有倚勢壓人的意思。官人是縣老爺，更得注意分寸，李家的親事成不了。」

「別人家是成不了，」楊天嬌輕撫著腕上一只通體翠綠的翡翠鐲子，冷聲道：「可楊九，就不一定了。」

楊天佑看著不顯山不露水，每天沉默寡言，給他飯就吃，罰他做苦力他就做，從來沒聽見他抱怨過什麼，可楊天嬌總覺得，這個和自己同歲的弟弟，渾身上下都是心眼，讓人不得不多加提防。

玉嬋捂嘴偷笑，「小姐多心了，九少爺有什麼能拿得出手的？他既不是潘安、宋玉那樣的罕見美男子，又不是五少爺那樣的少年才子，只會幹些掃地劈柴的粗活，以後連成親的屋子和彩禮都掏不出來，誰願意嫁他？」

楊天嬌臉色黑沉：「不是還有我爹嗎？」

玉嬋聽出楊天嬌語氣裡的狠絕意味，立即噤聲。

楊天嬌自顧自道：「我曉得，我爹私下肯定在貼補楊九，不然他哪裡來的錢鈔？前幾日，他打頭去了武昌府，不知是幹什麼勾當了，我一定要去瞧瞧他葫蘆裡到底賣的什麼藥！」

不止她要去，還得帶上李三娘。楊九不是愛慕李三娘、一心想娶她進門嗎？她倒要看看，如果李三娘看清他的真面目，還願不願意搭理他。

遠在武昌府的楊天佑忽然覺得脊背一涼，腳步一個趔趄，險些一腳踩空。

伴當阿滿眼疾手快，連忙一把攙住，回頭望一眼混著泥沙的滾滾波濤，心有餘悸，「少爺當心，這大江深不見底，您要是不小心跌進去，我可不會跳下去救您。」

楊天佑一巴掌拍在阿滿腦袋上，「扣你一個月的工錢！」

阿滿哼一聲，「扣錢也不救！」

主僕兩個一路罵罵咧咧，費了九牛二虎之力，終於爬到山頂。

山腳下是奔流不息的長江，山頂上是一座八面四層的古樸石塔，塔下一座小小的野廟，黃牆壁瓦，花木掩映，廟中煙火不旺，攏共不過十七八個僧人。

寺前的銀杏樹下搭了個草棚，棚中一張條桌，桌上備有水壺、陶碗，一旁還供了一大瓶野菊花，這是僧人給過路香客、樵夫預備的歇腳飲水之所。

楊天佑倒了碗涼茶，一口飲盡，拍拍衣襟，「打聽清楚了？我那大舅子就在這寺廟裡？難不成他想不開要出家？」

阿滿一嘴茶水差點噴出口，幾下把甘冽的金銀花水嚥下肚，直接道：「少爺，人家李家都拒親了，李大郎可不是您的大舅子。」

楊天佑抽走阿滿手裡的陶碗，「你家少爺我風華正茂，現如今男未婚女未嫁，誰知道以後如何呢？」

阿滿默默離楊天佑遠了些，「少爺，您只見過那李家三小姐一面就非她不娶，未免太草率了。咱們楊、李兩家原本是近親，因為五少爺的事，如今鬧得不尷不尬的，您怎麼偏偏就看上李家三小姐了呢？」

楊天佑嗤笑一聲，露出一口明晃晃的白牙，「娶媳婦這種事，可遇而不可求，錯過就得抱憾終身，所以看到喜歡的不能瞻前顧後，馬上就得出手，懂不懂？又不是做生意，還能讓你挑挑揀揀，估個價錢。」

「您喜歡李家三小姐是不錯，」阿滿瞥一眼楊天佑，「可那李家三小姐不喜歡您啊！」他學著老爺平時說話的樣子，像模像樣地嘆口氣，語重心長道：「強扭的瓜不甜。」

楊天佑翻了個白眼，「誰要強扭了？」

想他相貌堂堂，本分老實，大方體貼，表裡如一，從不沾花惹草，沒有不良嗜好，又會持家過日子，攢的私房錢足夠買好幾間闊朗房屋，比楊五那個傻小子可靠多了。李家表妹是個聰明人，怎麼可能看不上他？

真看不上他也不要緊，他看上她就夠了。

百里開外的潭州府瑤江縣西大街，不知道自己還被楊家九郎惦記著的李綺節打開院門，把孟春芳和她的小丫頭迎進屋。

寶珠篩了杯泡橘茶，孟春芳接過青花瓷杯，淺淺地啜飲一口，「三天後楊家的船北上，聽婆子說，三娘也會一道同船？」

李綺節搖搖頭，驚訝道：「孟姊姊和天嬌表姊一起去？」

楊天嬌是孟春芳的大姑子，按理來說，剛訂親，雙方應該要避嫌的。

孟春芳臉上騰起一陣薄紅，點點頭，「天嬌再三邀請，我娘替我應下了。」

李綺節心頭一跳，楊天嬌為什麼對去武昌府這麼執著，連孟春芳也要拉著一起去？

如果她沒有料錯的話，楊天保很有可能也在此次的旅途當中。

楊天嬌想故意把他們幾人湊在一起，看他們的笑話？

還是有什麼別的打算？

想了半天，李綺節仍然想不通楊天嬌的意圖，乾脆拋到腦後，「家裡事多，我近來又有些咳嗽，不能陪孟姊姊一道去了。」

孟春芳似乎一點也不吃驚，頓了片刻，淺笑道：「妳有什麼想吃的想玩的，跟我說一聲，我帶回來給妳。」

李綺節想了想，道：「多謝孟姊姊想著，倒沒什麼想吃的，不過聽說武昌府的南貨多，若是炒貨店裡有應天府的鹽炒瓜子，姊姊幫我秤上幾斤，縣裡沒賣的。」

孟春芳盈盈一笑，「原來妳愛吃瓜子，我記下了。」

彼此又說了些閒話，孟春芳告辭離去。

寶珠收走茶杯，問道：「小姐真不去武昌府呀？」

「不去。」

寶珠望了一眼屋外陰沉沉的天色，「那大郎還不回來怎麼辦？昨晚都落雪籽了，越往後天越冷呢！」

李綺節兩手一拍，「再過幾天吧，大哥再不回來的話，我費點錢鈔，雇幾個人，綁也要把他給綁回家來！」

和負氣的少年人講道理，就好比對牛彈琴，既然幾次去信李子恆都不理會，只能採取強力措施了，反正只要人回來，什麼都好辦。

三日後，楊家的船照著原計劃從渡口出發。

因為孟春芳頭一次出遠門，又是和將來的婆家人一道遠行，孟娘子格外緊張。怕楊家人看輕孟春芳，孟娘子每天起早摸黑，忙裡忙外，折騰了好幾天，孟春芳的衣裳首飾、吃食用具，全都是重新讓人採買的。

李綺節在一旁冷眼旁觀，私下裡算了算，孟家除了在族裡的田地有產出之外，只有孟舉人開館授徒一項收入，養活全家七八口人，家境不過普通而已。看孟春芳的吃穿用度和她平時使喚的傢伙事兒，孟娘子很有可能把家中一半的積蓄全都用在她身上了。

這天天還沒亮，隔壁孟家已經燈火通明，鬧騰起來。

李綺節好夢正酣，無奈被孟娘子斥罵丫頭的聲音驚醒，翻來覆去，怎麼也睡不著，乾脆起身梳洗。

在桂花樹底下用牙粉漱口時，隱約聽見銀樓的夥計在孟家門外叩門。原來孟娘子嫌孟春芳的一套金首飾舊了，把金鎖金鐲金簪子送去銀樓，讓夥計重新炸一遍。銀樓曉得孟春芳急著出門，特地一大早把炸好的金飾送過來。

李家吃早飯時，銀樓的夥計剛走。孟家的丫頭端著一個大木臼，找到李家，想借一碗豆粉。孟娘子吩咐她們熬桃花麵，好給孟春芳敷臉，桃花面必須摻豆粉，孟家的豆粉剛好用完了，去外邊買又來不及，只能找街坊鄰居借點急用。

寶珠舀了一大碗豆粉給孟家丫頭，丫頭千恩萬謝地走了。

寶珠鎖上羅櫃，回頭朝李綺節擠擠眼睛，「不知道的，還以為這是新娘子出門咧！」

等孟春芳一行人準備停當時，已是巳時三刻了。

李綺節帶著寶珠，去送孟春芳出門。

孟娘子看到她，神情有些尷尬，一個勁兒地催促車夫快點出發。

孟春芳畢竟是頭一回和外人一塊遠行，心裡害怕，拉著李綺節的手，說了好一陣子話，才鼓起勇氣，讓車夫動身。

十二郎孟雲皓這回陪姊姊一起去武昌府。

孟春芳坐在牛車上，心裡忐忑難安，七上八下的，只希望牛車能夠一直走下去，永遠不要走到頭，而孟雲皓則滿心歡喜，巴不得一眨眼就到渡口，他還從來沒去過武昌府呢！

牛車快走到巷子的拐角處的時候，樂得手舞足蹈的孟雲皓忽然想起什麼，對著孟娘子喊道：「娘，把我的屋子鎖好啊，不能讓外人隨便進我的屋子！」

一字一句，喊得認真而鄭重。

巷子裡的人都站在各家門口看熱鬧，聽到這句話，眾人互望一眼，目光一下子全都集中到孟雲暉身上。

不知道為什麼，孟雲暉這些天一直住在孟家沒有走。巷子裡的人都議論紛紛，有人說孟舉人打算抬舉孟雲暉，想把他過繼到自己名下。

孟雲皓交代的話帶著深刻的敵意，針對的是誰，不言而明。

孟娘子望著女兒、兒子遠去的方向，笑罵一聲，眼角上挑，瞟了孟雲暉一眼，自顧自轉身進門去了。

孟家下人面面相覷，各自散了。只餘孟雲暉一人站在門外，形單影隻，略顯淒涼。

李綺節想起最近的流言，嘆氣著上前道：「孟姊姊走了，外邊風涼，四哥進去吧。」

孟雲暉臉色緊繃，總是帶著溫和笑意的雙眼黑沉沉的，目光顯得有些陰冷，但端方臉上仍然還帶著微笑，看一眼李綺節，神色略微柔和了些，「我進去了，三娘也回屋吧。」

回到院子裡，寶珠連連嘆息，「孟四少爺太可憐了，他要是咱們家的少爺就好了。」

這種話寶珠不知道重複了多少遍，李綺節聽得耳朵都能長繭了，第無數次暗翻個白眼，同時再次腹誹：妳家老爺也是這麼想的，可惜人家姓孟，不姓李。

孟春芳和孟雲皓姊弟倆都出門了，原以為孟家應該會清靜一段時日，不想第二天四更，孟家那邊忽然傳出一陣嚶嚶泣泣的尖利哭聲，接著便是一陣摔盆摔碗的嘈雜響動，引得巷子裡一片狗吠雞鳴，比唱大鼓戲還熱鬧。

李綺節半夜驚醒，又被迫起了個大早，吃飯時腦袋一點一點的，差點栽到粥碗裡。

「寶珠，隔壁孟家早上在吵什麼，我怎麼恍惚聽見孟娘子在哭？」

寶珠撕開一張醃菜貼餅，在碟子裡蘸了些油鹽豆豉，塞進嘴裡，一邊嚼，一邊道：「不曉得，許是孟舉人和孟娘子在吵嘴。」

兩人正議論，隔壁哐噹一陣響，又吵嚷起來了。聽聲音，這一次動靜不小，婦人撒潑打滾的聲音中，夾雜著孟舉人的怒吼聲。

孟舉人自重身分，從來不會和婦人對嘴，聽他一句句斥責孟娘子，顯然是被氣狠了。

聽孟舉人說話的口氣似乎不大對勁，正在慢條斯理喝粥的李乙連忙放下筷子，起身去隔壁勸架。李綺節的困倦不翼而飛，陡然來了精神，放下碗筷，趴在院牆上偷聽。

寶珠有樣學樣，趴在她對面，恨不得把耳朵貼進牆縫裡去。

主僕倆一邊聽壁角，一邊小聲討論：沒想到啊沒想到，孟舉人清高傲物，滿腹詩書，吵起架來竟然如此笨拙，被孟娘子逼問得啞口無言，只能一口一句「無知婦人」、「蠢婦」、「妒婦」，幾個詞來來回回罵了不下幾十遍，就是不知道該怎麼回嘴。

聽到一半時，李綺節忽然愣住了。

寶珠也捂住嘴巴，一臉驚訝，兩人對望一眼，默契地離開院牆，轉身進屋。

等去勸架的李乙跌跌撞撞回家時，衣裳散亂，神色焦躁，頭上戴的網巾歪了半邊，鬆垮垮地搭在後腦杓上。

跟在他身後進門的孟雲暉也是一身狼狽，雪白襴衫上赫然有幾道剛剛沾上的汙跡，湯水淋漓，袖口還人撕破了一大邊，露出裡面一件綴有補丁的薄棉襖。

李綺節沒敢多看。想起每次見孟雲暉，他幾乎總是一身雪白襴衫打扮，以前還以為他是有意賣弄秀才身分，現在想來，多半是他家中困窘，實在湊不出其他體面衣裳，只能總是穿一身襴衫示人，也好遮掩其他破舊衣服。

從進屋後，孟雲暉一直低垂著頭，看到李綺節為他篩茶，還惦記著向她作揖，湯汁順著他的袍角袖口流到地上，滴答作響。

靠得近了，李綺節發現孟雲暉竟然在微微顫抖。

不是因為害怕，而是為了壓制他心底翻騰呼嘯的憤怒和屈辱。

他左邊臉上印著一道鮮紅的巴掌印。

打他巴掌的人力度不小，才不過片刻功夫，他的半邊臉頰已經紅腫一片，讓李綺節不由得想起寶珠蒸的蜜餡饅頭。

李綺節把李子恆房裡的物件略微收拾了一下，暫時把孟雲暉安置在其中。

寶珠找出一件雨過天青自來舊棉綢夾袍，送到房裡。

孟雲暉見夾袍雖然挺闊，但顏色暗沉，應該是才重新漿過的，不是新衣，便沒有推辭。換上乾淨衣裳，梳攏頭髮，就著熱水擦了把臉，仍舊下樓來。

李綺節在隔壁小間默默坐著，隔著雕刻竹報平安的木屏風，依稀能看到堂屋情景。

孟雲暉的聲音平穩從容，像沒事人一樣和李乙說話。

從李綺節的角度，剛好能看到他紅腫半邊的側臉。如果是普通人，這會兒就算真的不在乎，到底也是剛剛被人打了巴掌，怎麼著也會有些不自在。他卻始終神態自然，落落大方，李乙沒怎麼勸慰他，還反過來主動代孟娘子賠不是。

十幾歲的少年郎，竟然有如此堅忍心性。

李綺節心裡騰起一陣幽幽的冷意，不知是該佩服孟雲暉的隱忍，還是同情他的處境。

李乙證實了五娘子即將把孟雲暉過繼給孟舉人的消息。

一來，孟舉人愛惜人才，很願意資助孟雲暉讀書進學。二來，五娘子似乎招惹了什麼不光彩的事，很有可能會牽連到孟雲暉，孟家人急著替他撇清干係。族裡的長輩們商量來商量去，乾脆決定讓孟雲暉過繼到孟舉人名下，算是一舉兩得，各得其所。

因怕脾氣暴躁的孟十二搗亂，孟舉人沒有公布過繼的事，趁兒子出遠門，即刻吩咐丫頭收拾行李，要帶孟雲暉回鄉去辦理過繼的儀式。

家中突然多出個有資格承繼家產的長子，即將分去兒子女兒的一半家產，孟娘子怎麼可能願意？夫妻倆一時吵嚷起來，摔盆摔碗，廝打在一處，鬧得不可開交。

事關自己，孟雲暉不好迴避，只能硬著頭皮前去勸解。

結果，孟娘子一看到他，眼睛暫態血紅，一蹦三尺高，嘩啦啦幾巴掌抽在他臉上，先是罵他狼心狗肺、畜生不如，然後坐地痛哭，罵五娘子不安好心，自己多年接濟，竟養出了一頭餵不飽的豺狗。

到最後竟至於胡言亂語，懷疑孟舉人和五娘子私底下是不是有什麼不清不楚的勾當。

李乙過去勸架的時候，也被孟娘子抓著撕扯了一通，要不是丫頭們及時拉開她，他頭頂那一把頭髮不知道能不能保得住。

孟娘子對孟雲暉這般仇視，孟雲暉以後卻得認她做母親，好好一個少年才子，將來少不得要忍氣吞聲了。

李乙心裡默默嘆息一聲，因為涉及孟家的家務事，他這個外人不好多說什麼，只能含糊其辭，勸孟雲暉想開些。

孟雲暉微笑道：「嬸娘平時待我很是慈愛，唯有今天說話的口氣重了點，想必是因為捨不得七娘姊弟遠行的緣故。」

李綺節聽到這裡，眉頭輕蹙，低垂著頭，拐出小間，輕手輕腳走到院子裡。

堂屋可以看到通向小院子的夾道，房裡的孟雲暉抬眼間，看到她的背影，眼神微動。

寶珠舀了滿滿一盆水，坐在院中桂樹底下，仔細搓洗孟雲暉的襴衫。

洗到一半，她赤著一雙手，有些發愁，「這油汙洗不乾淨呢！」

孟家早飯吃的是老湯餛飩，老湯是昨日吃剩的骨頭湯，湯水帶了油星，不好洗。

李綺節走到寶珠身邊，看了一眼襴衫上的汙跡，「調些麵粉糊糊試試。」

這是洗衣服的老法子，用麵粉覆蓋有汙跡的地方，等它風乾，再用皂角清洗，能夠有效去汙。因為需要用到細糧麥粉，一般老百姓家很少捨得用這種法子洗衣裳。

寶珠曾經逃過難，愛惜糧食，有點不情願，「這麼大的油汙，要費不少麥粉哩！」

湖廣地區不種植小麥，縣裡貨店的小麥一石要價將近一貫錢。李家人麵食吃的不多，因為寶珠和進寶姊弟倆愛吃，才特地買了不少，方便隨時蒸饅頭、煮麵條、烙油餅。

麵粉和糖、油、茶葉都是精細東西，一般鎖在羅櫃裡，鑰匙由寶珠親自看管。

寶珠非常重視自己的職責，平時取用麵粉，不小心漏出一點都會捂著心口肉疼半天，覺得對不住李綺節的信任，讓她用麵粉洗衣服，那更是像割她的肉一樣。

李綺節漫不經心道：「一小把就夠了，能用多少？」

寶珠天人交鬥半天，一狠心，取出掛在脖子上的銅鑰匙，「算了，孟四少爺那樣的人品，值得一碗麵粉！」

李綺節不由失笑，耳邊聽得哐哐幾聲響，孟家丫頭在外頭敲門。

任憑孟娘子怎麼撒潑打滾，孟舉人決心已下，牛車都雇好了，只等孟雲暉一起出發。

孟雲暉向李乙告罪，跟著孟舉人一道走了。

李乙在屋裡感嘆了幾句，換了身鐵灰色長衫，照例去酒坊看顧生意。

李綺節費了幾個銅板，找來一個專門在巷子裡幫人跑腿送消息的小夥計，讓他去花家貨棧送個口信。

小夥計去了半天，回來時稟報道：「花娘子說姊姊的事她記下了，等花相公晚間回屋就和他商量。」

李綺節讓寶珠抓了一把果子，塞到小夥計懷裡，小夥計拿衣兜接了，道了聲謝，這才笑著跑遠了。

寶珠回到灶房，一邊調麵糊糊，一邊道：「真要雇人把大郎給綁回來？」

李綺節一揮手，「哪裡是綁，分明是請他回家嘛！」

不想，兩天後，花相公那頭還沒確定人選，李子恆竟然自個兒回家了。

他一進門就風風火火爬到二樓，翻箱倒櫃，進進出出，不知道在忙什麼。

李綺節拉住跑得滿頭大汗的進寶，「大哥在搗鼓什麼？」

進寶氣喘吁吁，好不容易才喘勻了，急得直跺腳，「不得了，大郎要去投軍了！」

李綺節當即變臉：明朝的軍人可不是那麼好當的！

軍戶和專職手工製作的匠戶一樣，採取世襲制，一旦被徵用為軍士，世世代代子孫都是軍籍。軍戶差役繁重，社會地位低下。在職的軍士稱為正丁，正丁死亡，要由他的直系子弟依次替補，如果一家全部絕嗣，朝廷還會派人去其原籍所在地，根據遠近關係，從同族人中選出頂充的勾軍。

當然，軍戶中也有能夠出人頭地、橫行鄉里的，明朝著名的內閣首輔張居正就是軍籍出身，但那僅限於上層階級的高級軍官，而且萬曆年間明朝的軍戶制度早已名存實亡，軍戶在一定程度上幾乎和農戶相差無幾。

如今是永樂末年，充任衛所低級軍士的軍戶通常生活困苦，潦倒不堪。民間的老百姓們都不屑和軍戶結親，以致於邊境衛所的軍戶們強行擄掠當地婦女為妻，而朝廷只能睜一隻眼閉一隻眼。

李子恆哪根腦筋不對勁兒，好好的良籍不當，要去充軍？

李綺節聽著李子恆房裡乒乒乓乓響個不停，眼皮直跳：阿爺李乙只有李子恆這麼一個兒子，他要是真去投軍，李乙還不得氣個半死！

進寶拍著胸脯給自己順氣，忽然想起一事，連忙朝李綺節告狀：「都是楊家九少爺，是他攛掇大郎去投軍的！」

剛剛跟進李家門的楊天佑聽到進寶的控訴，心裡一陣發虛，摸摸鼻尖，抖開一把泥金摺扇，強笑道：「表妹無須擔憂，俗話說，好男兒志在四方……」

「給我打住！」

李綺節一腳踩在門檻上，擋在楊天佑面前，不讓他進屋，一字一句道：「九、表、哥，到底是怎麼回事？」

她雖然生了一副招人喜歡的杏眼圓臉，但發起狠來，也能一臉凶相。

楊天佑一時情怯，悄悄打了個哆嗦。

說起來，楊天佑也覺得委屈，他不過是偶爾聽生意上的朋友說，李子恆求親不成反被羞辱，一氣之下跑到武昌府的野廟裡躲了起來，每天敲鐘念經、吃齋念佛，大有要出家當和尚的打算。私心裡想著，之前曾經得罪過這位大表哥，正好可以趁機去開解開解他，一來可以藉機在李綺節跟前獻殷勤，二來順便和未來大舅子化干戈為玉帛，兩全其美，豈不快哉？

沒想到他嘴皮子太利索了，三言兩語之下，確實讓李子恆重新振奮起來，可振奮的方向有那麼一點點跑偏。

簡單地說，就是楊天佑用力過猛，直接點燃了深埋在李子恆心底的昂揚鬥志，此刻李大郎熱血沸騰，雄心萬丈，一心只想親上戰場。非得親自去陣前殺他幾個瓦剌兵，才能澆熄他滿腔熊熊燃燒的烈火。

聽完楊天佑磕磕巴巴的解釋，李綺節冷笑一聲，提著裙角，噔噔蹬蹬爬上二樓，推開李子恆的房門，「大哥真要投軍？」

李子恆握緊雙拳，一臉大義凜然，「天下興亡，匹夫有責，大丈夫如果不能讀書中舉，就該投身行伍，為朝廷效力！」

李綺節暗暗翻個白眼，李子恆連現在到底哪邊在打仗都不懂，還想去戰場殺敵？別以為有好體格就能當兵，打仗也是要智謀的。古往今來，真正能夠憑著天生悍勇打仗的，也就那麼幾個天賦異稟的異類罷了。

「大哥，你想去投軍，總不能提了包袱就走吧？文書要辦，衣裳乾糧要張羅，還得去縣衙報導，哪能說走就走呢？」

李子恆摸摸後腦杓，「三娘說的是，我這就去縣衙……」

「大哥莫急。」李綺節攔住興沖沖的李子恆，柔聲道：「九表哥和縣衙裡的差役熟稔，這事託他去辦，保管又快又利索，比你自己東奔西跑便宜多了。我聽說徵兵也不是人人都能選上的，身長、體格、臂力，樣樣都要過關，還要測試眼光好不好。你剛從武昌府回來，這時候去應選，萬一乏力落選了怎麼辦？不如先在家休息幾天，等養好精神再去。」

李子恆被李綺節一通忽悠，將信將疑地點點頭，「快請九郎上來，我等不急，明天如果不能辦好文書，我直接去找楊表叔求情。」

這個楊表叔，不是楊天保的父親，而是楊縣令。

李綺節連聲答應，敷衍了李子恆一通，下到樓來。

楊天佑神色惴惴的，還站在門口打轉兒，看她下樓，搭訕著替她打起藍布簾子，小心翼翼道：「大表哥如何了？」

李綺節道：「他只是一時意氣，能穩住他就行。」

聽李綺節說話口氣尋常，似乎沒有生氣的樣子，楊天佑有些受寵若驚，試探著道：「都怪我多嘴，原先是想勸大表哥回家的，誰知他聽了我的話，非鬧著要去當兵。」

李綺節眼簾微抬，淡淡地瞥楊天佑一眼，「九表哥不必自責，說來還得要多謝你，不管如何，能把大哥勸回家，算是解了我阿爺的一樁心事。」

原本她還打算雇人去武昌府把李子恆綁回家，如今李子恆被楊天佑的一通話激回來了，正好可以讓她省一筆錢鈔。

李綺節越客氣，楊天佑心裡越覺得古怪，但哪裡古怪又說不上來。

李綺節對寶珠使了個眼色，讓她去灶間煮雞蛋茶，把楊天佑請到堂屋入座。因為李乙不在家，李子恆在樓上，特地讓進寶把幾面門窗都打開，直接道：「九表哥，明人不說暗話，最近縣裡的那些流言，是不是你的手筆？」

楊家和李家退親的事，按著楊表叔和李乙的約定，應該是悄無聲息才對。即使楊家改而和孟家結親，輿論也不該如此統一的偏向李綺節，除非有人暗中動了手腳。

任何時候，老百姓們都喜歡挖掘新聞八卦背後的故事，一件普普通通的打架鬥毆，他們能腦補出一齣盪氣迴腸、峰迴路轉的家族大戲，繼而把當事人往上數的三輩祖宗全都拉出來遛一遛才肯甘心。

而李綺節作為八卦中心人物，竟然能夠置身事外，只賺得無數市井婦人的同情和惋惜，這實在太不符合常理了。

李綺節依稀記得，專門往各處探聽、傳遞消息，似乎是楊天佑的專長。楊李兩家人中，只有他能夠引導左右輿論的走向。

她已經問過巷子裡那些專門替人跑腿、遞信的小夥計，據他們老實交代，楊天佑確實是他們的領頭人。那幫小夥計一口一個「老大」稱呼楊天佑，不知道的，還以為他們是天下第一大幫會乞丐幫哩！

楊天佑不知道李綺節已經把他歸類為江湖草莽漢子一流，揮舞著泥金摺扇，神情頗為自得，「小事一樁，表妹不必掛懷。」

他笑起來的時候，右邊臉頰隱隱有個淺淺的酒渦，像盛了一捧幽潤甘露，甜絲絲的。這讓他看起來顯得略微可親了幾分，不再像頭兩次見面時流裡流氣，一臉不正經。

但，也只是可親而已。

寶珠掀開門簾，走進堂屋，把煮好的雞蛋茶送到楊天佑跟前。她似乎還記恨著那三兩銀子的事，青花瓷碗裡只有孤零零兩個荷包蛋，連糖桂花都沒撒。

楊天佑眼神微微一閃，臉上似笑非笑，但拿匙子的動作依舊歡快自然。

李綺節望著庭中枝葉油碧的桂樹，一字一句道：「表哥應當明白，自五表哥後，楊家人再上我們李家的門，兩個或是四個雞蛋便是客氣了。」

楊天佑眼珠一轉，放下茶碗，輕笑一聲，「若是我想要一碗八個雞蛋的茶湯呢？」

寶珠臉色一變，雙手驀地抓緊茶盤，狠狠地瞪了楊天佑一眼。

楊天佑眉眼帶笑，等著李綺節回答。

李綺節眼波流轉，直視著楊天佑黑白分明的雙眸，微笑道：「恕表妹得罪，八個雞蛋的待客茶，表哥在我們家怕是吃不著的。」

楊天佑聽懂李綺節的暗示，眸子裡的笑意褪去，神色微微黯淡。

寶珠悄悄鬆了口氣，她聽得懂，自家三娘這是在當面拒絕楊家九少爺的示好。

在潭州府，女婿上門，雞蛋茶是進門的第一道禮節，也是待客的最高禮節——八個甜雞蛋。就是皇親貴族上門，也不會超過八個之數。

楊天佑想在李家吃八個雞蛋的雞蛋茶，意味著他還沒有放棄向李家求親的意圖。

而李綺節委婉而又果斷地回絕他了。

「世事無絕對。」楊天佑笑了笑，垂下眼簾，別開臉，看著院中竹竿上晾曬的一件雪白外袍，眼光幽幽微沉，酒渦皺得越發深刻，「誰知道以後呢？」

李家的雞蛋茶，他吃定了。

相對靜坐了片刻，因為李乙不在家，楊天佑不敢久坐，起身告辭離去。

寶珠把楊天佑送到門口，回房收拾几案上的茶碗杯碟，「楊九少爺倒是識時務，三娘妳一暗示，他就全聽明白了，我還以為他會胡攪蠻纏呢！」

李綺節眉頭輕蹙，默然不語：明白是一回事，聽進去是另一回事啊！

楊天佑臨走時的那個眼神，帶了幾分志在必得，一點也不像是要放棄朝她求親的態度。

縣裡的少年兒郎們，愛慕的都是孟春芳那樣我見猶憐、知書達理的文靜小娘子，她大大咧咧的，第一次見面時穿的還是男裝，到底哪一點讓楊天佑覺得順眼了？

她現在改，還來得及嗎？

其實，認真說起來，楊天佑本身並沒有什麼錯處，至少他求親完全是出於自己的意願，不是傳統的盲婚啞嫁。

可他和楊天保是堂兄弟，楊家那樣的人家，還沒真正發達起來，族人先抖起來了，從兒郎子弟到深宅婦人，一個個趾高氣揚、目中無人，根本不是世家大族的做派，長此以往，早晚得跌個大跟頭。

李綺節對表親楊家，敬謝不敏。

然而，事與願違，李綺節想離楊家遠一點，楊家偏偏總和她扯不清。

夜裡，李乙從酒坊回家時，雙眉緊鎖，滿面愁容。

一進門，便催促李綺節收拾鋪蓋行李，讓她盡快回鄉，「天氣冷了，老宅家每天燒炭爐，比縣裡暖和些，妳回家住上兩個月，多帶幾件大毛衣裳，棉被記得全都帶上。」

李綺節一句句聽著，先沒顧上問緣由，「阿爺，大哥回來了，鬧著要去投軍呢！」

李乙勃然變色，「混小子，我們老李家祖祖輩輩辛辛苦苦掙下一份產業，才有錢鈔應付徭役差使，他敢去投軍，我打斷他的腿！」說罷，隨手抄起立在牆角的門栓，衝上樓去了。

李綺節站在樓梯底下，默默數了三十下，讓寶珠準備了熱水巾帕，跟上樓。

「豎子！孽障！」李乙一邊痛罵，一邊把門栓舞得呼呼響。

門栓雨點似的落在李子恆的身上、背上。

李子恆梗著脖子，跪在地上，任李乙打罵，神情倔強，一聲不吭。

李綺節看著那巴掌粗細的門栓敲在李子恆肩膀上，倒吸一口涼氣，替大哥覺得疼，看打得差不多了，推開房門，「灶上煮了雞絲湯麵，阿爺先吃飯，不然放久了麵都爛了。」

李乙把李子恆抽了一頓，自己也累得氣喘吁吁，拄著門栓不住喘氣，臉色仍舊鐵青。

李綺節走到李乙身邊，順手拿走他手裡的門栓，丟到一邊，「阿爺先緩口氣，才剛回來，別累壞自己。等吃飽飯有氣力了，再來打大哥吧。橫豎他皮糙肉厚，經得起您打。」

李乙明白李綺節是在替李子恆開脫，原本不想就著臺階下的，但被她一攪和，自己的怒氣確實去了一大半，加上李子恆許久不回家，好不容易回來了，若真的把唯一的兒子給打壞了，心疼的還是自己，遂冷哼一聲，指著李子恆道：「給老子等著！」

然後一甩手，氣勢洶洶地下樓。

李綺節想扶李子恆起來，李子恆一扭身，不肯起。得了，這是還強著啊！

李綺節蹲下身，故意把剛剛用熱手巾敷得通紅的雙眼湊到李子恆臉前，嬌柔的聲音裡蘊著怯怯的委屈，「大哥……」

李子恆以為她害怕，把頭一抬，昂著下巴，一邊嘶嘶吸氣，一邊安慰她道：「三娘別怕，阿爺這是在氣頭上呢，我一點都不疼！」說著話，還起身蹦了兩下，「妳看，我好著呢，一點事都沒有！」

李綺節幽幽地嘆口氣，揪著一條湖色綢手絹，忽然抽噎起來，「大哥，若你真的去投軍，以後、以後我就不出門了。」

李綺節自五六歲以來，幾乎不曾掉過眼淚，李子恆長這麼大，哪裡看過妹妹這副不勝嬌弱的情態？頓時急得抓耳撓腮，圍著李綺節轉來轉去，手腳都不知道該往哪裡放，「好好的，怎麼就哭起來了？妳別擔心，現在又沒有戰事，哥只是去個三兩年，練就一身好武藝，等大後年就能回來！」

李綺節一扭身子，越發哭個不停，「我不信！人家都說少小離家老大回，去投軍的，沒個一二十年，不能回鄉！你要是一去不回，我和阿爺孤苦伶仃，老的老，小的小，被人欺負，也沒個人替我們出頭！別人看我們軟弱可欺，越要變本加厲，騎在我們頭上作威作福，到時候與其出去受氣，我還不如老老實實待在家裡，總能安生一兩天！」

李子恆心裡有些犯嘀咕：三娘脾氣大著呢，誰敢欺負她？

記得以前巷子裡幾個懶婦，嫌排水的溝槽遠，老把他們家的汙水潑在李家門前。因那幾個懶婦碎嘴刁鑽，李乙不願多事，只能默許。

李綺節偏不，她倒沒強出頭，而是背著人偷偷把那幾個懶婦告到街道司。勞動縣衙裡專管街巷的差役，把幾個懶婦痛罵了一頓。那幾個懶婦被差役當眾責罵，顏面盡失，自此再不敢隨意把髒汙臭水往李家門口傾倒。

分寸不讓的李綺節，怎麼可能被人欺負到不敢出門？

可看著李綺節嚶嚶哭得好不傷心，李子恆立馬忘了她以前是怎麼料理那些難纏街坊的，疑惑很快被自責和悔恨所替代：三娘再厲害，到底只是一介女流，如果縣裡那些浪蕩子弟知道家中沒有男丁，成群結隊來欺侮她，她身為閨中女子，有苦說不出，可不是只能任憑別人欺侮嗎？身為長子長兄的自己，率性妄為，上不能孝順父親，下不能照拂幼妹，妹妹無依無靠，悲從中來，怎麼能不哭呢？

「三娘，都是我不好。」李子恆垂下頭，老老實實承認錯誤，但是他想去投軍的決心依舊沒有消減，「等我找幾個信得過的兄弟，把妳和阿爺託付給他們看顧，再去投軍。」

李綺節躲在手絹裡撇撇嘴，李子恆的那幾個兄弟，一個個跟他一樣，看起來孔武壯實，一臉凶惡，很不好惹，其實都是外強中乾的軟腳蝦，除了壯聲勢之外，毫無用處。

李子恆看李綺節不說話，有些心虛，「三娘，再要不，妳和阿爺都去鄉下住幾年？村子裡安靜，人也和氣。」

李綺節拿手絹在眼角按了按，「罷了，投軍是大事，以後再慢慢商量，我讓寶珠把雞絲麵端上來，大哥先吃點東西。」

只要李子恆開始猶豫鬆動，不愁留不住他。

一家人各自吃過晚飯，梳洗過後，李乙想起楊李兩家的紛爭，再一次催促李綺節：「鋪蓋傢伙都收拾了沒有？」

李綺節詫異道：「好好的，為什麼要回鄉下去？大哥的事還沒個說法呢！」

李乙嘆口氣，「罷了，不回去也使得。這幾天縣裡不太平，妳好好在家待著，無事不要出門。我如果不在家，不管誰來叩門，都不許應答，聽見沒有？」

李綺節點點頭，「我曉得了。」

柒之章 兩姓蹴鞠鬥意氣

破曉時分，孟家養的公雞在牆頭啼鳴，巷子裡野狗狂吠，孟舉人不在家，孟家格外的安靜，倒是李家樓下，傳出一陣窸窸窣窣說話的聲音。

李綺節撥開蚊帳，一邊揉眼睛，一邊嘟囔：「家裡來客了？怎麼來得這麼早……」

寶珠按住李綺節，不讓她起身，「三娘，先別起來。」

李綺節坐在帳中，側耳細聽片刻，眉頭蹙起，「來的是誰？」

寶珠低啐一口，「不知道從哪個旮旯鑽出來的親戚！」

李綺節坐不住，起身披了一件翠藍夾長襖，站在門口，聽清樓下某位族叔慷慨激昂的發言，頭皮頓時一陣發麻：難怪昨天李乙催著她回李家村，原來如此！

聽樓下一片喧譁人聲，顯然來的人不少，其中一個族叔句句都是煽動之語，引得其他人紛紛贊同。說來說去，無非是勸李乙不要忍氣吞聲，他們竹山李家嫡支，如今派出族老和後輩子弟數名，要替李家小娘子討回公道！

李綺節冷哼一聲：早不來，晚不來，非得等楊、李兩家退親一個多月才跑來替她出頭，若說其中沒有貓膩，誰信？

樓下堂屋中，李乙好聲好氣謝過嫡支李氏眾人的好意，言明事情已經過去了，不必再勞動嫡支的子弟們。

那族叔不容李乙說完話，朗聲道：「一筆寫不出兩個李字，我那侄女兒被楊家如此欺侮，如果我們李家男人不給他們楊家一點顏色瞧瞧，以後還怎麼在瑤江縣立足？難不成以後李家的小娘子們通通只能吃啞巴虧了？七弟，我們嫡支的男兒可不像你這麼有涵養，誰欺負我們家的姑娘，我們就打到他家門上去，砸了他們吃飯的鐵鍋，讓他們瞧瞧李家人的厲害！」

語氣中略含譏諷，意在指責李乙不中用。

另一個人道：「好了，七弟，你別畏手畏腳了，這事不是你們一家的事。事關我們李家的名聲，我們不能當睜眼瞎。你忍得下腌臢氣，我們忍不下。你放心，我們替你出頭，和你不相干，你只管在家等著聽好消息吧！」

不待李乙再說什麼，一夥人提著鐵鍬、鋤頭、門栓等物，揚長而去。

聽到院門關上的聲音，李綺節幾步奔下樓，「阿爺，他們真要去楊家？」

李乙愁眉苦臉，長嘆一口氣，「勸不住啊！」

當初李乙去嫡支求助，是為了讓李綺節在楊家多一些底氣，而不是想和楊家幹架啊！

李綺節知道李乙一向畏懼宗族，這也是時下老百姓的常態，沒有多說什麼，立刻讓寶珠打水，匆匆梳洗過後，梳起髮髻，換上男裝，即刻驅車前往楊家。

事不宜遲，她必須阻止李家人和楊家人真打起來。

在潭州府，村人氏族之間有摩擦間隙，通常都由鄉間里甲老人來處理爭端，很少會上告到衙門。越過里甲老人直接去衙門擊鼓鳴冤，官府也會先把里甲老人傳喚到縣衙詢問事由。老百姓們一來不敢得罪里甲老人，二來覺得衙門森嚴，進去就得費鈔受罪，所以除非萬不得已，絕不會去縣衙告狀。

鄉民間的一般衝突，里甲老人都能妥善處理，如果遇到連里甲老人都解決不了的糾紛，或是對里甲老人的處理不滿意，鄉人們處理的方法很簡單，那就是械鬥。

兩姓之間因為不可調和的矛盾，約好在某天某時某地舉行械鬥，通常兩姓氏族中十五歲以上，四十歲以下的男丁必須全部參與，只有家中單傳獨子可以除外。

而一方姓氏男丁將另一方祖宅灶房裡吃飯的鐵鍋給砸破，是械鬥的終極目標。

被砸破鐵鍋的一方，會被十里八鄉的鄉親們嘲笑一二十年，本地人都把被砸破鐵鍋視為最不能容忍的奇恥大辱，祖宗三代都得銘記住這段仇恨。

一方砸破另一方的鐵鍋，也代表兩姓徹底決裂，以後絕不會互通婚姻。

看李家嫡支的架勢，就是衝著砸破楊家鐵鍋的目的來的。

李綺節並不關心楊家的鐵鍋能不能保得住，她只知道一條：李家嫡支莫名其妙藉著為她出頭的名義去砸楊家的鐵鍋，一旦他們真得手，以後二三十年內，她的名聲是臭定了。

潭州府以前也發生過幾次大規模的氏族械鬥，有的是為爭田地糧食，有的是為爭灌溉的水源。官府從來不管，也不敢管。每一次都會有不少人受傷，甚至還鬧出過人命，最後官府只會張貼告示訓誡一番，然後不了了之。

雖然械鬥勝利的一方砸破另一家的鐵鍋非常解氣，但被拿出來當由頭的女人，沒一個有好下場。這就是族老們的虛偽之處，明明是為了利益糾紛才和別人發生衝突，非要抬出一個與世無爭的女人來遮羞，最後再把所有罪責都推到那個無辜的女人身上。

李綺節記得，上一次鄉間械鬥，為的是一個黃姓的寡婦。黃家人眼饞高家的田畝肥沃，藉口高家大郎調戲他們黃家的一個美貌寡婦，幾十口人浩浩蕩蕩打到高家，把高家祖宅的大鐵鍋砸得粉碎，逼著高家人和他們交換田地才肯罷手。

高家人不肯相讓，黃家人最終沒有占到什麼實質便宜。

但是高家人之後在鄉里走動，都會被冠以一個「那個被砸破鐵鍋的高家」這樣的名頭，所以真說起來，高家人還是吃虧了。

黃家那個可憐的寡婦呢？好好地在家操持家務，撫養兒女，只因黃家族老拿她當出氣的藉口，此後便生生被烙下一個「惹是生非」的罵名。儘管她謹言慎行到近乎苛刻的地步，從不和外人搭話，一出門還是會被指指點點。此後整整十年，黃寡婦再沒踏出過家門之外的方寸之地，哪怕孟秋汛期時節，洪水淹到黃家門前，她都不肯離開黃家草屋，以致於差點淹死在滾滾波濤裡。

李綺節可以預見，一旦李家嫡支真的和楊家開打，關於她、楊天保和孟春芳三人的各種八卦傳聞，轉眼間就會鬧得滿城風雨，就算楊天佑想彈壓也壓不住。

進寶知道事情緊急，一路把牛車趕得飛快。呼呼的風聲從李綺節耳邊擦過，吹得她臉頰生疼。出門走得急，她忘記擦玉簪粉了。

到了楊家門口，李綺節跳下牛車，剛要踏上臺階，迎面卻見一個頭戴絹布巾，身穿鴨蛋青交領襴綢長衫的少年正急急往外走。

正是昨日才見過的楊家九郎楊天佑。

看到一身少年公子裝扮的李綺節，楊天佑愣了一下，「表妹？」

李綺節直接道：「李家人現在到哪裡了？」

楊天佑眉頭緊鎖，「他們往祖宅去了。」

楊家的另一處祖宅在鄉下。

李綺節道：「楊天保在不在家？」

楊天佑眸子中劃過一絲詫異，「我父親和五哥都去武昌府了。」

李綺節抬頭看一眼天色，匆匆道：「讓縣衙的差役去武昌府送信，他們有馬，比水路走得快，告訴楊天保，他必須趕在明天巳時前回瑤江縣，否則他的功名別想要了。」

說完，扭頭就走。

「三娘！」

楊天佑喊了一聲，三步併兩步，跟在李綺節身後，頓了頓，右邊臉頰的酒渦皺成一個苦惱的淺坑，「李家那邊，可能是衝著我來的。」

李綺節陡然停住腳步，回頭看楊天佑一眼，「你搶了李家什麼？」

楊天佑以為李綺節會勃然大怒，看她神色平靜，不知道她是真不生氣，還是刻意壓抑怒意，心裡一時七上八下，「城外灘塗的水田都是朱家的祖產，因為年年被洪水淹沒，難有出息，上個月朱家被催債的找上門，索性把那塊田地拿出來抵債，債主轉頭把田地賣給附近幾戶人家，折換成現鈔。我買到了二十畝，李家不服氣，認為我藉著官府的勢力惡意壓價。」

李綺節長眉微挑。

惡意壓價，確實像楊天佑這廝幹得出來的事。

楊天佑看到李綺節眸中的懷疑之色，頓時惱羞成怒，漲紅著臉道：「我是清白的！我楊九做買賣堂堂正正，從來不會用那些下作手段！」

他薄怒時雙眉緊皺，臉上並沒有凶相，眼眉極冷，倒是比平時笑嘻嘻的模樣更顯俊朗。

李綺節不動聲色，淡笑道：「但願吧。」

楊家深處幽巷之中，門前並無多少行人來往，李綺節又是一副男兒打扮，不必顧忌，楊天佑不由盯著她微微彎起的眉眼看了許久。

良久，他慢慢移開眼神，忽然輕笑了一聲，眼裡閃爍著一抹晦暗不明的幽光，「讓表妹見笑了，我不該在妳面前扯謊。」

和楊天佑接觸越多，李綺節越發看不出他到底是什麼性格，有時候他有些流裡流氣，有時候他也直接坦然，偶爾又正經溫文，說話時他是一個樣，不說話時，又像是換了一個人，神色間時不時流露出幾絲超乎他年齡的蒼涼和落寞。

她一時有些摸不準楊天佑話裡的意思。

在灘塗田地的買賣中，他到底動了手腳，還是沒動手腳？

她當下懶得細想，躍上牛車，輕聲道：「買賣上的事，哪裡是一兩句說得清的，先解決我那幫不知道哪裡冒出來的叔叔堂哥們再說吧。」

李綺節說完話，不再去看楊天佑探詢的目光，扭頭吩咐進寶即刻出城。

牛車很快轉過拐角，不見蹤影，只能聽到車輪軋過青石板街道的轆轆聲響。

阿滿走到楊天佑身旁，小心翼翼地道：「少爺，我問過丫頭們了，是太太把您買地的消息傳出去的。」

楊天佑冷笑一聲，笑容凜冽，頰邊的酒渦越發深刻，「當初知道李家那一支是她家認的親戚，我特意連夜坐船趕回縣裡找父親商量對策，就是怕買地的時候和他們李家起齟齬，沒想到還是做了無用功。」

不僅沒能躲過爭端，還讓金氏抓住機會，把事情鬧大了。

阿滿看楊天佑臉色難看，有些不忍，難得貼心道：「少爺，我看三小姐還是信您的。」

楊天佑不由苦笑：信不信，又有什麼？成王敗寇，願賭服輸。做買賣的，沒有人能夠真的清白如水。

他擔心的是，李綺節根本不在乎。

雖然他已經認定了李綺節，但假若這個軟硬不吃的小表妹始終不肯點頭，饒是剛硬麻木如他，心裡還是會覺得一抽一抽地疼。

另一頭的李綺節，根本沒把楊天佑那二十畝地的事放在心上，李家嫡支自詡世家大族，怎麼可能因為區區二十里地就貿然朝楊家發難。不管是楊天保和她的親事，還是楊天佑和他們爭地一事，都是藉口，他們真正的目標，很有可能是楊縣令。

她恍惚記得當朝的成祖差不多大限將至了，到那時會有幾個藩王蠢蠢欲動，不知道屬於窮鄉僻壤的瑤江縣會不會受到波及，李家嫡支又是不是懷有其他更深層的目的。

一時心緒翻騰，不知不覺間，牛車漸漸駛出城門口。

忽然聽得南邊石橋上一人連聲喊進寶的名字，「等等我！」

進寶將牛車趕到石橋下，李子恆一掀袍角，跳到牛車上，「剛才去哪兒了？我在牆根底下等了半個時辰。」

「我去了一趟楊家。」李綺節道：「阿爺呢？」

「去楊家做什麼？」

李子恆接過進寶手裡的鞭子，見李綺節沒答話，便沒多問，指一指渡口的方向，「阿爺回村去找大伯想辦法了。」

「大哥預備怎麼辦？」

李子恆一鞭子甩在牛背上，老牛哞哞兩聲，牛車再度晃動起來，「能怎麼辦？反正事情不能鬧大了，不然妳以後還怎麼說親事？」

李綺節莞爾，「我還以為大哥會跟著嫡支那幫兒郎一起打上楊家的門呢！」

李子恆翻了個白眼，「我又不是沒腦子，其他的事情我拿不定主意，這事我還是能分得清輕重的，嫡支休想借妳的名頭鬧事！」

兄妹倆在渡口前雇了條小船，坐船回了李家村，李大伯和周氏已經聽李乙說了來龍去脈，正在家急得團團轉。

周氏一見李綺節，眼圈便紅了，「要不，再讓三娘到我娘家去避避風頭？」

李大伯嘆口氣，「兩族相鬥，三娘就算躲到天邊去，也躲不開，除非咱們家搬得遠遠的，以後再不回瑤江縣。」

鄉人安土重遷，動亂打仗的時候都不願背井離鄉，李乙不可能因為害怕李綺節的名聲受牽連，就拋家捨業，搬遷到別處去。

周氏一跺腳，恨恨地道：「怎麼就攤上這群親戚了？求他們的時候，他們禮照樣收，就是不肯張口，好不容易風聲平息了，又跳出來添亂！」

李大伯捋著花白鬍鬚，愁眉不展。

一直沉默不語的李乙忽然站起身，「實在沒辦法，我帶著三娘去武昌府，在那邊賃間屋子，住上兩三年，等風頭過去了，再帶她回來。」

周氏看向李大伯，「這……這合適嗎？」

武昌府和瑤江縣倒是離得不算太遠，坐船的話，一來一回只需一天的功夫，可李綺節正是十一二歲說親事的年紀，再過兩三年，等她從武昌府回來，縣裡正當年紀的好兒郎早被挑光了。在武昌府那邊替她尋親事呢，又人生地不熟的，不知道人家的深淺底細，而且李家人口少，斷不會把女兒家外嫁。

遠嫁的小娘子，礙於規矩，常有幾十年不回娘家的，出嫁就等於生離。李綺節雖然不是周氏親生的，但在周氏眼裡，侄女兒就和自己的女兒一樣，她捨不得讓李綺節吃那份骨肉分離的苦頭。

「何必如此？」李綺節解開頭上戴的網巾，端起一杯沒人動過的泡橘茶，喝了兩口，笑盈盈地道：「族叔他們藉著我的名頭去楊家鬧事，無非是為了一個利字，咱們只要找準他們真正想要的東西是什麼，不愁沒法應付。」

李乙眉頭緊皺，「三娘，莫要胡鬧，宗族的事，哪是妳一個小娘子能管的？都怪我素日縱著妳，把妳慣得無法無天的。」

李綺節不吭聲。

見李乙斥責李綺節，李大伯頓時不高興了，嘟囔道：「二弟這話就說岔了，宗族打著三娘的名頭在外邊要打要殺的，三娘難道就得老老實實坐在閨房裡任他們胡作非為？泥人還有三分土性呢！你這個當爹的，不曉得護著自己的閨女，還怪起三娘來了？」

李乙苦笑道：「大哥，今時不同往日，三娘都快十二歲了，哪能和七八歲時那樣到處拋頭露面，想怎麼樣就怎麼樣？宗族的事，她一個小孩子，什麼都不懂……」

李大伯一口打斷李乙，冷笑道：「什麼宗族不宗族的，原本就是沒有血緣的遠族。不過是咱們兄弟倆形單影隻，沒有族人依靠，想攀個遠親，才厚著臉皮認了他們家。這些年，咱們歲歲送禮，月月有供奉，把嫡支那邊當成真祖宗一樣孝敬，他們給咱們回過什麼？每次你我兄弟上門，都把我們當成奴才一樣糊弄，隨隨便便打發幾個管家出面接待我們不說，時至今日，我們連正院都沒進去過！人家是望族，看不上咱們兄弟倆這破落戶，也算是情有可原。是咱們家配不上他們的門第，活該被人看不起，可他們收了咱們家的禮，拿了咱們家的好處，還來敗壞咱們的閨女的名聲，我李甲絕不答應！」

李子恆立即附和道：「沒錯，大不了從今以後，咱們不和他們家來往了！」

李乙不住嘆氣，「好好的，怎麼就要和宗族斷絕關係……」

李綺節趁機道：「阿爺，您若是還不想和嫡支鬧掰，不如聽聽我的主意，我保管把事情辦得妥妥當當的，既不用和嫡支那邊撕破臉皮，也不會讓楊家難堪。」

楊家和他們家的關係，比那個莫名其妙的李家嫡支親近多了，即使出了楊天保的事，楊李兩家依然打斷骨頭連著筋。祖祖輩輩聯姻，關係錯綜複雜，不是說疏遠就能疏遠的。

在李綺節看來，嫡支那邊不容易對付，楊家同樣不能得罪，他們家想在瑤江縣住下去，就得和楊家保持不遠不近的親族關係。

李子恆一擼袖子，露出矯健的雙臂，甕聲甕氣地道：「阿爺，先聽聽三娘的法子吧，反正坐著乾等也不是事兒。」

李大伯亦道：「沒錯，二弟，要麼你現在去和嫡支劃清界限，從此不相往來，要麼你就聽三娘的！」

李乙看看一臉篤定的李大伯，再看看躍躍欲試的兒子，最後看向李綺節：「三娘，妳真的想好了嗎？」

李綺節點點頭，淡笑道：「阿爺不必擔心，實在不行，咱們搬到武昌府去好了。那邊比縣裡繁華熱鬧得多，說不定咱們還能在碼頭買幾間鋪子做生意呢！」

李乙無奈地嘆口氣，「好，不過妳得先答應阿爺一件事。」

「什麼事？阿爺只管說。」

「如果楊、李兩家還是鬧起來了，不管咱們搬不搬家，從此以後，妳不許再隨意踏出家門一步。」李乙的話一字一句，說得鄭重認真，顯然是他在心裡想過無數次的。

李綺節愣了片刻，直直地盯著李乙的眼睛。

李乙的眼神有些躲閃，別開臉，顫聲道：「妳想清楚了再回答阿爺。」

李綺節心裡一沉：這一天終於還是來了。

她早就明白，因為她幼年喪母，家中沒有主婦教導，所以才能無憂無慮，到處閒逛。李乙不忍過多苛責她，也由著她去，但隨著她一日一日長大，李乙終不能容忍她的散漫自由，他希望她能夠遵守三從四德，做一個文靜乖巧的小娘子。

李綺節並沒覺得有多失望，早在幾年前，她就知道自己終將會面臨這一天，他們所受的教育不同，總會出現分歧和矛盾，這不奇怪，也不突然。

因為她自己才是不符合這個時代的異類。

她躬身向李乙行了個全禮，肅容道：「阿爺，女兒答應您，如果事情不能妥善解決，我會老老實實待在家中，再不會隨意在外邊行走。」

李大伯、周氏和李子恆幾人互望一眼，面面相覷。

待李乙出了門，李子恆才扯住李綺節的衣袖，問道：「三娘，阿爺說的話是什麼意思？他是不是生妳的氣了？」

李綺節淡然道：「沒什麼，阿爺只是怕我出事罷了。」

「哦。」李子恆摸摸後腦杓，「下一步咱們該怎麼辦？」

「咱們先回城。」

「哦。」李子恆點點頭，又啊了一聲，「回城？可咱們才出城啊？」

李綺節不說話，兄妹倆一前一後出了李家門，進寶已經把老牛牽到江邊飲飽水，正在門前套車。一個頭戴生紗儒巾，身穿松花色大襟長袖紵紗直裰的少年，在一旁幫他打下手，防止老牛撅蹄子。

李子恆忙道：「孟表弟，哪能讓你做這樣的活計！」

不由分說，上前把孟雲暉輕輕推到一邊，代替他餵老牛吃草料。

孟雲暉拍拍手，笑道：「無妨，我在家常下地勞作，插秧、鋤草、放牛，我都會。」

幾日不見，孟雲暉換了一番裝束，穿一身紵紗直裰，提前戴起頭巾，看起來比從前更顯相貌堂堂。別說李子恆，就是李綺節，看他穿著這麼體面的衣裳去侍弄老牛，都有些替他心疼。不是心疼孟雲暉，是心疼他身上的衣裳。

一個梳小髻的小童跑到孟雲暉身邊，抽出一張帕子，拍拍他衣襟下擺上沾上的塵土，「少爺，東西都收拾好了。」

孟雲暉點點頭。

李綺節道：「孟四哥要進城去？」

孟雲暉還未答話，李子恆道：「正好我們也回城，孟表弟和我們一道走吧。」

孟雲暉飛快地瞥了李綺節一眼，見她沒反對，便笑道：「恭敬不如從命，正想請大表哥順路捎帶我一程。」

他略頓了頓，「我爹……要去訪友，下午回縣城。」

他現在說的爹，應該不是他的生父孟五叔，而是孟舉人。

李綺節走到李子恆身邊，壓低聲音道：「沒序過齒，大哥怎曉得孟四哥年紀比你小？」

李子恆把袍角塞在腰間，道：「我是元月梅花開的時候生的，他是春社日水芹菜冒尖的時候生的，自然是我年長。」

一行人收拾妥當，回到瑤江縣。

牛車駛入葫蘆巷時，楊家小廝阿滿立即迎上前，似是想對李綺節說什麼，看到同車的孟雲暉，臉色一變，抽身又往回跑了。

孟雲暉低聲問李子恆：「剛剛那個是楊家九郎的伴當？」

李子恆點點頭，「孟表弟認得楊九？」

孟雲暉眉頭輕皺，隨口道：「聽說過。」

到了孟家門口，孟雲暉和小廝下車，小廝前去叩門，裡面半天沒人應聲。

李綺節進門前，見孟雲暉和小廝還站在孟家門外傻等，猶豫了半刻，向李子恆道：「孟嬸嬸可能出門去了，請孟四哥到咱們家坐坐吧。」

孟娘子當然沒有出門，李綺節出門前還聽到她在院子裡罵丫頭。孟雲暉獨自回家，孟娘子心中有氣，多半躲在家中，不讓丫頭為他開門。

只能等孟舉人回家，孟雲暉才能進門。

李子恆把孟雲暉主僕請到李家堂屋稍坐，寶珠煮了雞蛋茶給幾人果腹。

不多時，門外幾聲叩響，門房打開門，認出來人，招呼道：「表少爺來了。」

楊天佑神色匆匆，他原本在為李家的事奔忙，聽阿滿說了孟雲暉回城，怕他說自己的壞話，這才撂下手上的差事，即刻趕來李家。

聽到堂屋裡的說話聲，他面色微冷，「孟四在裡頭？」

門房道：「隔壁沒人在家，大少爺請孟四少爺過來說說話。」

楊天佑冷笑一聲，都火燒眉毛了，還有功夫和孟四談笑風生？他就奇怪李家的院子裡怎麼會晾著一件秀才的衣裳，果然是近水樓臺先得月，讓孟四趕在前頭了！

楊天佑進了李家堂屋，一眼先溜到孟雲暉身上，見他穿著與往日不同，心裡警鐘長鳴。

另一頭，孟雲暉正和李子恆說話，餘光瞥見楊天佑進門，笑容漸漸凝結在眼角眉梢。

兩人對視一眼，又心照不宣地各自移開眼神。

楊天佑徑直走向李綺節，「我已經派人去武昌府了。」

李綺節站起身，「有一事想請九表哥幫忙。」

說著話，朝孟雲暉示意，帶著楊天佑走出堂屋。

楊天佑回頭看一眼孟雲暉，狹長雙眸中淨是提防之意。

孟雲暉直視著他略帶警告意味的眼神，嘴角含著一抹挑釁的笑意。

李綺節把李子恆帶到院中，桂樹下已經支起桌椅板凳，桌上備有筆墨紙張。

寶珠斟了兩杯滾白水送到院子裡，吃過茶，李綺節問道：「灘塗那邊的二十畝地，表哥預備拿來種什麼？」

楊天佑道：「朱家的債主急著脫手，價格低廉，我買來也是準備再轉手的，沒有打算自己種糧食。」

李綺節點點頭，這和她打聽來的消息差不多，楊天佑名下幾乎沒有任何田產房屋，他是楊家庶子，無權繼承家產，這幾年基本靠變賣各種產業，賺取其中的差價來盈利。

「如果我要從表哥把那二十畝地買來，表哥出價多少？」

楊天佑一愣，「妳要把地買回去？」

李綺節翻開桌上的一本帳冊，翻到最新的一頁，寫下日期數目，頭也不抬地道：「放心，不會讓表哥吃虧。在商言商，表哥原定的價錢是多少，就是多少。」

楊天佑看著李綺節頭頂上盤起的漆黑髮髻，心裡頗有些發癢，很想上手捏一下，「妳是不是想把田地送給妳家那戶遠親，然後息事寧人？」

不等李綺節回答，他道：「若是如此，我直接把田地拱手讓給李家就好了。」

李綺節抬起頭，面露詫異，小氣巴拉如楊天佑，什麼時候變得大方起來了？

楊天佑眉眼一彎，臉頰邊的酒渦若隱若現，「如果能妥善解決楊、李兩家的糾紛，不讓表妹名聲受損，區區二十畝地算得什麼？表妹想要什麼，只管說，我全都給妳。」

他的瞳孔裡像燒了兩團火苗，亮晶晶的。

李綺節覺得脊背一寒，胳膊上乍起一層雞皮疙瘩，忙低下頭，合上帳本，「無功不受祿，表哥不出價就算了，我把緊鄰的二十畝地買下來也是一樣的。」

楊天佑雙眼微微瞇起，盯著李綺節看了片刻，知道她不是在說玩笑話，臉上的笑容淡了幾分，「一畝八兩銀。」

「八兩？」

李綺節一臉訝色，懷疑楊天佑是不是故意壓低價格以向她示好。

元末社會制度敗壞，生產力極度低下，唐宋時期的許多技術知識幾近失傳，以致於田地荒廢，民不聊生。自明朝立國以來，朝廷奉行輕徭薄賦的國策，鼓勵老百姓們置房辦產、開墾土地。縣裡的人賺了錢鈔，多數會攢起來買田置地，潭州府的田畝價格逐年增高。直到嘉靖年間，畏於繁重的徭役，普通老百姓不敢多買田地，田地價格才下跌至一畝五六兩。

眼下按市價算，山地從一畝一兩到一畝七八兩的都有，而水田向來供不應求，一畝水田少說也得十兩銀。

灘塗的地雖然容易遭到洪水侵蝕，恰恰是每年的洪水給沿岸土地帶來豐沛的營養物質。潭州府最肥沃的田地，幾乎都集中在湖泊周圍。江邊稻田產的稻米，米粒圓潤飽滿，品相優美，是湖廣地區品質最好的上等稻米。

楊天佑竟然說一畝上好水田只要八兩銀？

大概是李綺節的表情太過震驚，和她平時的模樣很不一樣，杏眼瞪得圓圓的，少了些冷淡，多了點稚氣，楊天佑忽然覺得有些高興，摸摸鼻尖，哼了一聲，「不瞞表妹，出手八兩，我也能賺不少。」

李綺節很快算清數目，心裡暗暗估了一下價格。既然八兩也能賺不少，那楊天佑買地的時候，價格說不定只有六七兩甚至更低，難怪李家會認為他在買地的時候動過手腳了。

當下議定價格，只缺保人，李綺節讓進寶把花相公請到家中，擬定了契書。

到衙門辦理轉讓文書時，因楊天佑的身分，衙門的差役不敢故意拖拉、勒索，利利索索蓋了印戳，只按著規矩收取了稅錢。

下午未時一刻，孟舉人騎著一頭毛驢，回到葫蘆巷。

孟雲暉的小廝連忙跑到李家，喜道：「官人回來了，少爺，咱們能回去了！」

孟雲暉和李子恆辭別，臨出門前嘆了口氣，道：「我曾和楊家九郎有些過節，他那人出身不好，性子乖戾，不是個好相與的，大表哥平日得多留意他的舉動，三娘心實，我怕……」

他話說到一半，似是顧忌著什麼，忽然又頓住，沒再接著往下說。

李子恆明白孟雲暉話裡的未盡之意，笑道：「多謝你提醒，我心裡有數。」

等李綺節和楊天佑從衙門歸家，李子恆一把將李綺節拉到房裡，「三娘，買地的銀兩少說也得一百幾十兩，那麼多錢，妳從哪裡借來的？還有，楊天佑那小子是不是在哄騙妳？」

李綺節掏出一份契書，遞給李子恆看，「那是我的私房錢。」

契書上除了幾名保人的簽字，最醒目的是花相公的私印，上面羅列了許多條款，大致的意思是花相公的貨棧每盈利一文錢，李綺節能十中取三。

李子恆把契書翻來覆去，看了一遍又一遍，「妳什麼時候和花相公合夥做生意了？我怎麼不曉得？」

李綺節抽走契書，反問道：「你曉得的話，阿爺就曉得了。阿爺曉得了，我還能繼續和花相公合作嗎？」

李子恆目瞪口呆，傻愣愣地站了半天，喃喃道：「怪不得妳總往花家跑，搗鼓出什麼新鮮玩意兒就派人送給花相公……怪不得花娘子明明是長輩，卻認妳做師傅，怪不得花家逢年過節就往咱們家送禮送吃的，比親戚家的禮要豐厚的多，花相公還總在阿爺面前誇妳……」

他一連說了一大堆的怪不得，然後猛然一抬頭，幾步跑到門前，防備地看看門外四周，又跑回到李綺節身邊，作賊似的，壓低聲道：「妳老實跟哥哥說，私房錢攢多少了？」

李綺節嘻嘻一笑，「無可奉告。反正都存在錢莊裡，穩當得很。」

不待李子恆追問，轉身走了。

李子恆眼看著李綺節走出房門，不由跌足：他還以為妹妹整天無所事事，要麼待在家中繡花玩耍，要麼出門去縣城閒逛，要麼回鄉下李宅清閒，原來妹妹私底下早已經幹出一番大事業了！

看來，孟表弟的擔心是多餘的了，楊天佑根本不可能誆騙到三娘，說不定三娘還能從那個吝嗇鬼手裡占到便宜。

這倒是李子恆多想了，李綺節根本沒想過要占楊天佑的便宜。

她回到自己的房間，將文書地契收好，下樓把楊天佑和李子恆叫到一處，道：「李家嫡支那邊，說來說去，便是分成四派。一派是族老，固執守舊，不會動搖。一派是利益熏心的貪婪之人，想搶回灘塗的二十畝地。一派是年輕氣盛的矮輩子弟，被人一煽動，就抄起傢伙跟著族老走。剩下的，不過是一幫烏合之眾，喜歡湊熱鬧，想趁機渾水摸魚，不管是楊家還是金家，他們都敢打上門。」

李子恆還在雲裡霧裡，楊天佑已經看出李綺節的打算，皺眉道：「二十畝田地，用來引誘貪心的族叔一輩和那些想渾水摸魚的人，剩下兩派人怎麼解決？」

李子恆看一眼李綺節，再看一眼楊天佑，撓撓腦袋，「什麼幾派人？」

李綺節瞟了大哥一眼，接著道：「年輕子弟交給楊天保，李家嫡支有他交好的同窗，等他明天回縣裡，讓他一個接一個去說服他們。」

楊天佑一挑眉，不知道為什麼，忽然有些心疼自己的五表哥。

「至於那幾個族老……」李綺節笑了笑，「直接放棄。他們家那些族人，各有各的私心，只管專心對付其中幾派就夠了。」

族老如果真的是衝著楊縣令去的，那金銀財寶根本不可能讓他們動心。

「也不是真的要全部放棄。」楊天佑想了想，補充道：「聽說族老中的一位八公爺有些懼內，或許可以從他家的老太太那邊想法子。」

李綺節眼波流轉，看了楊天佑一眼，點點頭，「能有路子當然最好。」

當下商議好對策，各自分頭行動。

可憐李子恆仍然一頭霧水，呆愣半天，這才吐出一句：「等等，你們倆剛剛在說什麼？幾派人來著？」

沒人回答他，房裡空蕩蕩的，只剩他一個人。

到夜裡時，從鄉間趕回縣城的李乙帶著一個消息進門：李家嫡支已經商量好，第二天傍晚約齊幾十人，以摔杯為號，去砸楊家祖宅的鐵鍋。

李綺節頓時樂了：還挺講究的嘛，知道以摔杯為號！

李子恆在一旁道：「既然知道他們什麼時候動手，咱們可以去告訴楊家人，楊表叔是縣太爺，派幾個差役皂隸，拿了枷鎖往楊家大門前一站，誰敢衝進去？」

李綺節一指頭點在李子恆腦殼上，「歷來兩族相鬥，官府不敢管，管了哪邊都不討好，鄉里人也不樂意讓官府指手畫腳。被人砸破鐵鍋是丟面子，找官府施壓，更加抬不起頭。」

說不定，楊家嫡支族老就是想逼楊縣令親自出山？

翌日清晨，楊天保乘坐一條過路的商船，趕在辰時三刻左右回到瑤江縣。

孟、李兩家是鄰居，只隔著一道薄薄的院牆，在院子裡高聲說話，隔壁左右都能聽見。他進李家門的時候，躡手躡腳，大氣不敢出一聲，還舉起寬大袖襬，擋在臉前，生怕孟家下人看到他。

李綺節關上房門，說道：「五表哥放心，我們和孟四哥打過招呼了，孟舉人和孟娘子不會注意到你的。」

楊天保吁了口氣，「還是得小心些，畢竟……」

李綺節冷笑一聲，「畢竟你成孟家嬌客了？」

楊天保想起李綺節打人時的俐落果斷，頓時一陣膽顫心驚，默默地躲到李子恆身後。

李子恆撇撇嘴，冷冷地瞥了楊天保一眼。

三妹妹不好惹，怎麼大表哥身上也帶著一股殺氣？楊天保不明所以，腳步慢慢往外挪，和李家兄妹保持著不遠不近，隨時可以抽身逃跑的距離。

李綺節道：「表哥，見了李家那些年輕子弟，你曉得該說什麼嗎？」

楊天保點點頭，「等我見了幾位同窗，一定把他們駁斥得面紅耳赤。我們是讀書人，哪能像市井無賴一樣聚眾鬥毆……」

「快打住。」李綺節直搖頭，「文鬥還是武鬥，說來說去，都是各憑本事。你和一群血氣方剛的少年人掉書袋，還不如擼起袖子直接和他們打一場。」

楊天保一句話噎在喉嚨眼裡，臉上青青白白的，表情略顯抽搐。

李子恆推開楊天保，一臉躍躍欲試，「那我們該怎麼辦？還是得打一架嗎？」他早就恨不得立刻去抄傢伙。

「打還是得打的，不然嫡支那幫人不會解氣。」李綺節慢悠悠地道：「但不能以我的名義打，也不能在楊家祖宅打。」

聽說還是要打架，楊天保微微一顫，暗暗地道：三娘果然是個粗魯人！不止說話粗魯，行為處事也粗魯！

嫌棄了半天，他的心思忽然一轉，隱隱有些恐懼：難不成三娘把我叫回來，就是想支使我去打架嗎？

楊天保越想越覺得很有可能，不止身體，連聲音都跟著發起顫兒：「那、應應應該在哪兒打？以什麼名義打？」

李子恆拍拍自己的胳膊，笑道：「對啊，怎麼打？一個個打，還是一窩蜂一起上？」

李綺節沒說話，走到屏風後頭，撈起一個皮革製成的蹴鞠，扔到李子恆腳下。

「就比這個。」

這個蹴鞠是李綺節特意找匠人訂做的，顏色、大小和重量都和小娘子們平時閨中玩耍時玩的蹴鞠有些不一樣。

楊天保認出在腳底下滾動的是蹴鞠，立刻一蹦三尺高，「比蹴鞠？我可不會！」

李綺節撿起蹴鞠，往楊天保懷裡一塞，「不會可以學。」

傳統的蹴鞠比賽不是團體賽，而是講究個人技藝，誰能把蹴鞠玩得爐火純青，誰就是個中高手。輸贏的標準掌握在裁判手中，不像後世那樣講究團體合作，以進球數為輸贏標準。

李綺節決定讓兩幫人來一場現代足球賽，不論是楊天保，還是李家嫡支那幫人，嚴格說起來都不會踢足球。會不會蹴鞠，關係不是很大，反正都是頭一次，輸贏不重要。她只是想藉這個機會，利用楊李兩家的年輕兒郎，宣揚一下足球賽罷了。

李子恆是唯一聽李綺節講解過足球賽的人，看她拿出蹴鞠，摩拳擦掌道：「從前聽妳說過球賽，早就想那樣來一場比賽了，可惜沒能找齊人一起來耍，終於可以試一下怎麼玩了！」

楊天保哭喪著臉，喃喃道：「有辱斯文……有辱斯文……」

李綺節淡淡一笑，「五表哥可以不玩，等李家嫡支那幫人打上楊家門，不出兩天，縣裡人都會知道你無故退親，在外邊豢養花娘……」

對於讀書人來說，好名聲和真才學一樣，都是必不可少的。

楊天保立馬臉色一變，強笑道：「君子六藝，禮、樂、射、御、書、數，蹴鞠雖然不是射、御中的一種，但有益於強身健體，我、我玩就是了！」

李子恆想起一事，把李綺節拉到一邊，「嫡支那邊會答應嗎？」

李綺節眨眨眼睛，道：「我已經讓天佑表哥去和嫡支那邊的人商量，如果他們贏了，就把二十畝地的契書送到他們手上……」

「為了地契，他們願意把械鬥改成足球賽？」李子恆拍頭，「既然錢鈔能收買人心，那咱們還這麼提心吊膽做什麼？直接給他們每家送些錢鈔，讓他們別去找楊家麻煩不就好了？」

「哪有那麼容易？」李綺節望著窗外一角婆娑綠影，聲音裡帶了幾分寒意，「原本花些錢鈔確實是最簡單的方法，但我偏偏不想白白送錢去填那幫人的口袋，而且有了第一回，以後說不定還有第二回、第三回，難不成我只能坐以待斃，一次次用錢去堵他們的嘴巴？」

李子恆騰地臉上一熱，一股怒氣直沖頭頂，「沒錯，不能縱著嫡支的人！」

李綺節雙眉舒展，綻出如花笑靨，「所以，既然他們很想把事情鬧大，那我索性如他們的意，把事情鬧得更大。」

◆　◆　◆

瑤江縣城，東大街。

幾個頭梳小髻，身穿藍布短打的小童站在人流最為集中的牌坊前，舉起一個喇叭形狀的木頭擴聲筒，齊聲道：「城外往西二十里，蹴鞠球場，免費球賽，供應茶水果子。」

聲音經過擴聲筒裡特殊的牛皮震動裝置，放大了無數倍，洪亮悠長，帶著回音，通過空氣傳播，一下子傳向四面八方。

靠得最近的幾個差役，猝不及防之下，耳朵差點被震聾，連忙捂住耳朵，一邊後退，一邊罵罵咧咧道：「那是個什麼玩意兒？」

一個皂班衙役伸手去摸木頭擴聲筒，稀罕地道：「少爺從哪兒弄來的這新鮮東西？聲音怎麼那麼大那麼清楚？」

小童白了衙役一眼，狠狠拍掉他的手，哼道：「別摸，這東西精貴著呢！」

衙役低啐一口，「嘿，你還抖起來了？」

他正想去搶奪小童手上的擴聲筒，忽然一陣踉蹌，被圍攏的老百姓擠到外邊去了。

有人支起耳朵，追問道：「小哥兒，你們剛才說什麼來著？」

更多的人目不轉睛地盯著小童手上的擴聲筒，連聲道：「再來一遍！再來一遍！」

六名小童互望一眼，舉起擴聲筒，高聲喊道：「城外往西二十里，蹴鞠球場，免費球賽，供應茶水果子。」

眾人打量著木頭製成的擴聲筒，笑嘻嘻道：「真是奇了！」

其實小童們的聲音沒放大很多倍，但六人齊吼，聲勢壯觀，加上老百姓們愛看熱鬧，看到一堆人圍在牌坊下，也不由自主湊過來看稀奇，一層加一層，很快就圍了一二百人。

小童趁機道：「諸位伯伯、伯娘，今天下午在城外往西二十里的蹴鞠球場，有場公開的蹴鞠球賽，不用交茶水錢，誰都能進去，保證人人都有位置，還供應茶水果子……」

一個心急的婦人道：「要鈔嗎？」

小童連忙道：「分文不收，我家主人說了，只為求個熱鬧喜慶。」

眾人大吃一驚，議論紛紛：「這倒是奇了！」

一人摸著下巴道：「西邊二十里地原是一片荒地，什麼時候有蹴鞠球場了？」

另一人道：「縣裡的酒樓每個月有好手演蹴鞠白打，好看是好看，可進門的茶水錢就要收五文，還不包括果子飯食錢，你家主人真的分文不收，還有位置坐？」

小童笑道：「青天白日的，我們騙你做什麼？諸位若是不信，下午未時，城門口有牛車接送，諸位過去瞧一瞧，就知道真假了。我們主人還說了，去得早的，不止有位置坐，還能夠拿禮包呢！」

眾人好奇道：「禮包是什麼？」

小童從袖子中取出一個葛布包裹，解開繩結，裡頭是一枚枚雪白晶瑩的糖糕。

人群中有人忍不住嚥了口口水。

小童把糖糕分發給人群中方才提問最積極的幾人，「禮包嘛，就是全憑大家的運氣，最先到達球場的前一百個人，都能拿到一個禮包，拿到什麼是什麼。有的是吃的，有的是玩的，有的是用的，還有的……」他故意拖長聲音，見眾人都在翹首盼著他的下一個字，才慢悠悠地道：「還有一個禮包，裡頭是一兩銀子。」

免費的東西，對老百姓們來說，總是有種無窮的吸引力，哪怕那免費的東西只是一片毫無價值的菜葉子，得的人都會覺得自己占了便宜。

更何況，小童說的禮包很有可能是一兩銀子。

一兩銀啊，足夠買四五石米，若是省著吃，一家幾口能吃上一年咧！

為了那個極有可能藏有一兩銀子的禮包，別說是看一場免費的球賽，就是讓他們光著膀子下場踢一場，他們也願意啊！

眾人越想越覺得值，彷彿一兩銀子已經進了他們的荷包，個個喜氣盈腮，默契地互望一眼，然後撒腿就跑。

一陣鼓點似的腳步聲後，捲起滾滾煙塵，只剩下一地凌亂的腳印。

六個小童面面相覷。

其中一個小童急得臉色發白，「怎麼回事？怎麼人都跑了？」

剩下幾個圍著方才說話的小童，詰問道：「是不是你把差事辦砸了？」

小童一拍胸脯，「我都是照著少爺吩咐的話說的，怎麼會出錯？」

旁邊一個衙役嘖了一聲，咬著一根甜杆子，帶笑道：「剛才還想誇你們幾個機靈呢！」

小童們瞪著豆大的眼睛，齊齊怒視衙役。

衙役甩甩手，「得了，不逗你們了！那些人已搶著去城西那個球場，準備搶禮包啦！」

「哎呀！」小童們跌足道：「還沒到時候呢，他們怎麼這麼急？」

衙役道：「一兩銀子呢，換我我也急。」

要不是礙於身分，他們一幫皂班夥計跑起來肯定比那幫老百姓要利索多了。

小童們商量了一下，剩下五人仍舊在街市中招攬觀眾，派腿腳最快的阿翅去葫蘆巷給李綺節報信。

……

「已經去了？」

聽說老百姓們知道有免費的禮包拿，撒腿就往城外去了，李綺節頓時有些哭笑不得：她還以為本地的鄉人們比較矜持，不會買帳呢！

阿翅道：「東家娘，球場還沒開門，人都已經去了，怎麼辦？」

李綺節找出一張刻有標記的木牌，遞到阿翅手中，道：「不必慌張，不是請了戲班子嗎？讓他們提前開演，先不用上正戲，變幾個戲法，唱一齣文戲，不讓場面太冷清就成。這是號牌，交給你們家少爺，他曉得該怎麼辦。」

阿翅答應一聲，接過號牌，轉身跑遠。

李綺節望著阿翅的身影，忽然眉頭一皺，等等，剛才他叫她什麼來著？

身後一聲輕咳，楊天保抱著一顆皮球，顫巍巍地道：「三娘，真要比蹴鞠啊？」聲音一顫一顫的，聽起來甚為可憐。

李綺節回頭，看到一張紅腫半邊的饅頭臉。

李子恆自詡會耍幾手蹴鞠，擺出一副老師傅的架勢，親自教授楊天保蹴鞠的技巧。一開始，楊天保學得挺認真的，還很感激地表示，大表哥果然是個熱心腸。

過不了一會兒，楊天保發現，熱心腸的大表哥，下手竟然比李綺節還狠。

才不過片刻功夫，楊天保身上已經蹭破了幾處。髮髻歪了，繭綢青袍裂開了，眼圈也青了，半邊臉更是像發麵饅頭一樣，腫得高高的。

他心裡有苦難言，早曉得大表哥面憨心黑，還不如讓三妹妹教他呢！

李綺節忍住笑，柔聲道：「五表哥不想讓事情有個了結嗎？」

楊天保神情掙扎，眼裡似有淚光閃動，嗚一聲，目光變得堅定起來，「好，比就比！」

李綺節嘖嘖幾聲，「五表哥真是人不可貌相。」

楊天保以為李綺節在真心實意誇他，青黑的眼裡現出一抹得色，「男子漢大丈夫，哪能當縮頭烏龜？既然那家人是衝著我們家來的，我身為楊家子弟，當然得撐起楊家人的風骨！」

「楊家人的風骨？」李子恆冷笑一聲，扯起楊天保的衣領，「表弟，你連傳球都學不會，你們楊家人的風骨，好像有點不穩當啊……」

楊天保縮著脖子，大聲道：「術業有專攻……我只是恰好不懂蹴鞠罷了！」

在樹下漿洗衣裳的寶珠忽然抬頭，笑道：「我記得孟家四少爺的蹴鞠玩得很好。」

李綺節神色一頓，孟雲暉確實是蹴鞠高手，而且身手矯健，看起來力氣不小。

「不行，不能找孟四！」楊天保臉色大變，發出尖利的反對聲，「他姓孟，又不姓楊，不關他的事！」

李綺節面露狐疑之色，盯著楊天保的眼睛，一字一句道：「我記得你和孟四哥很要好，他雖然不姓楊，一來，他和你交情不錯，二來，又是你的大舅子……」

楊天保把腦袋搖得像波浪鼓一般，「我可沒有那樣的大舅子！」

李子恆一巴掌拍在楊天保的肩膀上，差點把瘦弱的楊五郎拍到了地上去，「雲暉表弟可是得罪你了？」

楊天保悶哼一聲，悄悄離李子恆站遠了些，「你們沒聽說孟雲暉家裡的事？」

李子恆和李綺節對望一眼，「什麼事？」

「他們家不乾淨咧！」

楊天保思量再三，覺得李綺節到底是從小一起長大的小表妹，雖然打過自己一次，但那時她在氣頭上，情有可原，如今事過境遷，應該不會再對自己下狠手，便輕手輕腳走到她身旁，悄聲道：「孟四的父母竟然自甘下賤，給胭脂街的花樓幫工，哎，真是……」

李綺節冷聲道：「表哥，我沒記錯的話，你想娶進家門的那隻黃鸝鳥，好像就是從胭脂街飛出來的。」

楊天保臉上頓時漲得通紅，「那哪能一樣？鸝兒是迫於無奈，才會被她的叔父賣進胭脂街的！我娶她是救她脫離苦海，和孟四的父母不同！」

李綺節撇撇嘴，「孟五叔和孟娘子也是迫於無奈，才在胭脂街幫工。」

李子恆抓抓腦袋，「在胭脂街幫工有什麼大不了的？」

楊天保抖抖袖子，「哎，先生正打算把孟四引薦給學政老爺，偏偏在文會上被人拿這事取笑，鬧得兩邊都不好看。先生那人，素來看重名聲……還有些別的事摻雜其中，說出來你們也不懂。總之，孟四是被他爹娘連累了。」

他面上滿是惋惜，眼神裡卻透著股掩不住的輕快，分明是在竊喜孟雲暉倒楣。

果然，文人相輕，即使他們是多年同窗。

李綺節道：「表哥，不管你們那個先生有多迂腐，也不管你有多幸災樂禍，孟四哥這個大舅子，你是認定了。」

李子恆順著李綺節的話點點頭，「孟四已經過繼到孟舉人名下了。」
楊天保張大嘴巴：「……」
愣了半天，他負氣道：「外姓始終就是外姓，他不能代替李家人上場。」
李綺節沒有多說什麼，既然楊天保堅持，那就隨他去，反正楊家輸或者贏，都和她沒關係，而且以孟雲暉素日的為人，楊天保去請他，他不一定會答應。
不多時，阿翅送來楊天佑那邊的口信，他已經把李家數人安置在城中的客棧內，只等楊天保去和他們下戰書。
李綺節立刻催促楊天保動身。
楊天保趴在李家門前，猶豫著不肯走，「真要踢球分勝負啊？」
事不宜遲，李綺節懶得多費口舌，隨手抽了一條竹竿上晾曬的手巾，狠抽楊天保的手背，「你再拖拉，李家其他人就真打上你家祖宅了！你那先生之前是怎麼對孟四哥的，明天也會怎麼對你！」
「啪啪」幾聲下去，楊天保疼得哎喲直叫，偷偷瞪李綺節一眼，乖乖跟著李子恆走了。

瑤江縣城往西二十里的土路上，遙遙走來一對主僕。
主人年紀大概三十歲上下，端方臉孔，黧黑皮膚，穿一身鬱藍色絹布春裝，騎著一頭毛驢，邊走邊打量路旁黑黢黢的山坡松林，神情若有所思。
僕人略老成些，身材矮小，細眉細眼，穿一身粗布短衫衣裳，肩上背著一個褡褳。

到得一處岔路前，僕人指指松林，「官人，三娘的球場在山裡頭，繞過松林就是。」

花慶福皺眉道：「三娘買這塊地的時候，我就勸過她，這塊山地貧瘠，種什麼都沒出息，她偏要買。買了也罷，田地總是不嫌多的，種些果苗花樹，也能將就掙些錢鈔，她倒好，費了幾百貫錢，一船船磚土送到山裡，修什麼球場……」

不就是蹴鞠嗎？縣裡的酒樓常常有蹴鞠白打表演，大堂裡隨便空出巴掌一塊地方，就能演上一整天，為什麼要特地修球場？

那可是真金白銀，足足幾百貫啊！在縣裡買座幾進宅院，也用不著那麼多銀兩！到底是沒經過事的小娘子，整日只在深閨之中，不懂得錢鈔的來之不易。

僕人笑道：「三娘要是肯老老實實聽官人的話，就不是三娘了。」

花慶福亦笑道：「罷了，三娘雖然不愛聽我嘮叨，但從來不會無故任性，咱們去瞧瞧她到底在搗鼓什麼。」

岔路的小道顯然特意修整過，兩旁的樹木砍伐得整整齊齊，泥土特意夯實過，留出能容四駕馬車通過的寬度，轉彎的地方還立了一塊能指示方向的石碑。

順著石碑雕刻的箭頭，花慶福和僕人拐上小道，走了不多幾步，繞過松林，小路陡然一寬，眼前罩下一道明亮光線，豁然開朗處，屹立著一座三層樓的圓形土樓。

此刻，土樓前一片熙熙攘攘，數十個男男女女圍在黑漆大門前交頭接耳，議論紛紛。人群中時不時爆發出一陣驚叫，立刻人頭攢動，男女老少都向聲音發出的方向集中，然後很快散開來，聚往另一個方向。

花慶福下了毛驢，奇道：「這是在做什麼？」

一個身穿短打的小童走到花慶福面前，躬身道：「官人也是來看球賽的？」

僕人正欲說話，花慶福搶先道：「不錯，小哥兒，球賽幾時開始？」

小童笑嘻嘻道：「還早著呢！官人來得巧，還有兩個禮包沒發完，恭喜官人！」說著，遞上兩個紅彤彤的小荷包。

花慶福伸手接過荷包，先沒拆開。

小童看他沒有動作，也沒催，帶著僕人去土樓後面的草棚安置毛驢。

僕人去了半刻，回來時道：「官人，草棚那頭有人看管毛驢，清水和草料都乾乾淨淨的，不必咱們操心。」

花慶福道：「須得幾個銅板？」

僕人搖搖頭，「那小哥說，不要錢鈔。」又從懷中摸出一張號牌，遞到花慶福手上，「這是官人看球賽時的位置。」

花慶福雖然不認字，但家中開著貨棧，為怕帳房暗中動手腳，自己私底下學著看帳本，幾年下來，已經略微能認得幾百字。他將號牌拿到眼前端詳了一陣，上面卻沒有文字，而是一串號碼。

僕人道：「我看過這些字，三娘平時記帳用的就是這種歪歪扭扭的字。」

花慶福笑道：「你不懂吧？這些都是天竺數字，我這張牌子上的是二，二和一。」

花慶福跟著李綺節學過數字，據李綺節說，這種數字是從天竺傳過來的，雖然不能完全替代算籌，縝密性也不夠，但學起來比較簡單易懂，適合平時記小帳目。花慶福當時將信將疑，學了之後，發現果然如李綺節所說，天竺數字書寫簡便，用起來也不複雜，就是容易出錯，而且能輕易塗改，所以不能用在正式的帳冊上。

兩人走入人群當中，立即有人道：「這位大哥，你的禮包裡是什麼？」

原來剛才眾人在拆禮包，難怪時不時便能聽見一陣歡呼。

花慶福哈哈道：「不過兩文錢罷了。」

那人笑道：「大哥的運氣差了點，我的可足足有三錢銀子呢！」

「恭喜老哥了。」

「同喜同喜，下一次說不定大哥就轉運了。」

正彼此討論著各自的禮包，嘎吱幾聲，大門緩緩開啟。

前面的人挽起袖子，預備搶先入場。

數名人高馬大的壯實漢子擋在門前，朗聲道：「一個一個排隊進，把號牌交給場裡的小夥計，小夥計為你們安排位置，不許爭搶，否則收回禮包！」

聽說可能會被收回禮包，眾人立刻老實了，排成隊伍，慢慢進入場中。

土樓從外面看平平無奇，進到樓中，才發現裡頭另有乾坤。

一樓的土層最厚，樓層越高，土牆厚度逐漸減薄，從底下往上仰望，氣勢恢宏。土樓中央是一塊橢圓形的闊整平地，三面是階梯狀修築起來的高臺，高臺間砌有杉木欄板，另一面是一道拱門，通向土樓背面的一座三進宅院。

眾人從來沒看過土樓內的布局樣式，忍不住左顧右盼，踩踩臺階，摸摸欄板，樓裡的小夥計們並不阻止。

輪到花慶福和僕人，小夥計接過號牌掃了一眼，便將二人引到二樓中間第一排的位置，「官人安坐。」

花慶福指指三樓，「樓上是什麼人坐的？」

一樓和二樓只有欄板相接，三樓卻修建成閣樓的樣式，有廂房、迴廊，桌椅擺設一應俱全，樣式精美大方，而且還另外建有空闊的廊道和小門，通向主樓外側。

小夥計笑道：「樓上都是包廂，還沒開張哩！」

花慶福站在欄板前，俯瞰樓下，圓場中間鋪有木板、圍障，搭建成簡易戲臺的模樣，沒有安設藻井。

眾人坐定，錚錚數聲，兩個身穿燕尾青長衫的男人掀開簾子，將一張桌子抬到木臺上。眾人知道這是要開唱了，耳語聲頓時輕了許多。

僕人悄聲向花慶福道：「戲臺之上沒有藻井，怎麼聽得清聲兒？」

花慶福也在疑惑。一般的戲臺，向來會修建出拱頂形狀的藻井，藻井四面的裝飾非常講究，唯有技藝精巧的匠人知道其中的玄妙。

藻井不僅樣式美觀，還能在唱戲時烘托出聲音洪亮的效果，讓戲臺前的人都能聽得清唱詞。土樓當中空曠，橢圓形空地當中空無一物，只有一個孤零零的戲臺，如果開唱，聲音頂多能傳到一樓最接近戲臺的前面幾排，二樓、三樓的人怎麼聽得清？

還在狐疑中，簾子掀開，數名樂者捧著管、弦、鑼、鼓陸續出列，排坐在戲臺兩側。俄而，走出來一個頭戴生紗純陽巾，身穿五行色長袍的老者。老者豎抱漁鼓，手持簡板，面容清臞，氣度不凡，雖是蒼老年紀，但眼神銳利有神，只往臺上一掃，眾人當下寂然無聲。

花慶福留神聽了幾句，面露訝異之色：他雖遠在二樓，和戲臺隔著老遠，卻能清清楚楚聽見老者的每一句說唱，比在戲院裡坐在最前排聽得還清晰些，而且觀眾的議論聲像被刻意隔開了，可臺上的管蕭伴奏卻聽得分明。

花慶福問僕人：「你聽得見樓下的說話聲嗎？」

僕人正聽得入神，被花慶福一打岔，戀戀不捨地收回流連在戲臺上的眼神，側耳細聽片刻，搖搖頭：「聽不清他們在說什麼。」

花慶福不由上下打量樓內類似臺階的各種座位：到底有什麼蹊蹺呢？聽說修建宮殿的匠人們有一種祖傳的祕技，他們建造的宮殿廳堂，不僅莊嚴肅穆，往往還暗藏陣法機關。比如一種回聲裝置，即使兩人隔著十幾丈遠，只要借助機關，一人在遠處說話，另一人能聽得一清二楚，哪怕一人只是輕輕地嘆息一聲，另一個人也能感覺到。

據說，皇城裡的萬歲爺就是利用這種巧妙的機關，暗中偷聽大臣們私底下的議論，考驗大臣們的忠心。

花慶福再一次環顧土樓裡的角角落落，暗暗道：三娘從哪裡找來技藝這麼精巧的工匠？攏共費了多少銀兩？

花慶福默默估算著價錢，然而等老者開口唱到精彩處，他的心不由跟著提了起來，一時根本沒法分心，專心致志聽唱詞去了。

等老者唱完一齣，眾人紛紛叫好。

簾子輕輕晃動，一個頭紮小髻的小童跳上戲臺，手中捧著一隻刻花竹籃子，裡頭盛著雲片糕、甜麻團、芝麻酥餅之類的鹹甜果子。

小童不住朝眾人躬身唱喏，口中念念有詞，說不出的古怪，眾人不由失笑。

小童跳下戲臺，向觀眾提了個問題，問的是老者剛剛唱的是哪齣戲。

被挑中的是個老婦人，老婦人原以為小童是故意扮丑角叫賣果子，樂呵呵答了問題。

小童立即道：「孀子答對了，答對有獎。」

說著，將竹籃遞到老婦人跟前，任她挑選。

老婦人見小童不似玩笑，隨手揀了塊芝麻酥糖，另一隻手捏著荷包，準備掏錢。

小童卻已經走了。

僕人伸長腦袋，望著樓下的動靜，「這又是什麼講究？」

花慶福笑著搖搖頭，「誰曉得呢？不過剛剛唱的那齣戲叫什麼，我怎麼從來沒聽過？」

僕人道：「叫降妖記，說的是一個會遁地的道長雲遊時收服妖怪的故事。」

花慶福嘆息道：「可惜一齣戲才剛開頭就不唱了，不知道妖怪到底會不會現形。」

僕人眨眨眼睛：官人，您還記得來土樓的目的是什麼嗎？

球場的漁鼓戲開唱的時候，楊天保運用他苦讀詩書多年念出來的嘴皮子，順利地和李家派出的代表李大郎談妥了以蹴鞠比賽代替全族鬥毆的細節。

這個李大郎並非李子恆。李大伯和李乙兄弟倆雖然順利攀上嫡支那邊的親族，但嫡支從未把他們當回事，子弟們序齒論排行時，壓根兒沒算上李子恆，所以他們那邊也有李大郎。

李大郎也是個書生，講究儒雅斯文，十分不贊同打上楊家門的魯莽行為，奈何族老們異常堅持，他們做晚輩的不敢不聽。

楊天佑按著李綺節的吩咐，利用二十畝田地當誘餌，順利說動李家嫡支的五位族老，李家長輩很快分成三派。一派仍然堅持要給楊家好看，一派覺得李綺節的親事和他們完全不相干，犯不著為了一個外人得罪楊家，剩下一派則只想趁亂撈好處。

李大郎發現事情還有轉機，當下號召一群不願多事的堂弟，預備和楊家人講和。

李大郎一見楊天保，便笑嘻嘻道：「五郎，咱們好歹都是讀書人，有什麼談不攏的，可以私底下解決，不必鬧得沸沸揚揚的嘛。」

楊天保也是這個想法，立刻點頭如搗蒜。

就在兩人手握著手，眼望著眼，恨不得抱在一起時，楊天佑忽然一頭扎到兩人中間，

「既然李家還有人不服，就算你們倆想息事寧人，以後還是免不了口角紛爭，不如趁這個機會快刀斬亂麻，一了百了。」

李大郎有些防備地盯著楊天佑看了許久，按理來說，悄悄地解決楊李兩姓之間的糾葛，對楊家只有好處，沒有壞處，為什麼楊家突然態度大變，從提防變成主動出擊了？他怎麼總覺得這個楊九肚子裡藏了什麼不可告人的祕密？

楊天佑把楊天保拉到一邊，說道：「五哥，你要是敢和這些人講和，三娘轉頭就會去孔先生家走一趟。」

楊天保脊背一涼，「她想做什麼？」

「沒什麼。」楊天佑拍拍楊天保的肩膀，「她只是和孔夫人嘮嘮嗑，講講她見過的一隻什麼黃鸝鳥。」

楊天保牙齒戰戰，嚥下心頭的屈辱和憤恨，轉頭看向李大郎，「李兄，不多說了，咱們今天必須一決勝負！」

李大郎回頭看一眼自己的堂弟們，個個人高馬大，身強力壯，再看看瘦巴巴的楊天保，嘴角一挑，「既然賢弟堅持，那愚兄只能卻之不恭了。」

當下，李家兒郎們個個擼袖子，鬥志昂揚。

楊天保則是縮在牆角，無語凝噎。

「等等！」

楊天佑取出一張毛邊紙，鋪在桌上，「在比賽開始之前，雙方必須簽字畫押。」

李大郎狐疑道：「比賽就比賽，還要簽字？」

楊天佑讓夥計取來筆墨和印章，「這樣才不會傷和氣。諸位都是少年英才，不必為了一椿小事鬧得彼此尷尬，權當是閒暇時一處玩樂，點到為止，大家都留幾分體面。」

李大郎看過紙上的文字，確實如楊天佑所說，只是些不傷和氣的套話而已。

楊天佑暗暗瞪了楊天保一眼，示意他上前按手印。

楊天保癟癟嘴巴，上前按下自己的手印。

李大郎哈哈大笑，「也罷，只是切磋而已。」

他說完，也按了自己的手印。

待兩隊人馬共乘牛車出發，楊天佑並沒跟隨堂哥楊天保一道走，而是帶著伴當阿滿，逕自去找縣裡放利錢的宋二叔。

宋二叔家中有些門路，和縣裡的官吏們有幾分交情，一向管著縣裡放債、利錢的行當，在瑤江縣的名聲不是很好聽。老百姓們都管他叫宋二叔，不是因為他為人可親，而是他在家中排行第二，名字就叫二叔。

進寶看著楊天佑進了宋二叔的家門，回家說與李綺節曉得，「三娘，九少爺怎麼和宋二叔那樣的人攪和在一起？」

李綺節漫不經心道：「宋二叔要是沒有幾分門路，哪敢幫人管利錢、放債務，說不定裡頭還有楊家的一分利。楊九哥和他認識，沒什麼好奇怪的。」

其實她和宋二叔也打過交道，不過當時是花慶福出面和宋二叔應酬，她在後頭旁聽。

進寶憂心忡忡：楊九少爺瞧著斯斯文文的，怎麼和那種混不吝的人來往？

寶珠更是眉頭緊皺：她就曉得楊九少爺不是個本分人，以後得提醒大郎，不能讓楊九少爺頻繁上門。

李綺節不覺得楊天佑和宋二叔私下裡來往有什麼不妥的地方，楊天佑不能科舉讀書，不能承繼家業，又不能返鄉種田，只能往偏路上走，自然得多認識些三教九流的人才好辦事。

不過楊天佑也太心急了，她才把球場蓋起來，讓楊、李兩家的少年們去熱熱場，楊天佑竟然已經想到靠比賽來發家。他還算知道輕重，知道這種事不能自己沾手，所以去找專門以放利錢為生的宋二叔，多半是要讓宋二叔出面開賭局，他好從中謀些好處。

按理說，楊家沒缺過楊天佑的吃喝，他為什麼那麼喜歡攢錢鈔？簡直到了狂熱的地步。

申時一刻，涼風乍起，天邊湧來一陣滾滾陰雲。

眼看要落雨，寶珠連忙把院子裡晾曬的衣物被褥收回房裡。

不一會兒，果然灑下一片淅淅瀝瀝的豆大雨滴，砸在屋簷上，哐噹作響。

寶珠收起支著窗戶的木棒，合上門窗，「大郎他們那邊不曉得怎麼樣了。」

李綺節倚在窗邊想心事，木格窗上糊了棉紙，看不清屋外情形，只能聽到水花打在院牆上，劈里啪啦四處飛濺的聲音。

「仔細水氣透進來，凍著了可不是好玩的。」寶珠把李綺節推到架子床邊坐下，在她身上掩了條用舊棉布縫的薄花被，「要不要讓進寶給大郎送幾件衣裳去？」

「不用，那邊什麼都有。」李綺節搖搖頭，考慮到時下醫療技術的水準，球場在設計之初就不是露天的，又因為不能逾制，規模面積也小的多，而且不能裝飾得過於華麗，但管理起來倒也方便，只需那幾個一直看管的夥計張羅就足夠了。衣物、衾被、常用的湯藥，也應有盡有，足夠應付所有突發狀況。

進寶是個半大小子，壓根兒不關心李子恆他們會不會淋著，而是擔心另一件事：「要是李家另一支他們贏了怎麼辦？」

李大伯和李乙稱李家嫡支為宗族，進寶和寶珠不懂得裡頭的文章，管他們叫另一支，在他們姊弟眼裡，李大伯和李乙兄弟倆才是正支。

寶珠立即駁道：「呸呸呸，誰說另一支他們會贏？三娘可是把會踢球的師傅借給楊五少爺了，楊家怎麼會輸呢？」

楊家和李家嫡支，進寶和寶珠一個都不喜歡，本來他們是盼著李大郎贏的，但李大郎贏了，就代表嫡支贏了，那幾十畝好田地，豈不是白白送給李家嫡支了？那還不如讓楊家贏，至少楊天保不敢搶李綺節的田地。

李綺節擁著薄花被，笑道：「大哥肯定會贏的。」

李家大郎那群人以為真的是在為捍衛李家名聲而踢球，個個跟打了雞血一樣拚命，楊天保身邊又有她安排的內應，楊家肯定會輸得一敗塗地。

那二十畝地，就當是送給李家嫡支的小點心，先暫時安撫一些在暗處蠢蠢欲動的族老，免得他們多事，以後總有機會找他們要回來。

進寶和寶珠喜憂參半，大郎贏，楊家輸，他們覺得解氣，可二十畝地不是鬧著玩的。兩人不由慶幸，還好官人不曉得三娘用私房錢買地的事，否則肯定會氣得火冒三丈。李家兄弟都把田地當成命根子，辛辛苦苦賺取錢鈔，就是為了給後代子孫多置些田地。

天黑前，李子恆陰沉著臉回到葫蘆巷。

雨已經停了，李家門前點了燈籠，照亮院前巴掌大一小塊地方。

他站在燈籠底下，整個人籠罩在陰影裡，低垂著頭，揉揉鼻子，「三娘，楊家輸了。」

明明他一路都在暗中給那個嫡支的李大郎使絆子，接到球還故意踢到楊家人腳下，給李家嫡支添了不少亂。本以為楊家就算不能贏，兩隊也該平了。誰曉得楊家那邊更不中用，一個球沒進不說，還總把皮球往他們自家球網裡踢。最後算下來，李家勝的十個球裡，有七個球是他們楊家自己人進的。

李子恆現在是欲哭無淚，一邊心疼妹妹的私房錢，一邊懊悔自己不夠賣力，早知道他就認準李家嫡支這邊的球網，一個勁兒往裡塞皮球，楊家就不會輸了。

李綺節微微揚起眉梢，吩咐寶珠去燒熱水，又讓進寶去灶上把溫在大鍋裡的雞湯面端出來：「大哥先吃飯吧。」

面碗小菜端上桌，青花瓷碗上倒扣著一個碗蓋，揭開來，滿滿一大碗雞湯麵，雪白的麵條上堆了小山高的雞絲肉和豆芽菜，旁邊兩個葵花口小碟子，一個盛桂花腐乳，另一個盛烏褐色的孔明菜。

聞到湯麵的香氣，李子恆先吸了兩口氣，神情有些扭捏。

李綺節暗覺好笑，扯著李子恆的胳膊，把他按在桌前，隨手將筷子往他手心裡塞去，「大哥，你不是想去投軍嗎？兵書上都說了，勝敗乃尋常事，這一次能贏，下一次說不定。」

李子恆夾起一筷子麵條，「還要比？」

「當然要比，這次只是讓你們試試場地和規則。」李綺節眼珠一轉，問道：「大哥，你喜歡踢球嗎？」

李子恆點點頭，「以前都是看校尉們表演白打，沒意思，還是這樣痛快！」

蹴鞠之所以會慢慢沒落，一方面是明朝禁止軍隊的士兵閒暇時演練，違者砍掉雙腳，影響了民間的蹴鞠遊戲。另一方面，蹴鞠比賽看重的是個人蹴鞠技巧的高超和玄妙，並不講求團結比賽。簡單來說，誰能把皮球顛得好，玩得好，才是最重要的，而不是兩隊人以進球數來分輸贏。

到最後，青樓楚館中的人以蹴鞠為噱頭吸引客流，讓蹴鞠漸漸和下流扯到一塊兒，為時人所不齒，那又是另一方面的緣由了。

每個少年兒郎都嚮往能擁有一身高超武藝、騎射本領，但武藝需要先天的身體素質和後天的勤學苦練，沒有七八年的堅持，學不出什麼氣候。而想學騎射，更是難上加難，不說一般人家供養不起，就算供養得起，也沒有那個精力去學，唯有世家大族的貴公子們才有機會演練騎射。

可蹴鞠就簡單多了，它平易近人，不管男女老少，貧窮富貴，南北中西，出身貴賤，只要是手腳健全的老百姓，一個皮球，一塊空地，三五個夥伴，就能玩上一整天。

老朱家認為蹴鞠會讓軍隊裡的士兵們怠惰，其實是多慮了。

李綺節盯著李子恆的雙眼，又問道：「如果以後常常有比賽，需要大哥為我們李家爭光，大哥會留下來嗎？」

李子恆握著筷子的右手抖了一下，一筷子雞絲啪啪掉在湯麵碗裡，濺起幾滴油汁。

……

見李子恆不再嚷嚷著要去投軍，李家嫡支那邊的族老也消停了，李乙鬆口氣之餘，越發想快些為李綺節再訂一門親事。

他怕李綺節的主意越來越大，以後嫁人生子，不肯聽長輩安排，也要按著她的心意來，或是任意妄為，犯下什麼大逆不道的惡行……到那時想再管教這個女兒，只怕為時已晚。

世人能善待回頭的浪子，可古往今來，還從沒聽說哪個女子失德後仍舊被族人接納。

李乙膝下攏共只有一兒一女，大兒子註定不能光宗耀祖，只要他能老實持家，李乙便無所求。至於唯一的閨女李綺節，李乙希望她能早日找個好歸宿，老老實實地相夫教子，而不是在外拋頭露面。

嫡支的李大郎還算厚道，因為雙方有過約定，又在契書上簽了字，對外便沒說起楊天保和李綺節退婚的事。加上楊天佑特意安排的小童們四處宣揚楊、李兩家的少年兒郎切磋比賽如何的精彩紛呈，場面如何的熱鬧風光，和那些看過比賽的老百姓們自發的宣傳八卦，蹴鞠比賽成了縣裡的大新聞，至於比賽的原因，反而沒人去關心。

第二日，竟然還有一位書生特意為比賽撰寫了一篇文章，說書生們並不是五穀不分、四體不勤的窩囊廢，字裡行間都對場上的少年兒郎們推崇備至，誇讚他們是少年英才。其文采之飛揚，用字之珠璣，讓觀者看過文章後無不熱血沸騰，恨不得抄起皮球到外邊顛兩下。

上過場的少年們看過那篇洋洋灑灑的文章後，都覺得面上有光，越發不好意思提起比賽的最初緣由。

「簡直是胡鬧！」

葫蘆巷的孟家，孟舉人把一份手抄的紙箚摔在書案上，「堂堂一介書生，不曉得潛心研究文章，撩起衣袍和人比鬥蹴鞠，丟盡讀書人的臉面，還恬不知恥地寫文稱頌？」

他冷笑一聲，「不知所謂。」接著目光掃過在窗下專心臨摹字帖的少年，語氣裡帶了幾分鄭重，「四郎，你以後離隔壁的李大郎遠一些，那些人只會汙了你的名聲。」

孟雲暉放下兼毫筆，輕掃袍袖，站起身，恭敬地道：「父親放心，孩兒曉得。」

捌之章 ● 繼母欺凌傳惡名

縣裡四處流傳著那篇書生撰寫的品評蹴鞠比賽的文章時，沒有人知道，原稿此刻正在李綺節手中。初稿是孟雲暉寫的，李綺節替他潤色了一下。老百姓們大多不識字，想要鼓動他們，不需要長篇大論，只要大量使用氣勢磅礴的排比和口號就行，再扯上強身健體、為族爭光什麼的，效果更好。

孟雲暉的初稿其實文采更好，被李綺節修改之後，看起來更有號召力了，但是難免少了幾分厚重。

李綺節沒有丟棄原稿，託人把初稿重新謄抄了一份，用的是最不容易被人查出來的書面字體，然後把抄好的紙箋收入一封拜帖之中。

寶珠在一旁磨墨，見李綺節收拾好，放下墨錠，接過拜帖，在上面夾了一張紅籤紙，然後放到紅木多寶格的最上面一層。

李綺節挽起袖子，從羅櫃抽屜裡翻出一錠二兩三分的銀塊，擲到李子恆面前，說道：「這是給孟四哥的潤筆費。」

李子恆捧著銀塊，有些犯難，「我送過一次，孟四不肯收錢啊！他們那些讀書人，嘖嘖，講究真多，我才開口，還沒說到錢字呢，他就直搖頭！」

李綺節頭也沒抬，淡淡地道：「沒讓你當面送給孟四哥，送到孟五叔和五娘子家去，五娘子會收的。」

李子恆哦了一聲，轉身要走。

李綺節又加了一句：「你親自送，還有，別忘了先去鋪子裡兌成銅錢。」

李子恆臉色一黑：他正想讓進寶跑一趟，好去球場練球啊！不過三娘既然親自交代了，他再不捨，也只能忍痛割愛，親自去孟家送錢。

不然，三娘下次絕對不會讓他去球場看戲或者練球。

現在球場依舊免費讓老百姓們出入，但是名額有限，其他人想要進去，必須和去茶館吃茶點一樣費鈔買票。李子恆費了半天口舌，只得了一張可以用一個月的月票。以後他能不能自如出入球場後面的小院子，和那些技藝高超的師傅們學蹋球，全看李綺節的心情，他得把這個妹妹哄好了。

等李子恆回到縣裡，天已擦黑。

只要李子恆不鬧著去投軍，哪怕他天天在外邊閒逛，李乙也不會多說半個字，所以李子恆踏著清冷月色歸家時，李乙的態度很和藹，不僅沒有生氣，還連聲問他餓不餓、冷不冷，噓寒問暖，格外殷勤，把李子恆嚇得直發愣。

等李乙睡下，李子恆找到李綺節房裡，嘟囔道：「五娘子和孟五叔都病了，才幾日不見，看起來就像足足老了十歲。」

天氣越來越冷，寶珠這天忙著做醃菜，忘了灌湯婆子，被窩裡冷冰冰的，李綺節按捺不住，坐在腳踏上烤火，想等被窩烘熱了再睡。

火盆裡的炭火燒得正旺，木炭燃燒間，發出窸窸窣窣的細碎聲響，木架四周擺了一圈的烤栗子。寶珠手上拿著一把剪子，把每一枚栗子剪開小口，再用火鉗夾著放到炭火裡去烤。她手腳俐落，能在栗子烤熟時飛快揀出滾熱的栗子。李綺節自己烤的話，不是烤得半生不熟，就是把栗子燒得焦糊，或是炸得劈里啪啦響，鬧出不少動靜，就是沒見著一顆熟栗子。

因為燒炭，房門沒關，李子恆是直接進門的，一看到烤栗子，立刻摩拳擦掌，「拿幾個紅苕來烤著吃，那個香甜。」

李綺節白了李子恆一眼，「那要放到爐灰裡烘上幾個時辰才能熟透，火盆的爐灰太薄，烤不熟的。」

她試過用火盆烤紅苕，結果無一不是外皮已經燒成木炭，而裡面的苕肉還是脆生生的。

李子恆大嘆可惜，蹲在火盆旁邊，伸出巴掌取暖。

李綺節把剝好的栗子遞給李子恆，「五娘子得的什麼病？」

「不曉得呢，說是心口疼的舊毛病。」李子恆啃著半生不熟的栗子，「孟家人現在還對五娘子指指點點的，我氣不過，罵了幾個長舌婦，五娘子還攔著不讓我罵。」

李綺節嘆口氣，孟五叔和五娘子含辛茹苦把孟雲暉養到十幾歲，寧願自己餓肚子，也從不讓孟雲暉受一點委屈。如今唯一一個讀書認字的兒子被族人強行過繼到孟舉人名下，他們夫妻成了不相干的「伯伯」和「大娘」，無異於挖去老夫妻心口最軟的一塊血肉。精氣神都沒了，病痛自然而然就跟著找上門了。

「我記得家裡還有一瓶舒心丸，讓進寶給五娘子和孟五叔送去。」

寶珠答應一聲，「孟四少爺以後真的不回自己家了？」

李子恆道：「族譜都改了，當然不能回去。不僅不能回，見著面了也不能喊阿爹阿娘。」

寶珠嘆息了一會兒，烤栗子的速度都慢了很多。

李綺節輕輕撥弄著炭火，「孟四哥成了孟舉人的兒子，以後孟舉人會供他讀書進舉，還會把產業田地分一份給他。沒了負累，孟五叔和五娘子不必辛苦勞作，孟四哥底下幾個弟妹能吃飽飯，也不能完全算是壞事。等到以後孟四哥出人頭地了，他想回報孟五叔和五娘子，有的是辦法。」

寶珠想了想，笑道：「說的也是，只不過當著親爹媽的面喊別人作爹媽，不管是哪個，心裡都會不痛快。」

李綺節揉碎一顆滾燙的栗子，吹去碎殼浮沫，沒說話。

不痛快是肯定的，可誰讓孟雲暉不滿足於只做一個窮秀才呢！

第二天，進寶揣著舒心丸和其他幾樣常用的丸藥正準備動身，五娘子卻自己來了。

她背上壓著一根扁擔，挑著兩個大籮筐，一筐是顏色暗沉，只有手腕粗細的野藕，一筐是地裡才摘的瓜菜，水靈靈的，蘿蔔上還滾動著亮晶晶的水珠。

開門的寶珠一開始沒認出五娘子來，以為她是沿街串巷兜售菜蔬的小販，正準備從衣兜裡掏銅板，五娘子忽然開口叫出她的名字：「寶姐，七郎在不在家？」

寶珠嚇了一跳，打量五娘子一眼，愣了片刻，「官人出門去了，大郎和三娘都在家。」

五娘子笑了笑，從前她最為爽利，說話嗓門大，態度落落大方，現在神色間卻總有一股畏畏縮縮的情態，說話的聲音也低了很多，「我屋裡人昨天挖了些野藕，別看它樣子醜，煨湯可香了。還有幾樣新鮮菜蔬，家裡堆得吃不完，算是給大郎和三娘添個菜。」

寶珠發現五娘子一直側著身子，不敢看孟家的方向，多半是怕孟家人認出她，先顧不上說別的，連忙請她進門，「五娘子進來坐坐，先吃杯茶。」

五娘子放下籮筐，不肯往裡走，「家裡沒人，我急著回家去，不吃茶了。」

寶珠不肯放人，「大老遠的，一路背了這麼沉的東西來家，哪能不吃杯茶就走？官人回來曉得，肯定會罵我不知禮數，日頭還早著呢！」

裡頭的李子恆和進寶聽到說話聲，迎出門，幾人合力，才把五娘子拉進門。

五娘子有些忐忑，站在李家院子裡，說什麼都不肯再往裡走了，她頭上戴了包頭，不止包住頭髮，連半邊臉頰也籠住，她不開口，街巷裡的人還真認不出她。可她還是提心吊膽，說話時總捏著喉嚨，生怕隔壁兩旁人家聽見她的聲音。

寶珠無法，只得端了把凳子，放在桂花樹底下，讓五娘子坐在凳子上吃雞蛋茶。

五娘子看著茶碗裡的兩對荷包蛋，嘆了口氣，眼圈微微有些發紅。

進寶把籮筐裡的菜蔬搬到灶房裡，瓜菜放在吊籃上，野藕則堆在牆角。野藕上附了層濕乎乎的黑泥巴，氣味有些難聞，這個不能洗乾淨，否則煨煮的蓮藕會發乾，所以只能暫時堆在牆角。

李綺節讓寶珠裝了一口袋米麵，放在五娘子帶來的一個大竹筐裡，另一個竹筐裝些細面糕點和乾果，幾樣丸藥則細細包好，放在最裡層。

五娘子極力推辭，李綺節笑道：「我大哥託孟四哥寫文章，原本就是要送謝禮的。」

說到孟雲暉，五娘子的臉上頓時閃過一道亮光，從懷中摸出一隻小布包，朝李子恆道：「大郎，這裡頭的銅錢，你還是拿回去吧。」

李子恆摸摸後腦杓，「大娘拿回來做什麼？這是潤筆費呢！」

五娘子根本聽不進去任何話，「我不能收。大郎，聽大娘的話，好好收回去，不然大娘天天上門來，直到你肯收為止。」

李子恆看向李綺節，「這……」

李綺節走到五娘子身邊，「大娘是不是怕收了銅錢，孟四哥不好做人？」

五娘子動作一頓，眼裡現出幾點淚光，「他……他現在是舉人老爺的公子，以後和我這個破落戶不相干啊……」

李綺節按住五娘子枯瘦的雙手，「大娘糊塗，這銅錢原本是要送給孟四哥的，孟四哥不肯收，還不是因為曉得我們會轉送到鄉下去。」

五娘子雙手一顫，「他、他曉得？」

「孟四哥當然曉得，他一直惦記著家裡，但怕孟舉人和孟娘子多心，不敢直接給你們送東西，更不能回家探望，所以只能這樣迂迴。」李綺節緩緩道：「孟四哥從來沒怪過您，您可千萬別多心，不然就辜負孟四哥的孝心了。」

淚水順著五娘子臉頰上的皺紋漸漸爬滿整張面龐，她不敢哭出聲，只哽咽著點點頭，「他不怪我……不怪我就好。」

很快就要到孟舉人回家吃飯的時候，五娘子不敢多耽擱，哭了一會兒，收拾好籮筐扁擔，擔著一大擔行李，輕手輕腳地離開葫蘆巷。

等五娘子走遠，孟家的大門忽然嘎吱一聲，開了半扇，裡頭走出一個身穿松花色交領冰綃羅直裰的少年。

孟雲暉手上端著一個木盆，走到李家門前，支支吾吾了片刻，才道出來意。

他是來借辰粉的。

辰粉是長沙府出產的一種抹面鉛粉，質細色白，比市面上的普通鉛粉要好一些。

孟娘子雖然不樂意讓孟春芳和李綺節來往，但她知道李乙寶貝閨女，給李三娘採買的胭脂水粉都是上等貨，所以一時缺了什麼，總愛讓丫頭到李家來找李綺節借取。

孟娘子的算盤打得精明，找其他街坊鄰居借東西，從來有借有還，但找李綺節借東西，則從來不還，一般都是拿一匣子雲片糕或者其他乾果替代。她借的東西零碎，鉛粉、胭脂、畫眉墨、面脂、毛刷、桂花油，都是一點點的分量，說不清價錢的東西，還的則是便宜的糕點果子，一大盒送到李家，意思明白清楚：借你們家三小姐一點點小物件，還回來一大盒果子，占便宜的是你們李家！

孟娘子借了三五次，寶珠抱怨連連。

等孟家丫頭再上門，李綺節沒讓寶珠直接拒絕，孟娘子要借桃花粉，她讓寶珠給一點品質下乘的豆粉，孟娘子要借梳頭的傢伙事，她讓寶珠把李子恆的木梳拿出去，孟娘子要借一盅上好的桂花酒待客，她讓寶珠把刻有李家印記的白瓷酒壺送到孟家的飯桌上去，當著孟舉人的面給客人斟酒。孟家的丫頭第四次上門，寶珠直接把丫頭帶到隔壁另一戶人家，「大娘，孟娘子找我家借半斤糯米，我家沒有了，想問問你們家還有糯米沒？」

如此來來回回，孟娘子氣得跳腳，又無計可施，還被孟舉人劈頭蓋臉罵了一場，這才老實了很多。

孟春芳輾轉得知孟娘子處處想占李綺節的便宜，羞得無地自容，自此每次孟家的丫頭上李家借取東西，她都會格外留一個心眼，用自己的私房錢買上一份原樣的還給李綺節。

孟娘子在丈夫跟前得了一個「小肚雞腸」的罵名，女兒又胳膊肘往外拐，急怒攻心，已經很久沒在李綺節身上使心眼了。如今她竟然打發孟雲暉做一個小丫頭的活計，讓堂堂的秀才公出門找街坊借取女兒家的脂粉。

寶珠頭一個氣得擼袖子，「孟家沒人了，巴巴地讓四少爺幹這樣的差使？」

孟雲暉神態從容，淡笑道：「丫頭們都在忙。」

寶珠一跺腳，跑回李綺節房裡，揭開折枝蓮花紋狀盒，小心翼翼舀了兩勺辰粉，用細紙包了，噔噔蹬跑下樓。

孟雲暉接了紙包，揣在袖子裡的暗兜中，抖抖手上的木盆，「這是鄉下送來的毛栗子，剝了生吃、燉湯、熬醃菜都使得。」

寶珠心裡冷笑，孟娘子又故技重施，一小盆鄉下隨處可見的毛栗子就想換一包稀罕的辰粉。如果來人是孟家的丫頭，寶珠早就罵回去了，可孟雲暉不一樣，正正經經的秀才老爺呢！他是少年郎，自然不明白脂粉和毛栗子哪個價賤，哪個價貴。怕他難堪，寶珠掩下心裡的不滿，拿來一個刻花小簸箕，收下毛栗子。

李綺節讓進寶收拾一個布包出來，「我們這裡也有鄉下的東西，孟四哥帶回去嘗嘗。」

進寶虎著臉，把布包往孟雲暉懷裡一塞，孟雲暉會意，順手把布包藏在懷中。

布包是五娘子帶來的，裡頭有一雙鞋、兩雙厚氈襪。五娘子的手很巧，做的鞋襪雖然樣子不大好看，但冬日裡穿著舒適暖和，比外頭買的強。孟娘子橫看豎看，怎麼都看孟雲暉不順眼，肯定不會想到他的衣裳穿得暖不暖，鞋襪合不合腳。五娘子怕兒子離家的第一個冬日不好過，做好了不顯眼的鞋襪，一直不敢送，知道孟雲暉心裡不恨她，她才敢把布包交給李綺節，託她偷偷送給孟雲暉。

孟雲暉藏好布包，沒立刻走，臉上的神情有些恍惚。

李綺節忽然想起一事，「孟姊姊的身子好些了沒有？」

楊天佑提前回瑤江縣，不久楊縣令就帶著楊天嬌和孟春芳、孟雲皓坐船回家。

孟雲暉回來之後，像隻竄天猴，整天上蹦下跳，逮著人就吹噓他在武昌府的見聞，說他們在大江裡碰到搶劫商船的水匪，縣衙裡的一個神箭手一箭把幾個水匪射了個透心涼。又說他們去逛了黃鶴樓，一直爬到樓頂，黃鶴樓是鎮守妖獸的，攏共有七七四十九層那麼高，每一層都刻有祕笈，從樓下看，一眼望不到頂，從樓頂往下看，底下的人比螞蟻還小……後來越說越離譜，只差沒說楚王請他去藩王府裡看大戲了。

而孟春芳呢？一回到家，就一病不起，據說是因為水土不服引起的。

可孟舉人和孟娘子並沒有請大夫為孟娘子開藥方，孟家也沒有往門前倒藥渣，孟春芳也始終不曾出門，一直待在閨房裡閉門不出，別人上門探望，她避而不見，說是怕把病氣過到別人的身上。

現在孟娘子打發孟雲暉出來借辰粉，肯定是要為孟春芳梳妝，那她的病應該好全了。

孟雲暉愣了一下，輕咳兩聲，「她好多了。」

李綺節挑眉，眼波流轉，看孟雲暉的神情，這個好多了，怎麼聽怎麼言不由衷。

等親眼見到孟春芳，李綺節總算明白孟雲暉當時的神情為什麼會有些古怪了。

孟春芳並沒有生病，甚至氣色比以前好了幾分。

唯一的變化是，她的一張芙蓉面，足足變黑了五個色號。

孟春芳長年不出門，又每天湯湯水水精心調養，皮膚白皙細嫩，吹彈可破，比凝脂還雪白嬌嫩，如今卻像去了一趟撒哈拉沙漠，黑得李綺節差點不敢和她相認。

看出李綺節的疑惑，孟春芳面色大窘，黑皮膚裡沁出兩團紅暈，越發顯得兩頰黑亮。

難怪她從武昌府回來後就抱病不出，不願見人，好好的白雪公主，忽然變成黑美人，任誰都受不了這個巨變。

李綺節連忙讓寶珠關上門窗。今天日頭好，她要寶珠支起幾面窗戶，好讓日光照進房間裡，為的就是曬曬暖太陽，孟春芳一來，她驚出一身冷汗，暫時不敢出門和日光正面接觸。

「孟姊姊在武昌府肯定玩得很盡興吧？」

孟春芳扭著帕子，眼圈微微發紅，低著頭不說話。

李綺節不敢接著打趣她，安慰她道：「許久不出門的人，一下子曬多了日頭，是容易曬黑的，不過不妨事，養個七八天，又能白回來的。」

孟春芳咬著櫻唇兒，還是不說話。

她身旁的丫頭替她氣不過，低啐一口，「三娘不曉得，我們小姐不是被曬成這樣的，都是楊大小姐搗的鬼！」

李綺節心口一跳，原以為楊天嬌想對付她，所以她推病不去武昌府，孟春芳是楊天嬌以後的堂嫂，和她無冤無仇的，她怎麼連孟春芳都不放過？

丫頭看李綺節和寶珠都看著她，挺起胸脯，冷笑一聲，繼續道：「縣裡人都曉得楊家大小姐從小就生得黑，那是天生的，楊夫人想了好多法子都不頂用，連那個什麼御用的太真紅玉膏都想辦法搗鼓了給楊大小姐使，還是不中用。小姐曉得楊大小姐的心病，怕她面上不好看，每回出門都擦米粉，把臉上的顏色弄得暗沉些，可楊大小姐還是嫉妒我們小姐美貌……」

說到這裡，孟春芳臉上越發紅了，丫頭沒發覺，接著道：「她不曉得從哪裡弄來一種又白又香的花粉，說是從南邊應天府買的，擦了之後能讓臉蛋又滑又嫩，非逼著我們小姐擦，我們小姐沒辦法，就用了一點點……」

孟春芳覺得楊天嬌雖然任性，應該不至於害她，而且那香粉看起來細膩潔白，聞起來甜滋滋的，像花蜜一樣，一看就曉得不便宜，再加上楊天嬌撒嬌賣癡，她一時心軟就擦了。

頭兩天沒看出什麼來，晚上洗臉時，她發現自己的臉蛋果然比頭一天滑嫩些，還以為自己是以小人之心度君子之腹，錯怪楊天嬌了。哪曉得第三天，她臉上還是一陣陣發癢，皮膚就像乾裂了，一塊塊往下掉皮，把她嚇得手足無措。偏偏楊天嬌還不放過她，每天拉著她在太陽底下曝曬，幾天下來，她的臉越來越黑，怎麼抹潤面的脂膏都無濟於事。

「三娘，月底還要去楊家吃酒，我……」孟春芳拿帕子在眼角輕輕按了一下，「我用辰粉試過了，雖然勉強遮得住，可總不是長久之計。這幾天我娘找人打聽，才曉得楊天嬌用這個法子害過好幾個人，大家都在發愁，偏偏又想不出法子，只能乾著急。」

李綺節暗自搖頭，對女人來說，容貌可是頭等大事，誰不想在腹有詩書氣自華的同時，生得比芙蓉嬌，比梅花豔？楊天嬌竟然狠心朝孟春芳的臉下手，未免也太狠毒了。一個十幾歲的小姑娘，能有多少深仇大恨，以致於要毀掉別人的容貌？

還是說，她真的是見不得任何人比她皮膚白，所以見一個害一個？

那種香粉，多半是含有某種刺激的化學物質，用過的人皮膚受到損傷，再經陽光曝曬後會在短時間內迅速曬黑。

這種傷害可大可小，好的養一養說不定能恢復白皙，壞的可能真要做一輩子的黑美人。

李綺節不敢把自己的猜測告訴孟春芳，只好安慰她道：「先用鉛粉遮一遮，好好養一個冬天，說不定能養好。」

孟春芳嘆口氣，「但願吧。」

一直到月底楊家喜宴前，孟春芳始終待在閨房中，真真正正做到不出家門一步，偶爾到院子裡走走，也要撐把綢紙傘遮陰。一連在屋裡悶了十多天後，她的皮膚看著好像真的恢復了一點點，再加上鉛粉和胭脂修飾，雖然比不上從前細嫩，但勉強也能應付過去。

孟春芳天天傘不離身的時候，李綺節每天在院子裡曬太陽。最近李乙頻繁出門走訪故交舊友，為她張羅親事，似乎已經敲定了一家，只等雙方繼續深談。李綺節不敢觸李乙的楣頭，老老實實當一個聽話的李三娘。

至於私底下她做了什麼，李乙不必知道。

年底是楊慶娥的出閣大喜之日，高大姐急著為楊天保娶親，就必須先把楊慶娥嫁出去。楊慶娥的未來公公生了場重病，眼看不中用了，那邊生怕守喪耽誤婚事，也急著娶親，兩家乾脆把婚期提前了一年。

楊表叔幾次親自上門請李乙去吃喜酒，李乙婉拒，楊表叔無可奈何，攛掇李子恆代替李乙去坐主席，李子恆把頭搖得像波浪鼓：我忙著呢！

李綺節說了，等來年才是球場真正熱鬧的時候，他得趕在那之前練好球技！

楊慶娥也託人帶花給李綺節，希望她能忘掉兩家的尷尬，以表姊妹的身分送她出嫁。

李綺節只給楊慶娥送了添妝禮，並沒出席：楊家可是楊天嬌的天下，那個嬌小姐只因為別人比她生得白，就要對別人下毒手，想她天生麗質，後天又保養得宜，皮膚白皙剔透，往楊天嬌跟前一站，還不得把那個嬌小姐給氣瘋？瘋狂的人什麼事都做得出來，李綺節不想和一個瘋子比智商。

瑤江縣本地的嫁娶風俗，出嫁的人家要擺三天的酒席。頭一天宴請血緣親厚的堂族和舅親，第二天是正席，所有親疏遠近的賓客都要上門慶賀，第三天是新郎官正式迎親的日子，男方家要趕在正午前，把新娘子和新娘子的嫁妝一齊抬到家中，如此婚宴才算是告一段落。三朝回門當天，女方家宴請的賓客和婚宴第一天宴請的賓客一樣。

當然，窮苦人家沒有那麼多講究，有些甚至連酒宴都不擺，雇一輛牛車，裝上新娘子和兩床破棉被，就把媳婦迎進家門了。

楊家不缺錢鈔，宴席當然是儘量往大了擺。因為是楊縣令的侄女出嫁，頭一天是楊家近親上門恭賀，還看不出什麼來，等到第二天，幾乎是全城出動，楊家賓客滿門，酒席一直擺到門外的長街上，大門口被車馬驢子擠得水洩不通，鞭炮和鑼鼓從早上一直鼓譟到夜裡，一刻都沒停歇過。

李綺節坐在僻靜幽遠的葫蘆巷李宅中，都能聽見嘈雜的車馬聲響和鞭炮鳴聲。

此刻，她頭上梳著雙螺髻，戴淺紫色堆紗絨花，鬢邊簪一對如意花果紋銀質，身上穿一件蔥白國色天香紋秋羅衫子，對襟鴨頭綠滿地嬌織繡寧綢襖子，下著鶯黃棉綾裙，老老實實坐在花開富貴竹雕屏風後頭，任一個戴包頭的婦人上下打量。

婦人是金家的老僕，規矩是其次，神態極為親和，說話也客氣，看人的時候也不是跟看貨物一樣來回掃視，不會讓被看的人覺得不舒服，所以李綺節大大方方任她相看。

婦人笑道：「三娘平日裡喜歡玩什麼呢？」

李綺節低下頭不說話，寶珠代為答道：「三娘從小古怪，不愛繡花針線，喜歡看些雜書，練練字，偶爾出門在縣裡逛逛。」

婦人神色微微一變。

寶珠繼續一本正經地道：「燒火做飯，三娘一點都不懂，我們官人疼閨女，從來不讓三娘去灶房幫忙，免得煙火氣腌臢了她。」

李綺節適時地抬起手，十指纖長白嫩，指尖擦了丹鳳花汁，一看便知是個從來不動手幹家務的，婦人臉上的笑容當下垮下來了。

李綺節憋住笑，她不曉得金家為什麼會搭上媒婆來家裡求親，想來想去，覺得和那天在江面上遇到的金少爺可能有關。那個富家少年一看就不是好相與的，怎麼會突然向李家求親？十有八九是來者不善。

就算金家真的是真心求親，以金大少在外的風流名聲，也不是李家敢招惹的。

據說金家的韓老太太自己大字不識一個，所以格外喜歡性格樸實、手腳勤快的踏實小娘子，深信女子無才便是德，所有會讀書寫字的小娘子不是妖精就是攪家精。金家現在的當家太太金夫人未出閣前是個遠近聞名的才女，自嫁給金大官人做填房後，每每被韓老太太當著一大家子老小的面罵得面紅耳赤。

李綺節故意讓寶珠在金家老僕面前說自己喜歡看書寫字，金家要是還熱火朝天地求娶她進門，那不必多說，裡頭必有陷阱。

婦人和李綺節說笑了半天，吃過茶，匆匆告辭。

回到金家，進了內宅，才到迴廊，迎面卻見幾個丫頭簇擁著一個面龐圓潤的美婦人走了過來。婦人連忙站住腳，退到臺階底下，垂首侍立。

美婦人急著去楊家赴宴，腳步匆匆，然而看到婦人時，卻硬生生止住腳步，「這不是賀嬤嬤嗎？今天出門了？」

賀嬤嬤心神一凜，連忙陪笑道：「二小姐想吃滴酥鮑螺，嫌我揀的不香甜，打發我去外頭花家貨棧買，他家花娘子會揀鮑螺。」

說著，把早就準備的一匣子鮑螺揭開來給美婦人看。

美婦人掃了一眼金黃、雪白兩色的鮑螺，笑道：「這東西也就寒冬臘月裡揀的才經放，妳快拿進去吧，別讓二娘等久了。」

婦人答應一聲，卻沒動，只等美婦人一行出了垂花門，才轉身往裡走。

美婦人回頭看一眼，柳眉蹙起，「找人去薔薇院打聽，查清楚金薔薇到底在忙什麼。」

旁邊一個婦人忙應聲：「太太放心，我早就看出來二小姐不對勁，已經派人去查了。」

美婦人點點頭，金薔薇就像一隻陰溝裡的老鼠，不僅命硬，還總是能出其不意地咬她一口，她受夠了。金家的內院，必須聽她田裏兒的！

另一頭的賀嬤嬤一路左顧右盼，看到身後沒人跟著，才一矮身踏進薔薇院。

已近寒冬天，院子裡的薔薇花架孤零零的，只剩一架黑瘦虯曲的枯藤。兩個梳辮子的小丫頭坐在臺階上玩翻花繩，一個穿襖裙的大丫頭靠在門口的墊子上做針線。

「二小姐呢？」

大丫頭放下針線，起身打起藍布簾子，「二小姐在練字。」

賀嬤嬤眉頭微微一皺：老太太千好萬好，就是看不得閨女寫字讀書，誰敢在她面前咬文嚼字，老太太能當面吐她一臉唾沫星子。二小姐以前從不碰書本的，這幾年不曉得怎麼鑽了牛角尖，天天悶在屋子裡讀書寫字，還好老太太不知道，不然二小姐的日子越發不好過了。

進了裡間，大丫頭竹葉朝裡道：「小姐，賀嬤嬤回來了。」

裡頭的人沒出聲，仍舊屏氣凝神寫完一個石字才放下筆，在銅盆裡洗淨手，轉出書房。

卻是一個看去年紀似乎還不過十一二歲的女娃娃，臉頰圓潤，鼻子纖巧，下巴尖小，一雙眼睛又黑又深，比她的相貌足足老了十幾歲。

賀嬤嬤知道二小姐看起來就像個小娃娃，軟弱可欺，其實手段和金夫人田氏一樣，也狠著呢！她不敢怠慢，一直等金薔薇坐定，才小心翼翼道：「那李家三娘瞧著倒是生得靈醒大方，說話也可人疼，就是性子有點驕縱，十指不沾陽春水，不像是個能幹精明的。」

金薔薇直接道：「她家答應了嗎？」

賀嬤嬤搖搖頭，「咱們這樣的人家，他們家怕是不敢奢望。」

金薔薇冷笑一聲，「咱們這樣的人家？」

一字一句說得咬牙切齒，彷彿覺得這句話十分可笑。

賀嬤嬤和竹葉面面相覷，不敢吱聲。

金薔薇擺擺手，「再驕縱也驕縱不過楊家那個大小姐，既然賀嬤嬤說她相貌生得好，那沒什麼可挑挑揀揀的，就她吧。」

賀嬤嬤不敢反駁，答應一聲，回房發愁怎麼說動李乙許下這門親事。

竹葉給金薔薇斟了杯濃茶，「小姐，大少爺才幾歲，訂親是不是早了點？」

金薔薇徐徐吹去縈繞在杯口的熱氣，濃茶入口，苦澀從舌尖一直滑入腸胃，「不早了，他成天不著家，得找個厲害點的治治他。」

「李家三娘就能治得住大少爺？」

金薔薇冷笑道：「總比楊天嬌要好，再不給大郎訂親，田氏就要把楊天嬌娶進門了。」

上輩子楊天嬌是個十足的惹禍精，害死自己的爹娘兄弟不說，還連帶著把夫家全家給坑害了。大郎上一世被田氏害死，這輩子她盡心竭力，處處小心，在田氏的眼皮子底下戰戰兢兢過了七八年，這才漸漸站穩腳跟，把唯一的弟弟拉扯到這麼大，怎麼捨得讓楊天嬌那個女人再害了大郎？

而且，她記得分明，李家三娘上一世很早就夭折，可這輩子竟然安然無恙地活到了十二歲。她和大郎一樣，都是改命之人，把他們倆綁在一處，對他們二人說不定是好事。

上輩子兩人都是四五歲就夭折，這輩子機緣巧合，兩人都度過了生死劫難，說他們是天造地設的一雙也不為過。

金薔薇下定主意，不再猶豫，換了身鮮亮衣裳，到正院求見祖母韓氏。

韓氏愛熱鬧，院子裡養了一堆留著辮子的小丫頭，見到她，眾人不敢怠慢，爭著去打簾子，篩清茶，「二小姐來了！」

模樣清秀的大丫頭擋在屏風前，含笑道：「二小姐先在外邊吃杯茶，老太太在歇晌。」

韓氏倚在羅漢床上打瞌睡，聽見外孫女來了，立即道：「讓二娘進來。」

坐在腳踏上剝栗子的丫頭連忙丟下鉗子，轉過屏風，「老太太請二小姐進來說話。」

金薔薇看也不看大丫頭一眼，逕自走進東邊廂房。

大丫頭臉色白了白，冷哼一聲，甩手跟進廂房。

韓氏一把將金薔薇摟入懷裡，「我怎麼記得今天楊家嫁閨女？」

金薔薇倚著韓氏，心裡略覺好受了些，上輩子只有祖母韓氏和表哥是真心對她好的，她重活一世，除了救下弟弟以外，唯一的奢望，就是想好好孝順祖母，讓她老人家頤養天年，「我不愛熱鬧。」

韓氏哈哈笑道：「妳這脾氣，也不曉得隨了誰，嫁閨女多好玩。我年輕的時候，聽說誰家嫁閨女，跋山涉水走上兩個時辰的山路，也要過去瞧瞧世面，有時候運氣好，能看到坐轎子的新娘，恨不得跳上去跟新娘子一塊兒嫁人。」

滿屋子的丫頭都笑了起來，金薔薇微微扯起嘴角，湊到韓氏耳邊，低聲道：「阿婆，說到親事，我最近給大郎相看了一戶人家。」

韓氏哦了一聲，示意丫頭們出去，「只留下二娘陪我睡一會兒，妳們都到外頭守著，誰都不許進來。」

等丫頭們都出去了，韓氏嘆口氣，「二丫頭，妳繼母給大郎找的，可是楊家的閨女，官家小娘子，嫁妝不比咱們家差什麼，妳怎麼就是看不上他家的大姑娘？」

金薔薇冷聲道：「阿婆，田氏沒安好心，上一次她找人攛掇大郎去大江游水，想把大郎淹死在大江裡，要不是有人偷偷給我遞信兒，只差一點點，大郎就真的著了田氏的毒手。田氏心思歹毒，怎麼可能真心實意為大郎張羅婚事？那個楊天嬌，就是陪嫁一座金山，我們大郎也不會娶她的！」

韓氏默然不語，兒子精明了一輩子，卻在內宅上犯了糊塗。髮妻死後，他為了和藩王府的金長史攀關係，娶了金長史的外甥女田氏進門。自那以後，金家藉著藩王府的名頭，確實平步青雲，越發興旺，可田氏也把金家後宅攪和得烏煙瘴氣。她的大孫子小小年紀，泥團一樣招人疼的小娃娃，田氏竟然狠得下心，三番五次想置他於死地。那時候她因為兒媳死得冤枉的緣故，和兒子鬧得很僵，整日不出門，一心只顧著兒子置氣，無心顧及其他。可憐大孫女一個女娃娃，不知吃了多少苦頭，才把弟弟拉扯長大。

她覺得愧對大孫女和大孫子，平時對他們很縱容，只要姊弟倆不鬧出什麼作奸犯科的大醜事，哪怕他們把整座金府翻過來，她也不過輕輕笑罵幾句而已。

結果把大孫子養成了一個無法無天的混世霸王，而大孫女呢，偏執古怪，滿身戾氣，一點不像個十幾歲的小娘子，倒像個怨氣沖天的怨婦。

韓氏活了大半輩子，知道後悔已經來不及了，想趁著自己的身體還硬朗，修復金薔薇姊弟倆和他們父親的關係，可惜始終沒有什麼進展。

大孫女不僅恨田氏，也恨她的生身父親，無論韓氏怎麼試圖勸解，她都聽不進去。

如今田氏給大孫子挑了一門親事，是楊縣令家的千金，說句心裡話，韓氏對這門親事是一萬分滿意的。大孫子到處惹禍，也只有找個手握權柄的好岳家，以後才能保一生平安，而且楊天嬌那閨女韓氏見過，雖然生得黑了些，倒也不難看，而且說話乾脆，看起來手腳俐落，比田氏那樣嬌滴滴的要強多了。

更重要的是，楊天嬌的母親金氏是藩王府金長史家的遠親。

雖然知道田氏一直想對大孫子不利，但楊家這門親卻真的是門好親，韓氏有些猶豫，不想因為對田氏的成見，而耽誤大孫子的將來。

可金薔薇卻一口咬定楊天嬌娶不得，問她原因呢，她又說不出，只是一個勁兒地把田氏拿出來說事。

這讓韓氏心中隱隱有些擔憂：大孫女的執念太深了，長此以往，怕是要釀成大禍。家宅不寧，往往會引發宗族敗落，金家發家才幾十年，孫輩中的大郎和田氏所出的二郎兄弟不和，他們金家，註定只能風光幾十年嗎？

金薔薇見祖母一直不說話，也嘆了口氣，態度放和軟了些，輕聲道：「阿婆，李家三娘不止模樣生得出挑，八字也好，我託人找大師算過，和大郎的正好相配，是旺夫之相呢！」

韓氏眉頭輕輕一皺，「李三娘？那個鬧得沸沸揚揚的大腳李三娘？」

「不錯，就是她。上回大郎被人攛掇去大江游水，就是在江上遇見她，才耽擱了行程，不然我的人也來不及把他叫回岸上。阿婆，我覺得李三娘就是大郎的保命符，有她在大郎身邊，我夜裡也能睡得踏實些。」

韓氏滿臉慈愛，長滿斑點的雙手摩挲著金薔薇的臉頰，這個大孫女，鮮花一樣的年紀，本應該無憂無慮，每天和丫頭們一起踢毽子、捏泥巴，可她為了保護弟弟，硬是把自己活成了一個死氣沉沉的老太太，而這一切都是兒子造的孽。

韓氏渾濁的雙眼裡閃過一絲憐惜，沒有再提楊天嬌，順著金薔薇的話道：「如果真像妳說的，那李三娘確實和大郎有緣，可她是楊家退過親的，身分上是不是不大合適？」

見韓氏終於鬆口，金薔薇微笑道：「退過親又怎麼了？咱們家大郎就得配個大腳的娘子，不然怎麼逮得住大郎？」

韓氏擰擰金薔薇的鼻尖，「哪有妳這麼挑人的！罷了罷了，既然妳中意李三娘，哪天把她請到我房裡來，讓我好好看看，是不是真有妳說的那麼好。」

金薔薇皺眉道：「先訂親再說吧，免得夜長夢多。田氏今天去楊家赴宴，保不定她會和金氏說什麼。」

韓氏輕笑，「妳放心，我雖然老眼昏花，不中用了，大孫子的婚事，還是得由我來做主，不管妳繼母做多少文章，我說一個不字，誰也別想給大郎訂親，就是妳爹也得聽我的！」

楊家內院，田裏兒確實在和金氏商量楊天嬌和金雪松的婚事。

外面四處歡聲笑語，犄角旮旯裡也能聽見外院的鬥酒聲，加上鞭炮鑼鼓齊鳴，面對面說話也得用喊的。兩人自詡是有教養的貴夫人，說話細聲細氣，一句話說上四五遍才能聽清大概意思，斷斷續續說了半天，還是圍著幾句客套話打轉。

田裏兒直接點明來意：「表姊，我和官人都很喜歡天嬌那丫頭，大郎和她正是一對金童玉女，以後天嬌進了金家門，我們會把她當成自己的閨女一樣疼愛，連晚香都得靠邊站。」

金氏微微一笑，態度有些矜持，岔開話道：「說起來，今天怎麼不見晚香？」

金家大郎金雪松是金家的原配夫人所生，而田裏兒只是個填房罷了。金氏從小和田裏兒一道兒長大，表妹的性子到底如何，她比外人看得更清楚。雖然不知道田裏兒葫蘆裡賣的是什麼藥，但金氏可以確定，田裏兒絕對沒安好心。天嬌是她的心肝肉，她才捨不得讓女兒嫁去金家受苦。

田裏兒沒有因為金氏的冷臉而退卻，挽起金氏的胳膊，笑道：「天嬌去了一趟武昌府，好幾天沒見著她，我和晚香都怪想她的。晚香成日提不起勁兒，總念叨著她的天嬌妹妹呢！今天沒等我出門，就自己來了，這會兒多半正和天嬌那幫手帕交在一塊兒聯詩作對。」

丫頭適時地在一旁道：「大小姐嫌外邊鬧得慌，和金小姐她們在院子裡擺了一桌茶果，在玩擊鼓傳花。」

金氏笑道：「今天大侄女出閣，我忙得腳不沾地，她們小娘子倒是清閒，知道躲在後院裡逍遙，咱們看看去。」

田裹兒未出嫁前也是個喜歡風雅的人物，聞言立刻附和：「我也跟著表姊偷偷懶，看看天嬌和晚香作的詩如何。」

丫頭簇擁著二人一路穿花拂柳，過了穿廊，忽然走來一個藍衣婆子，在金氏耳邊悄悄地說了幾句話。

金氏眼角眉梢的笑意頓時褪得一乾二淨，臉色鐵青，聲音陡然拔高，從齒縫裡冷冷吐出幾個字眼：「他也配！」

下人們噤若寒蟬，不敢說話。

田裹兒看金氏隱隱像是要發怒，生怕殃及魚池，搭訕著道：「今早多喝了兩碗梅粥，有些不消化，表姊先去和天嬌她們一塊玩聯句，我去解個手。」轉身就溜了。

金氏哪裡還顧得上田裹兒，挾裹著一腔怒火，找到內院書房，一把推開門，「官人竟然讓那個賤種去盛家送親？」

哐噹一聲巨響，書房裡的人都嚇了一跳。

金氏冷笑一聲，大踏步走到桌案前，指尖差點戳到楊縣令的眼睛裡去，「你竟然敢讓楊天佑那個賤種以楊家子弟的身分去盛家送親？」

楊縣令面皮紫漲，強撐著道：「侄女兒和天佑從小玩得好，她提出要天佑去送親，新嫁娘的要求，我不好回絕嘛！」

金氏隨手抄起桌案上的一把戒尺，劈頭蓋臉往楊縣令身上砸，「一個青樓女子生的野種，也好意思到處招搖？還不都是你慣的，你還想瞞我，沒有你替他撐腰，誰敢讓他上馬？」

楊縣令連連求饒，「夫人息怒，此事真的和我沒有關係啊！」

一旁的婆子丫頭們也連聲勸阻：「今天是大喜的日子，夫人莫要動怒，有什麼話慢慢問就是，今天家裡人多眼雜的，老爺好歹也是個縣令，夫人怎麼也得給他留幾分臉面。」

幾個門客看到堂堂縣令竟然被老妻指著鼻子臭罵，然後又一頓暴打，個個都是一臉不可置信，接著是窘迫難堪，再就是恐懼害怕。想悄悄退出房門吧，金氏帶來的奴僕把門口堵得嚴嚴實實的，繼續站著吧，旁觀縣令老爺被內人教訓，他們還能在瑤江縣找著好差事嗎？

好不容易等金氏打累了，正大口喘氣的功夫，楊縣令端起一盞茶，躡手躡腳走到金氏身邊，討好地道：「夫人先喝杯茶緩緩。」

他臉上已經印了好幾條血痕，說話時有些齜牙咧嘴——扯動傷口時疼的。

金氏一把將茶杯揮落在地，上好的官窯瓷器，頓時摔得粉碎，茶水濺得到處都是。

門客們終於反應過來，紛紛擋到楊縣令身前。家務事他們不敢多嘴，只能替楊縣令挨打了，希望楊縣令看在他們的忠心上，不要因為惱羞成怒而把他們趕出縣衙啊！

金氏掃了眾人一眼，哼了一聲，「楊天佑那個賤種呢？是不是已經去盛家了？」

下人在一旁回道：「盛家人還沒來迎親，九少爺在東邊跨院裡招待賓客。」

楊縣令顫聲道：「夫人，今天是侄女兒出閣的喜宴，別把事情鬧大，免得外人笑話。」

「你把賤種接回府裡的時候，怎麼不怕別人笑話？」金氏面容扭曲，一字一句道：「有我在的一天，賤種休想好過，這是你楊書堂欠我的！」

楊縣令看著金氏血紅的雙眼，心裡泛起一絲揮之不去的蒼涼之意，神色從討好轉頹然，半天說不出話來。曾幾何時，那個溫柔賢慧，說不了幾句話就臉紅的靦腆髮妻，竟然變得如此凶惡猙獰，比無理取鬧的市井潑婦還面目可憎，讓他覺得無比陌生，然而，說到底，這一切的源頭確實是他這個丈夫造成的，他怎麼忍心去責怪金氏？

金氏丟下無言以對的楊縣令，喝道：「去東跨院，攔下那個賤種！把他的一雙腿打斷了，看他怎麼去盛家送親！」

奴僕們不敢攔著，跟著金氏直衝向東跨院。

也是湊巧，楊天佑帶著阿滿把一個醉酒的族叔帶到廂房裡休息，順道去房裡換下被酒水髒汙的衣裳，正好從穿堂經過。

兩廂迎面撞上，就如狹路相逢，彼此都是殺氣騰騰。

金氏見楊天佑頭梳正髻，穿著一身鴨蛋青錦襖棉袍，越發顯得相貌堂堂，如一桿翠竹，不僅氣勢凜然，還氣度瀟灑，心頭火氣燒得越旺，口中爆出一聲怒喝：「還站著做什麼，給我打斷他的腿！」

下人們一擁而上，把楊天佑和阿滿圍在中間。

阿滿急得團團轉，「夫人，今天可是咱們楊家舉辦喜宴的正日子，金長史家的大少爺還等著少爺去敬酒呢！」

金氏冷笑連連，威脅道：「他得管我叫一聲表姨，他要為你家那個賤種少爺出頭，只管來找我好了。」

阿滿冷汗直冒，悄悄地後退兩步，對楊天佑道：「少爺，你先跑，我拖住他們，跑到前堂就沒事了。」

楊天佑挑起嘴角，淡笑一聲，輕輕揮動著一把灑金摺扇，環顧一圈，眼神裡像帶了寒光利刃，生生能剜下別人臉上的血肉，「想打斷我的腿？先想想你們的身家性命都在誰手裡。」

眾人不敢和他對視，猶豫片刻，紛紛低下頭，退開了兩步。

金氏暴怒道：「你們竟然怕一個賤種？楊家以後就算分給堂支的子弟繼承，也不會給賤種一分一毫，你們怕他做什麼？打斷他得腿，我重重有賞！」

楊天佑張開雙臂，滿不在乎道：「誰敢上前一步，就去和老袁作伴吧。」

眾人嚇得一顫，老袁從前是柴房裡的僕役，楊天佑直到七八歲前，一直在他跟前當差。老袁按著金氏的吩咐，對楊天佑非打即罵，還總剋扣他的伙食，不讓他吃飽飯。楊天佑每次反抗，都會被打得頭破血流。眾人冷眼旁觀了好幾年，早就見怪不怪。

等楊天佑一天天長大，老袁再不能對他頤指氣使，甚至還常常會被楊天佑反過來欺辱。

一年前，楊天佑拿到了老袁一家的賣身契，把他們全家上上下下十幾口，全都賣到北邊的苦窯裡去挖煤，才不過半個月，老袁家就死了八口人，據說現在可能一個都不剩了。

奴僕們過慣了苦日子，但日子再苦，總能穿飽吃暖，而且還有個以後說不定能發達的盼頭。和被賣到苦窯比起來，給人當奴才簡直是享福了。老人們都說，沒人曉得地獄是什麼模樣的，但他們寧願下地獄，也不想去苦窯受罪。

九少爺不像文弱心軟的五少爺，他說得出，就做得到。

眾人想明白這一點，再不敢繼續圍著楊天佑，而是漸漸退到金氏身後，「夫人，還是等官人來拿個主意吧。」

「混帳！」金氏一巴掌把勸自己的婆子打倒在地，「沒用的東西！」

楊天佑微微一笑，頰邊隱隱一個甜甜的酒渦，「太太小心手疼。」

金氏怒視著楊天佑，「你以為翅膀硬了，以後就真能和我對著幹了？」

楊天佑走到金氏身前，黑白分明的雙眸裡平靜得出奇，一字一句地道：「太太以為我永遠是那個長不大，什麼都不會，只能躲起來抹眼淚，隨妳想打就打，想罵就罵的小娃娃嗎？」

「你是什麼身分，敢對我這麼說話？」

金氏的巴掌再度揚起。

眼看那一巴掌就要落到楊天佑臉上，眾人連忙閉上眼睛，然而卻沒聽到巴掌聲。

金氏看著楊天佑，五官扭曲得越發猙獰，「你竟然敢違抗自己的嫡母？」

楊天佑攥著金氏手腕的右手微微加了些力道，金氏立即疼得臉色煞白，罵道：「賤種！孽畜！還不放開我！」

楊天佑故作一臉的誠惶誠恐，「太太要打我，我不能還手，只好這樣了，等太太息怒，兒子再鬆手。」

金氏張牙舞爪，另一隻手像鷹爪一般，往楊天佑臉上抓去。

楊天佑往旁邊避讓了一下，示意一個婆子上前。那婆子左右為難，到底還是畏懼楊天佑的狠戾目光，抱住金氏的另一隻胳膊，苦勸道：「太太息怒，九少爺還要出門見客呢，打壞了他，壞的也是您自個兒的名聲啊，不如讓老爺去發落九少爺！」

金氏狀若瘋狂，誰的話都聽不進去，「賤種！我一天不好過，你也別想過好日子！」

楊天佑笑了一聲，「太太，我長大了。」

他手上的力道更重，幾乎能捏斷金氏的手腕：「楊家困不住我，何況妳這個蠢婦？我從前受過的苦，總會找您一點一點討回來的。如果您還沒發瘋，最好乖乖待在楊家內宅，不要再掀風浪，免得以後追悔莫及。」

「九弟！」
「楊兄！」
月洞門前響起兩聲驚呼。
楊天佑鬆開手，眼瞳裡的冷冽之意轉瞬間化作星星點點的笑意，「太太累了，快扶太太進屋休息吧。」
婆子們大氣都不敢出一聲，強行架起金氏，連攙帶扯，把她送回內院。
楊天保和一個身穿銅綠色紵紗直裰的少年笨到楊天佑面前，拉著他上上下下打量了一個來回，「我在外頭聽人說嬸子為難你，就進來了。」
楊天保探頭張望一陣，看金氏真的走了，才敢道：「以後再碰著嬸子，你別等她說話，撒腿就跑，她頂多告你一狀，不能真把你怎麼樣。」
楊天佑嘆口氣，苦笑道：「不要對慶娥姊說起這事，免得她不高興，她心思一向重。」
楊天保點點頭，拍拍楊天佑的肩膀，「九弟，難為你了。」
另一個少年郎彎起狹長的鳳眼，說道：「難怪總見楊家九郎成日在外頭晃悠，原來也是畏懼家裡的母夜叉。」
他哼了一聲，「我家裡也有一頭，比你家這個更厲害，我那個繼母是個妖精臉孔的高級母夜叉，更加不好對付。對了，我繼母和你的嫡母正好是一對姑表姊妹。」
「金賢弟慎言。」楊天保微微皺眉，早就聽說金家大郎嬌慣任性，沒想到他說話竟然這麼口沒遮攔，當著外人的面對自己的嫡母不尊，傳出去可不是好玩的。
「楊兄不必放在心上。」金雪松肆意笑道：「我們家的那點勾當，外人都看得明明白白，瞞不了誰，還不如大家敞開天窗說亮話，真刀真槍對著幹一場，整天嬉皮笑臉的裝一家人，有什麼意思？」

楊天保聽金雪松越說越不像話，離他站遠了些，岔開話道：「雪止兄想必等急了，咱們快入席吧。金賢弟，別讓你堂哥等久了。」

金雪松冷笑一聲，神色漸冷，倒是沒再說掃興的話。

楊天保不想和金雪松這樣名聲在外的浪蕩公子深交，故意走在最前面，以領路為掩飾，不必和金雪松說話。

金雪松瞧出楊天保的小心思，輕甩袍袖，轉頭向楊天佑道：「誒，你這位堂兄當初為什麼會和李家三娘退親？」

楊天佑眼神微動，簡短道：「因為八字不合。」

金雪松哦了一聲，嘖嘖道：「真是奇了，李家三娘的八字怎麼就和我的相合？」

楊天佑的腳步微微一頓，眼底幽光滑動，長袖裡的雙手捏成了一對緊握的拳頭。

李綺節好奇地盯著孟春芳看了許久。

孟春芳以袖遮面，難掩羞赧之色，「這也是沒辦法。」

丫頭端來一盆熱水，服侍孟春芳洗去臉上敷的一層米粉。

據孟春芳說，這幾天去楊家赴席的小娘子們臉上全都塗了一種特質的米粉，用來遮掩膚色，免得被楊天嬌盯上。

洗去脂粉，現出孟春芳的本來膚色。她連日不出門，天天湯羹調養，皮膚已經不似剛從武昌府回瑤江縣時一般黑了。

「三娘，」待房裡只剩下孟春芳和李綺節二人，孟春芳嘆了口氣，眼神閃爍，「妳曉得楊五郎在外頭賃的屋子在哪兒嗎？」

李綺節點點頭，心裡有些詫異。孟春芳既然問出來了，那代表小黃鸝還住在外面，一晃幾個月了，楊家竟然還沒有料理好小黃鸝的去處？

孟春芳扭著一條粉紅絹子，猶豫片刻，輕聲道：「三娘，我想勞煩妳的丫頭幫我帶句口信給楊五郎。」

她看著李綺節的眼睛，「我原本想讓我的丫頭去的，不過楊五郎肯定不會信我的人。」

楊天保不僅不會信任孟春芳的丫頭，說不定還會以為她在暗中使壞，想對小黃鸝不利。

李綺節沒有立刻答應，「孟姊姊想讓我幫妳帶什麼口信？」

孟春芳四下裡掃了一眼，「楊家要對小黃鸝下手了，讓他們提防著些吧。」

楊家人和孟家都已經知曉小黃鸝身懷有孕的事，唯有楊天保後知後覺，還以為他把小黃鸝藏得很嚴實。

李綺節眉頭輕輕蹙了起來，問道：「楊家人準備怎麼處置小黃鸝，和孟姊姊不相干，孟姊姊何苦攪和在裡頭呢？」

孟春芳看向窗外的碧空，「如果不是為了安撫我娘，楊家人不會對小黃鸝下狠手。」

孟娘子在得知小黃鸝的肚皮已經鼓起來時，和楊家人再三言明，除非楊家人打掉小黃鸝腹中的胎兒，否則不會應下這門親。

楊家人答應了。

先前因為忙著張羅楊慶娥出閣，高大姐抽不出空，如今事情忙完了，高大姐下一步，就是親自去處理小黃鸝。

其實不用孟娘子威逼，楊家也不會允許小黃鸝生下孩子。楊天保年紀還小，甚至還未成親，這個時候讓一個花娘生下楊家的庶長子或是庶長女，傳出去都是惹人恥笑的一樁醜事，高大姐怎麼可能容得下小黃鸝敗壞楊天保的名聲。

孟春芳既然要嫁入楊家，必定對楊家了解頗深，不可能不懂得楊家的顧慮。

「孟姊姊何必對小黃鸝心軟？」李綺節暗暗嘆口氣，換作是她，她只會當作不知道，孟春芳竟然煞費苦心，為楊天保通風報信。

「到底是一條人命。」孟春芳知道李綺節不贊同她的話，雙手不自覺地捏緊綢手絹，仍然接著說下去，「說出來不怕妳笑話，楊五郎的秉性不是一兩日能改的，與其日後為他傷心，還不如我自己先斷了念頭。」

心裡話說出口，她如釋重負，臉上揚起歡快的笑容，「一個小黃鸝，礙不著我什麼。」

這還是李綺節頭一次看到孟春芳笑得如此燦爛，彷彿暮春時節沐浴著春暉兀自綻放的野花，帶了幾絲潑辣的生氣，然而李綺節的心卻一點一點沉下去：孟春芳的決定，看起來惹人發笑，但她知道，孟春芳說的每一個字都是她的心裡話，她果真是這麼打算的。

孟春芳會是一個完美的楊家媳婦，孝敬公婆，友愛姑嫂，相夫教子，事事妥貼，但也僅限於此了。

「三娘不必為我擔憂。」孟春芳淡淡一笑，眼裡的決絕已經消失不見，她仍是端莊嫻靜的孟七娘，「有捨才有得，我曉得自己想要什麼。」

孟春芳看上去柔弱無依，搖擺不定，其實內裡倔強得很，這樣的人一旦下定主意，八匹馬都不能拉她回頭，誰的話都無法動搖她的心志。

這一刻，李綺節明白，小黃鸝根本不是孟春芳的對手。

回到家裡，李綺節讓寶珠出門一趟，給楊天保送去口信。

寶珠嫌棄小黃鸝名聲不好，不願去。

李綺節只得去找進寶，哪想進寶跟著李子恆去球場那邊看漁鼓戲了。

最後只得費了幾個銅板，讓腿腳最靈便的阿翅跑這趟差。

不消一刻鐘，阿翅回到葫蘆巷，「東家娘……」

李綺節眼眉微挑，似笑非笑，「你叫我什麼？」

阿翅脊背一涼，連忙收起玩笑之色，「三小姐，五少爺說他曉得了，這會兒已經在忙著收拾行李包裹，預備搬家哩！」

楊天保和孟春芳訂親後，很是老實了一段日子，高大姐對他的看管便寬鬆了些。楊天保靠著在長輩們面前撒嬌發癡，攢了些銀兩，很快又另外賃了間房子，偷偷接走小黃鸝。

高大姐帶著僕婦去找小黃鸝，結果撲了個空，氣得暴跳如雷，回到家裡，便攛掇楊表叔去找楊縣令，讓縣衙裡的差役巡捕們去搜查小黃鸝的住處。

楊表叔自然不肯，高大姐無計可施，只好讓心腹丫頭去外頭打聽。

小黃鸝知道楊家人想打掉她腹中的孩子，嚇得整日閉門不出。她不是楊天保那傻小子，使起心計來，高大姐哪裡是她的對手。如此一連半個月，楊家的丫頭僕婦硬是沒打聽到一點蛛絲馬跡。

冬至前後，天氣越發陰沉，接連十幾日都不見一絲晴日頭，雖然還未落雪，但早起時院子裡的青石板上會凝一層薄薄的冰淩。北風凜冽，因為臨著江河湖泊，風裡蘊著豐沛的水汽，吹在身上，越顯嚴冷，骨頭縫裡都在往外冒寒氣。

大江一年四季奔騰呼嘯，從不會凍住。已近年底，船隻仍然頻繁往來於江面之上，倒是鄉下的池塘都結了冰，李大伯託人送口信到城裡，催促李乙回家團聚，一家人好預備過年。

李乙拒絕了金家的求親，怕金家人再上門煩擾，也想早些回鄉下，奈何年底事多，一時抽不得身。

李綺節也忙得暈頭轉向，她既要忙著理清李家鋪子上的帳務，還得偷偷摸摸和花慶福對帳。每天孟家的雞才一啼鳴，她已經坐在房裡打算盤，夜裡各家點起了燈燭，她還在案前忙活，連吃飯都是囫圇吞棗，不管鹹淡，用菜湯泡一碗米飯，隨意扒兩口就是了。

因為冬日嚴寒，天天粥湯進補，又整日不出門，城裡的小娘子們臉蛋都圓潤了一些，唯有李綺節反而瘦了。

李子恆和進寶卻是逍遙自在，忙完了家裡的雜活，整日結伴去渡口坐大船看熱鬧：年底許多富戶人家攜家帶口，回鄉祭祖，渡口的往來船隻要比往常多出一倍，船上裝的都是南北東西的各種稀罕物兒。

更還有從南邊買來的，操著一口吳儂軟語，會吹彈拉唱，貌若天仙的十二花娘，紮了戲臺，在江邊連唱三天，仿照淮揚之地的風俗，要鬥花魁。

瑤江縣文風不盛，花娘們也不似南方名妓——詩詞歌賦，樣樣精通，渡口的那些花娘迎來送往的都是本地富商、渡口水手，自然無須認字，不過是會些俚曲小調罷了。

於是，南方買來的十二花娘成了稀罕，城裡人都想去瞧個新鮮，見識南方佳人的風采。

鬥花魁時，礙於風俗，花娘們不能拋頭露面，戲臺上蒙了紗帳帷幔，花娘們在裡頭，或鼓瑟或吹笛或奏琴簫或彈琵琶。

老百姓們隔著一條江，一邊對戲臺子上堆的百寶箱品頭論足，猜測裡頭裝有多少的金元寶，一邊抱怨離得太遠，看不清花娘們的相貌。至於花娘們到底唱得怎樣，彈得如何，是無人曉得的。

湖廣之地民風彪悍，城裡還不覺得，鄉野地方就放肆得多了。宗族勢大，鄉人野蠻，朝廷律法、儒家清規，還不如家裡老娘的木棒管用，甚而還一度風行搶婚的舊俗。民間小娘子多半生得潑辣，言語驚人，行動大膽，並不以為粗俗。鬥花魁算不得什麼光明正大的樂事，還有人斥責出資舉辦賽花魁的讀書人傷風敗俗，不配考取功名，但仍有許多好奇的年輕小娘子、小媳婦結伴來瞧熱鬧，想親眼看看以美貌婉約聞名的南國佳人。

瑤江縣的少年公子、半大小子們，這些天都在私底下品評那十二位花娘的美貌，其實隔了一道江水，籠了輕紗，花娘們又個個塗了厚厚一層鉛粉，抹了大紅的胭脂，一張張臉雪白似碗裡的豆腐，豔紅如灶膛的柴火，哪個瞧得明白？

進寶和李子恆那天也去瞧了回鬥花魁的盛景，一路上兩人爭執不休，回到家裡，還沒爭出個勝負。他們也說不清花娘們到底美不美，甚至連個胖瘦高矮都沒瞧明白，但還是當著寶珠的面，把鬥花魁誇了又誇。

氣得寶珠把進寶按住狠狠揍了一頓。

李綺節沒說什麼，只是收回了李子恆可以任意進出球場的腰牌。

李子恆連忙賭咒發誓，說他只是去江邊看熱鬧，絕不會和楊天保那樣流連風月。

李綺節低頭撥弄珠子，不為所動。

不能去球場觀摩那些伎人們訓練，對李子恆來說，簡直是晴空霹靂，急得他抓耳撓腮，圍著李綺節團團轉，恨不得以頭搶地，來表達他的決心。

愛熱鬧是少年人的天性，李子恆五大三粗，向來對情愛之事看得很淡然，對孟春芳的綺念來得快，去得也快，他去江邊看鬥花魁，的的確確完全是出於好奇。

李綺節自小和李子恆一塊長大，當然明白李子恆的心思，不過她還是沒有心軟。少年公子都愛風流，哪怕李子恆和風流一個字都不沾邊，她也要把源頭掐得死死的。

李子恆做小伏低，每天對李綺節噓寒問暖，一大早親自為她打熱水洗漱，一天十幾趟來回檢視她腳下的火盆，看炭火燒得不旺，連忙去灶房添炭，栗子、紅苕、芋頭烤得金黃，一碗碗端到書案前，還剝了幾個解燥的盧橘放在碗邊，就差沒餵到李綺節嘴裡了。

然而，等到李綺節終於「大人大量」，原諒李子恆時，也到了一家人歸鄉的時候。

臨出發前，孟家的丫頭上門，看到李家院子裡堆得滿滿當當如小山包似的牛車，笑道：「可是來得不巧。」

原來，孟春芳正準備邀請李綺節一道去武昌府的彌陀寺上香。

（未完待續）

漾小說 187

明朝小官人(上)

國家圖書館出版品預行編目資料

明朝小官人/ 羅青梅著. -- 初版. -- 臺北市：
晴空, 城邦文化出版：家庭傳媒城邦分公司發行,
2018.01
冊； 公分. --（漾小說；187）
ISBN 978-986-95528-3-7（上冊：平裝）

857.7 106023892

原著書名：《明朝小官人》，由北京晉江原創網絡科技有限公司授權出版。

作者　羅青梅
封面繪圖　畫措
責任編輯　施雅棠
國際版權　吳玲瑋　蔡傳宜
行銷　艾青荷　蘇莞婷　黃家瑜
業務　李再星　杻幸君　陳美燕
編輯總監　劉麗真
總經理　陳逸瑛
發行人　涂玉雲
出版　晴空
城邦文化事業股份有限公司
104台北市中山區民生東路二段141號5樓
電話：（886）2-2500-7696　傳真：（886）2-2500-1967
發行　英屬蓋曼群島商家庭傳媒股份有限公司城邦分公司
104台北市中山區民生東路二段141號2樓
客服服務專線：（886）2-25007718；25007719
24小時傳真專線：（886）2-25001990；25001991
服務時間：週一至週五上午09:00~12:00；下午13:00~17:00
劃撥帳號：19863813；戶名：書虫股份有限公司
讀者服務信箱：service@readingclub.com.tw
晴空部落格　http://blog.yam.com/readsky
香港發行所　城邦（香港）出版集團有限公司
香港灣仔駱克道193號東超商業中心1樓
電話：852-25086231　傳真：852-25789337
E-mail：hkcite@biznetvigator.com
馬新發行所　城邦（馬新）出版集團【Cite (M) Sdn Bhd】
41, Jalan Radin Anum, Bandar Baru Sri Petaling,
57000 Kuala Lumpur, Malaysia.
電話：(603) 9057-8822　傳真：(603) 9057-6622
Email：cite@cite.com.my
美術設計　洸譜創意設計股份有限公司
印刷　沐春行銷創意有限公司
初版一刷　2018年01月04日
定價　250元
ISBN　978-986-95528-3-7